| 中国当代研学丛书 |

文化

# 元杂剧与古希腊戏剧叙事艺术解读

胡健生 | 著

图书在版编目（CIP）数据

元杂剧与古希腊戏剧叙事艺术解读／胡健生著. —
北京：中央编译出版社，2020.3
ISBN 978-7-5117-3785-4

Ⅰ. ①元…
Ⅱ. ①胡…
Ⅲ. ①杂剧—戏曲文学评论—元代②希腊戏剧—戏剧文学评论—古代
Ⅳ. ① I207.37②I106.3

中国版本图书馆 CIP 数据核字（2019）第 285630 号

## 元杂剧与古希腊戏剧叙事艺术解读

出　版　人：葛海彦
责任编辑：景淑娥
责任印制：刘　慧
出版发行：中央编译出版社
地　　址：北京西城区车公庄大街乙 5 号鸿儒大厦 B 座（100044）
电　　话：（010）52612345（总编室）　　（010）52612339（编辑室）
　　　　　（010）52612316（发行部）　　（010）52612346（馆配部）
传　　真：（010）66515838
经　　销：全国新华书店
印　　刷：三河市华东印刷有限公司
开　　本：710 毫米×1000 毫米　1/16
字　　数：253 千字
印　　张：16
版　　次：2020 年 3 月第 1 版
印　　次：2020 年 3 月第 1 次印刷
定　　价：95.00 元

网　　址：www.cctphome.com　　邮　箱：cctp@cctphome.com
新浪微博：@中央编译出版社　　　　微　信：中央编译出版社（ID：cctphome）
淘宝店铺：中央编译出版社直销店（http://shop108367160.taobao.com）（010）55626985

本社常年法律顾问：北京市吴栾赵阎律师事务所律师　　闫军　　梁勤
凡有印装质量问题，本社负责调换，电话：（010）55626985

Contents

# 目 录

**引 论** ················································································· 1
　一、"代言体""叙述体"与戏剧之关系辨析 ························· 1
　二、元杂剧文本体制的叙事性解读 ········································· 8
　三、中西方古典戏剧叙事学渊源回顾 ··································· 16
　四、戏剧叙事学发展概况与研究现状扫描 ··························· 25
　五、研究思路、方法及其现实意义 ····································· 36

**第一章　元杂剧与古希腊戏剧中的"停叙"** ···················· 41
　一、"停叙"概念界说 ·························································· 41
　二、中西古典戏剧话语模式比较 ········································· 43
　三、元杂剧中"停叙"之运用及其探因 ······························ 48
　四、"停叙"在古希腊戏剧中的运用及其探因 ··················· 58

**第二章　元杂剧与古希腊戏剧中的"幕后戏"** ················ 68
　一、"幕后戏""幕前戏""前史"辨析 ······························ 68
　二、"战争"与"死亡":元杂剧与古希腊戏剧运用"幕后戏"之异同 ···
　　　·········································································· 71
　三、元杂剧与古希腊戏剧重视运用"幕后戏"探因 ············ 88

## 第三章　元杂剧与古希腊戏剧中的"预叙" ……………………… 95
　　一、"预叙"界说 …………………………………………… 95
　　二、"预叙"在元杂剧中的运用及其探因 ………………… 102
　　三、"预叙"在古希腊戏剧中的运用及其探因 …………… 108

## 第四章　元杂剧与古希腊戏剧中的"发现"与"突转" ……… 124
　　一、"发现"与"突转"界说 ……………………………… 124
　　二、"发现"与"突转"在古希腊戏剧中的运用 ………… 132
　　三、"发现"与"突转"在元杂剧中的运用 ……………… 135
　　四、元杂剧与古希腊戏剧重视运用"发现"与"突转"探因 … 149

## 结　语 …………………………………………………………… 155

## 附　录 …………………………………………………………… 161
　　表一　古希腊戏剧运用"三一律"情况统计表 …………… 161
　　表二　元杂剧主唱人情况统计表 …………………………… 180
　　表三　古希腊戏剧运用"幕后戏"情况统计简表 ………… 223
　　表四　元杂剧与"三一律"关系抽样分析统计表 ………… 225

## 参考文献 ………………………………………………………… 234

# 引 论

## 一、"代言体""叙述体"与戏剧之关系辨析

从现代文体学的视角审视同样以故事为表现内容的小说与戏剧，不妨讲，小说是以语言文字为载体而采取叙述体的形式讲述故事，戏剧则是以舞台及演员为载体而采取代言体的形式演述故事。因此，"叙述体"和"代言体"构成两者质的差异性。据此，人们断定戏剧艺术以"代言体"为其核心特征的立论，显然是有一定道理、足以成立的。代言体扮演性，构成戏剧自身的艺术特质，堪称戏剧与其他叙事文类截然有别的界碑。纵观中国与西方古典戏剧艺术的发展历史，其走向成熟的重要标尺，无疑在于代言体的确立，扮演性成为戏剧文体内在本质的规定性。从理论上讲，这一本质特征决定了戏剧艺术的叙事应当受到客观性的制约。此即不同的演员扮演剧情中不同的人物角色，从各自的视角，以声音（台词的说唱，或者还辅以音乐伴奏）和形体动作的舞台表演，展开戏剧故事，推动情节发展，完成戏剧叙事。因此，剧作家不应当对演员有过多干涉；而为了获取吸引观众之观赏效果，演员也不宜在舞台上只"说"不"动"，或者"说"得多而"动"得少。如此说来，"代言体"与"叙述体"之间似乎先天存在着某种矛盾对立性。换言之，戏剧艺术以直观性的舞台表演为显著特征，势必对叙述有所忌讳。然而，饶有趣味的一个问题摆在戏剧家面前：戏剧其实难以并且从根本上也无法全然回避叙述。戏剧内容（指所搬演的故事）并非现实生活流水账式的机械模仿与简单复制，无论戏剧从故事的哪一个阶段（开头、发展进程中的中间环节或者临近高潮的关节点等）拉开帷幕，诸如剧作的时代背景、人物关系、开幕之前曾经发生过的事件、矛盾冲突中人物复杂微妙的心理活

动与某些必须由暗场处理的事件等,均需要借助叙述的途径,亦即通过演员的独白、对白或唱词等话语叙述出来。从这一层意义上来说,没有了叙述,或许也就没有了戏剧。对于剧作家而言,如何妥当处理直接展示(即舞台表演)与间接叙述的关系,自然成为决定其戏剧创作是否成功的关键因素之一。所以,作为戏剧艺术核心特征的"代言体"与"叙述体"之间,不啻形成剪不断、理还乱的若即若离的微妙关系。如果人们仅仅满足于简单地以"代言体"笼统论断戏剧艺术的文体属性,很有可能将戏剧艺术在演述故事具体形式方面所实际存在的复杂性、多元化因素忽略甚至遗漏。换言之,如果从纯粹"代言体"的文体意义上考察属于叙事性艺术文类的戏剧,我们可能会时常陷入难以理解甚至无法解释、戏剧艺术中并非"代言体"范畴之内某些现象的迷惑、疑虑甚至自相矛盾的尴尬境地。戏剧"代言"的特性——不以叙述者的口吻讲述故事,而是借助舞台上演员装扮人物角色的当场表演,以其所扮演的人物角色之口吻、神态与动作,"现身说法"式地演述某一或催人泪下或逗人捧腹的故事。西方古典戏剧理论中对此早有明确表述,即如希腊先哲亚里士多德在《诗学》中所强调的那样:"它的模仿方式是借助人物的行动,而不是叙述。"① 中国古典剧论中亦不乏类似的理论描述。诸如明代王骥德在《曲律·杂论》中所提出的:"须以自己之肾肠,代他人之口吻……设以身处其地,摹写其似。"② 明末孟称舜亦强调指出:"学戏者不置身于场上,则不能为戏,而撰曲者不化其身为曲中之人,则不能为曲。"③ 清代李渔则在《闲情偶寄·词曲部》中提出更高要求:"言者,心之声也,欲代此一人立言,先宜代此一人立心。"④ 此即要求剧作家应做到将心比心地去揣摩、把握剧中人物的内心情感,并以"语肖其口""言为心声"的个性化语言,准确恰当地表达出来。追根溯源,中国戏曲史上最早提出"代言体"这一概念术语的,当推中国现代戏曲研究拓荒者王国维先生。他

---

① 亚里士多德. 诗学 [M]. 陈中梅,译. 北京:商务印书馆,1996:63.
② 王骥德. 曲律·论引子第三十一 [M]//中国戏曲研究院. 中国古典戏曲论著集成(四). 北京:中国戏剧出版社,1959:138.
③ 孟称舜. 古今名剧合选序 [A]//吴毓华. 中国古代戏曲序跋集. 北京:中国戏剧出版社,1990:198.
④ 李渔. 闲情偶寄 [M]//中国戏曲研究院. 中国古典戏曲论著集成(七). 北京:中国戏剧出版社,1959:18.

在《宋元戏曲考·元杂剧之渊源》中称赞元杂剧较之前代戏曲的两大进步之一，即在于"由叙事体而变为代言体也"。① 尽管他并未对"代言体"予以明确阐释，但他曾在《宋元戏曲考·宋之乐曲》中指出："现存大曲，皆为叙事体，而非代言体。即有故事，要亦为歌舞戏之一种，未足以当戏曲之名也"②；"然后代之戏剧（指元杂剧），必合言语、动作、歌唱，以演一故事，而后戏剧之意义始全"③。由此而论，王国维是基于元杂剧与宋大曲和金诸宫调的比较视点，明确提出前者（即元杂剧）属于"代言体"，后者（即大曲和诸宫调）属于"叙事体"。所谓"代言体"的主要特征，即在于"必合言语、动作、歌唱，以演一故事"。自"代言体"之说问世以来，学术界对戏曲"代言体"内涵的阐释主要体现于两个层面：其一是指剧作家"代"戏剧人物"立言"；其二是指角色行当（即演员）装扮戏剧人物"现身说法"，"代"戏剧人物"言"。近年来，有的学者从话语语义和剧场交流语境的角度，进行了更为细致缜密的考究，指出现存戏曲作品中还存在另外三种特殊的"代言"方式：一是"行当""代"剧作家"言"；二是剧中人物"代"剧作家"言"；三是剧作家巧设"内云""外呈答云"等，"代"剧场观众"言"。这一观点对王国维"代言体"学说的内涵与外延，做了有益的丰富与拓展。④ 今天人们站在历史唯物主义角度，来客观审视与辩证评价王国维当年创立"代言体"之说，其在揭示戏曲迥异于同为叙事艺术的小说、诸宫调等说唱文学的一个最基本也是最重要的本质特征方面，具有不可磨灭的开拓之功。但与此同时，也留下了明显的疏漏甚至缺憾：忽略了戏曲艺术中依然存在叙述体的客观事实。因为从实际情况来看，戏剧艺术并非纯粹的"代言体"，它还明显夹带有"叙述体"以及其他因素，或者说依然明显留说唱艺术叙事成规的某些痕迹。比如，戏剧艺术接受说唱文学熏染的独特形成过程，元杂剧中次要人物甚至过场人物担当演唱角色，古希腊戏剧中歌队承载

---

① 王国维. 宋元戏曲考［M］//王国维戏曲论文集. 北京：中国戏剧出版社，1984：56.
② 王国维. 宋元戏曲考［M］//王国维戏曲论文集. 北京：中国戏剧出版社，1984：36.
③ 王国维. 宋元戏曲考［M］//王国维戏曲论文集. 北京：中国戏剧出版社，1984：29.
④ 陈建森. 戏曲"代言体"论［J］. 文学评论，2002（4）.

演唱职责的特有演唱体制，等等，均属于受到传统文学艺术尤其是说唱文学深刻影响而形成的特殊演述方式——代言体——扮演，夹杂明显的演员以曲白讲述故事的叙述体。此中所彰显的重要叙事学意义，在于昭示人们中西古典戏剧中存在着明显的叙述体以及叙事性。以下笔者即针对戏剧中的叙述体以及叙事性问题，展开一番深入细致的辨析。

  戏剧艺术接受说唱文学熏染的独特形成过程，中国古典戏曲中如诸宫调之于元杂剧，西方古典戏剧中如荷马史诗之于希腊戏剧。诸宫调在第一与第三人称之间自由转换的叙述人称灵活变化的特征，对于元杂剧的形成而言，可谓起到关键性的影响作用。董解元的《西厢记诸宫调》，在叙述青年书生张君瑞与相国小姐崔莺莺爱情故事的过程中，"长亭送别"一段先采用第三人称叙述："后数日，生行。夫人暨莺送于道，法聪与焉。经于蒲西十里小亭置酒。"随后转换为张生的内心独白，亦即改为第一人称叙述："[玉翼蝉]蟾宫客，赴帝阙，相送临郊野。恰俺与莺莺，鸳帏暂相守，被功名使人离缺。……"当这种第一人称叙述在戏曲中转换为由某一具体人物角色时，其叙述也就演变成了代言体；说唱艺术由此得以实现向戏曲艺术的嬗变与转化，从而奠定了戏曲艺术的基本形式。其最好的例证，无疑便是脱胎于《董西厢》的元代杂剧家王实甫的爱情喜剧《西厢记》。相比之下，古希腊戏剧虽然在语言形式上明显受到抒情诗的影响（无论人物台词还是歌队唱词均采用诗歌体裁），但在演述戏剧内容（即故事）方面的影响源，无疑缘自说唱文学形式的荷马史诗。当身背竖琴的盲歌手荷马四处吟唱希腊联军统帅阿伽门农家族仇杀之类故事之际，其以全知视角为主的第三人称，辅以限知视角的第一人称（体现为大量的人物对话）所进行的叙事，一旦被更改为诸如阿伽门农子女俄瑞斯特斯或厄勒克特拉之类的一位特定戏剧人物，其叙述同样自然转换成为代言体。三大悲剧诗人埃斯库罗斯、索福克勒斯与欧里庇得斯，正是循此原理而写就了《阿伽门农》《俄瑞斯特斯》《厄勒克特拉》[①] 等传世力作。

  我们再来审视一下演唱角色与其所扮演的戏剧人物之间存在不对称关系的

---

[①] 本书凡是涉及古希腊戏剧中的人物、名称、地点等译名的情况，正文与引文不做强制统一。——编者注

有趣现象。元杂剧采取"一角主唱"的演唱体制，相对于剧中仅有宾白而无曲词的其他人物而言，主唱人物的戏份更多、自我表现的机会最充分。所以，按照一般逻辑推理，承载演唱的"末"或"旦"角（一般多为"正末"或"正旦"）自然应为剧中男主角或女主角。然而，元杂剧的实际情况却并非如此：相当数量的元杂剧受说唱文学叙述体的影响，往往将具有旁观者、知情者或见证者身份的人物角色设置为演唱者。据笔者统计，发现共有75部元杂剧中出现不属于戏剧主角的主唱人变换的情况，比例高达46.3%，几乎占现存162部完整传世的元杂剧总量的一半。① 主唱人如此高频率的变换，充分表明这一现象在元代杂剧家笔下绝非偶然为之的特例。例如，关汉卿的《哭存孝》演述李存孝遭受奸佞诬陷而蒙冤屈死的历史事件，剧中主要人物是李存孝、李克用、李存信等。李存孝之妻邓夫人仅仅属于一位旁观者，至于莽古歹②更属于名不见经传、来去匆匆的过场式人物。然而该剧的主唱者偏偏就是邓夫人和莽古歹：第一、第二、第四折由正旦邓夫人主唱，叙述李存孝的赫赫战功，并对其遭受不公正待遇鸣冤叫屈；第三折由正旦改扮莽古歹，向邓夫人叙说李存孝遇害的详细经过。又比如，纪君祥的《赵氏孤儿》，程婴无疑是贯穿剧情始终的见证人：既目睹赵盾家族的满门抄斩，又参与拯救孤儿的惊险行动；既经历韩厥、公孙杵臼舍生取义的慷慨壮举，自身亦付出亲子丧命的血的代价；既承载了交付孤儿复仇任务的养育重任，又最终得以目睹孤儿的成功申冤。因此，他堪称最合适不过的叙述者了。然而，该剧将演唱权分别交由四位主要当事人，此即驸马赵朔、下将军韩厥、退隐大臣公孙杵臼以及"赵氏孤儿"；而且前三位主唱者还在故事发展的进程中间相继死去。剧作家如此设置主唱者，显然意在追求更震撼人心的叙事效果：借助几位当事人的演唱而强调其现在进行时态（而非过去完成时态），伴随叙事视角的频繁转换，对此撼人心魄的重大历史事件，予以层层递进、环环相扣的多方位观照。

上述两部主唱人的变换，已然透露出元杂剧中屡见不鲜的"改扮"现象。所谓"改扮"，指由负责演唱的同一角色（正末或正旦）扮演剧中不同的人物，演唱者尽管角色未变（仍为"末"角或者"旦"角），然其

---

① 参见附录表二："元杂剧主唱人情况统计表"。
② "莽古歹"乃蒙古语的音译，意思为小番、小校。

所扮演的人物伴随"改扮"的舞台提示而发生相应的变化。从实质而言，这种"改扮"现象属于普遍存在于中国古代叙事文学中的移步换形之全知叙事模式，是元杂剧中的一种变形。其主要特征在于，主唱的角色"改扮"其他人物时，剧曲（即主唱者的曲词）随即发生叙事视角上的相应转换。这种转换，彰显出杂剧家对于剧曲（即曲词）叙事功能的格外关注与匠心独运。如关汉卿的《单刀会》，第三、第四折正末由剧中主角关羽改扮，但第一、第二折却分别由身为旁观者与知情者的乔玄和司马徽担当正末主唱。第一、第二折剧情里，鲁肃与乔玄和司马徽对话时所说的"小官不知，老相公试说者"，若从史实角度来推敲，似乎不合情理；因为身为三国时期政坛风云人物之一的吴国政治家，鲁肃对关羽其人其事应当是相当了解的。但如果我们从戏剧叙事的角度而言，鲁肃的这番话又有其适宜性。它是剧作家为发挥某种情节功能而设计的，功用在于搭建有"问"必有"答"的顺水推舟的一种对话平台，便利于身为叙述者的乔玄或司马徽夸耀关羽英雄业绩的叙事行为。

与元杂剧"一角主唱"的演唱体制相比，古希腊戏剧则以"一队（指歌队）主唱"为其显著特征。古希腊戏剧留有明显的叙述人的痕迹，它是用叙述体的合唱与代言体的对话之交叉，来共同完成剧情。叙述体合唱占有喧宾夺主的地位，承担合唱任务的歌队乃为古希腊戏剧不可缺失的重要组成部分。古希腊戏剧的基本结构呈现为开场、进场歌、第一场、第一合唱、第二场、第二合唱、第三场、第三合唱（或有更多场及合唱）……退场歌。此结构模式透露出这样一种清晰的信息：歌队始终站在场上（戏剧中任何人物角色难以始终出现于舞台上），堪称全剧完整意义上的"参与者"；无论剧情的紧张程度如何，或者矛盾冲突是否达到高潮，每场戏之间固定不变地出现歌队夹叙夹议的合唱曲。对此，许多学者认为，歌队乃是西方古典戏剧中叙事性因素的生动体现者[①]："就《阿伽门农》来说，第一场'凯旋'，从守望人的'序曲'到悲剧歌队的'进行曲'，257行完全是史诗性叙述。第二场'火讯'，在克吕泰墨斯特拉与长老歌队的一段对话（258—354行）之后，紧接着又是大段的歌队咏唱（355—485行）。如果说对话是戏剧代言体制的特征，歌队咏唱则完全是史诗性

---

① 孙洁. 试论戏剧中的叙事性因素 [J]. 戏剧艺术，1998（1）.

(即叙述性)的,演员成为朗诵诗人直接向台下观众叙述。"① 古希腊流传下来最早的埃斯库罗斯悲剧《乞援人》中,仅仅有两个演员,歌队则由50人组成。全剧篇幅为1518诗行,演员的对白只有寥寥59行。埃斯库罗斯在其创作后期,将歌队削减至12人;索福克勒斯与欧里庇得斯则将歌队人数固定为15人,演员由2个增加为3个。由歌队承担的叙述性唱词的篇幅,尽管被一再缩减,但却始终保持为全剧容量的1/4左右。②

有的学者正是从考察元杂剧主唱人的叙事功能,首肯中国古典戏曲的叙事性:"在中国传统的文学观念中,戏曲、小说、说唱文学三者是同源异流的,叙事性是它们共同的血缘纽带。因此,虽然元杂剧是诗剧,有极重的抒情性,却是以叙事作为其基本的结构基础的。""中国的古典戏曲是'以歌舞演故事',其对故事的叙述不像话本、诸宫调那样由说书人或说唱人一身担任,而是由多个剧中人物共同承担。就元杂剧的叙事来说,主唱人承担了整折甚至整剧的绝大部分的故事叙述,可以说,主唱人是化身为剧中人物的一个叙述者。"③ 主唱人的设置及其变换原则,正是为了更好地将故事叙述出来,以完成杂剧家的叙事目的及其创作意图。有的学者指出叙事体在戏曲中被大量采用,认为"戏曲的叙事话语在于叙事体和代言体的杂交"④。例如,戏曲中某些不便或者不适宜直接在舞台上呈现的事件,剧作家便采取剧中人物以第三人称口吻间接叙述的暗场处理方式。像元杂剧《柳毅传书》第二折里钱塘火龙与泾河小龙的激烈厮杀,便由身为旁观者的电母以大段唱白生动细致地道出。这里出自剧中人物电母之口的曲白,貌似代言体,其实却是叙述体。这种"假代言"的叙事体由说唱文学中独揽叙述大权的那位叙述者,即"说书艺人"讲唱故事的方式衍变而来,差异性仅在于叙述者由"说书艺人"蜕变为某一戏剧人物而已。当然,需要特别强调的一点是,戏曲中叙述体的采用总是被戏剧化的:首先,表现于戏曲作品每每于戏剧冲突中叙事,而一般不做脱离戏剧冲突的单纯叙事;其次,表现为戏曲总是借助人物角色的思想言行进行叙述,属于主观化极强的叙事话语。某些学者认为,"早期东西方戏剧都不是彻底的代言体戏剧,在表

---

① 周宁. 叙述与代言:中西戏剧模式比较 [J]. 戏剧艺术,1992(2).
② 刘彦君. 早期东西方戏剧的相近特性 [J]. 艺术百家,2003(1).
③ 徐大军. 元杂剧主唱人的变换原则 [J]. 中华戏曲,2001(0).
④ 郭英德. 叙事性:古代小说与戏曲的双向渗透 [J]. 文学遗产,1995(4).

演过程中常常有着叙述人与代言人身份的转换,表演者可以自由出入于我体与喻体世界之间,随处透露出它和说唱艺术之间的血肉联系",因此,"中国戏曲是以叙述体和代言体的交织为基本特性的"。① 还有的学者则从解读元杂剧的文体特点入手,肯定元杂剧中叙事性与抒情性的兼容并存,认为"元杂剧是一种独特的文体。相对于诗词及散曲而言,它具有叙事性;相对于汉魏小说、唐人传奇、宋元话本而言,它具有明显的抒情色彩。它是一种融合了叙事艺术与抒情艺术的文学体式"②。笔者对上述学者肯定中国戏曲中存在叙述体及叙事性的观点,甚为赞同。

## 二、元杂剧文本体制的叙事性解读

作为中国最早成熟的戏剧形态,元杂剧在中国叙事文学发展的历史长河中占据着十分重要的地位。然而直到20世纪80年代之前,学术界对于作为叙事文学之一的元杂剧研究存在某种偏颇与缺失③:始终没有摆脱曲论与剧论相分离的状态,基本采取品评诗歌那样的研究方法去审视元杂剧,侧重于其浓郁的抒情性(亦即所谓"诗性")④,以及严谨的音律、优美的文采、深邃的意境等;而对其演述故事、编排情节的叙事特色,缺乏足够的重视与充分的探究。如有些学者在探讨中国戏曲本质论时,质疑王国维"戏曲者,谓以歌舞演故事也"的论断,认为:"'曲'才是戏曲艺术诸因素中的主导,才最深刻地体现了戏曲艺术的主要目的";"'曲'乃戏曲艺术核心之核心,是

---

① 刘彦君. 早期东西方戏剧的相近特性 [J]. 艺术百家, 2003 (1).
② 董上德. 论元杂剧的文体特点 [J]. 戏剧艺术, 1998 (3).
③ 20 世纪 80 年代后,受西学东渐的叙事学理论影响,国内学术界有相当一些学者开始关注戏剧的叙事性问题,并对此展开了卓有成效的深入研究。本书"引论"第四部分"叙事学与戏剧叙事学发展概况与研究现状扫描"中,对此有较为详细论述,可参见。
④ 从中西古典戏剧比较视角来看,古希腊悲剧同样富有鲜明浓郁的抒情性、诗意化特征,不仅体现在采用诗歌文体,而且更多体现于占据剧情大量篇幅的歌队用于歌唱的合唱歌。如索福克勒斯的《安提戈涅》中的第三合唱歌,《俄狄浦斯在科洛诺斯》中的第一合唱歌,历来被推崇为西方古代抒情诗的典范之作。但西方戏剧研究者并未因此忽视叙事性,而将"抒情性"看作戏剧艺术最本质属性。

我国古典戏曲最深层的本质";较之王国维戏曲乃"以歌舞演故事"的定义，将戏曲界定为"以故事串演歌舞"的正确程度应更高。① 有的学者从初创"戏曲"之中国戏剧新样式、为古典诗歌带来新意境的一般文学意义上，给予元杂剧很高评价；但同时又从戏剧文学和戏剧艺术的特殊意义上，强调元杂剧是十分幼稚、有待成熟的。比如，学者吕效平认为："元杂剧虽然已经获得了以代言体的方式表演故事这个外在的戏剧形式，但是在精神实质上它仍然是抒情诗的。""元杂剧的曲，既是元杂剧首要的艺术手段，也是它首要的艺术目的。因此，我们有理由说：虽然元杂剧比较历史上的抒情诗要复杂得多，虽然戏剧的因素已经被引入诗歌，与诗歌结合起来，但是元杂剧在本质上仍然是抒情诗，其最本质的艺术特征仍然是抒情诗特征。"②

"文类可能始于说明性的类别归纳；可是一旦这种归纳得到认同，它将随即变成某种必须遵守的章程和约束。文类既是读者的'期待视野'，又是作家的'写作模式'；换言之，文类如同一种契约拴住作家和读者。因此，文类将强行限定作家的写作策略。"③ 元杂剧文本体制如何规约杂剧家的创作，又何以承载演述故事之载体的重任，赋予元杂剧怎样的叙事特征及其叙事效果呢？现存元杂剧文本体制具体体现为这几种形式：四折、楔子、一角主唱、曲词、宾白、科介。"一角主唱"所折射出的叙事性，笔者在探究戏剧"代言体"与"叙述体"时已有所论及，不另赘述。"科介"乃剧作规定的主要动作、表情及舞台效果（大致相当于当今人们所习用的戏剧术语"舞台提示"）。明代戏曲家、戏剧理论家徐渭在其《南词叙录》中，曾对"科""介"给予明确阐释：科者，"相见、作揖、进拜、舞蹈、坐跪之类身之所行，皆谓之科"；介者，"今戏文于科处皆作'介'，盖书坊省文，以科字作介字，非科、介有异也"④。在王国维为戏曲所下的定义中，科乃是与曲、白同样不可或缺的三大戏剧构成要素之一："戏曲者，谓以歌舞演故事

---

① 钱久元. 中国戏曲本体论质疑 [J]. 艺术百家，1999 (3).
② 吕效平. 试论元杂剧的抒情诗本质 [J]. 戏剧艺术，1998 (6).
③ 南帆. 文学的维度 [M]. 上海：三联书店，1998：273.
④ 徐渭. 南词叙录 [M] // 中国戏曲研究院. 中国古典戏曲论著集成（三）. 北京：中国戏剧出版社，1959：246.

也。……必合言语、动作、歌曲以演一故事,而后戏剧之意义始全。"① 由于科介多较零碎,所以与曲、白相比而很少为人重视。但实际上,元杂剧文本中随处可见的诸如"正末下""旦儿做拿扁担勾绳放前科"之类科介,尽管一般仅为只言片语,难以形成一定的叙事规模,却仍然具有某种叙事性。换言之,科介同样具有推动戏剧故事情节发展演变的叙事功能。试以《梧桐雨》和《窦娥冤》两剧为例。《梧桐雨》楔子中,幽州节度使张守珪派人将征讨叛乱失败的手下番将安禄山押解入京,丞相张九龄带其面呈玄宗。君臣之间,就是否对其治罪产生了意见分歧:

(正末云)丞相,不可杀此人,留他做个白衣将领。(张九龄云)陛下,此人有异相,留他必有后患。(正末云)卿勿以王夷甫识石勒,留着怕做什么!兀那左右,放了他者。(做放科)(安禄山起谢,云)谢主公不杀之恩。[做跳舞科](正末云)这是什么?(安禄山云)这是胡旋舞。(旦云)陛下,这人又矬矮,又会舞旋,留着解闷倒好。(正末云)贵妃,就与你做义子,你领去。(旦云)多谢圣恩。(同安禄山下)②

在上述规定性的戏剧情境中,我们不难设想,倘若没有那一曲"胡旋舞",安禄山充其量还只是一名遇赦而侥幸免死的囚犯。因其"有异相",丞相张九龄等人恐怕仍会早晚待机铲除之。而一曲胡旋舞(此舞蹈动作属于"科介"),陡然改变了这位囚犯从地狱到天堂(即从逆境到顺境)的命运,故事情节由此引子而转入正题。《窦娥冤》第四折里,中举得官并升任肃政廉访使,握有"职掌刑名,随处审囚刷卷,体察滥官污吏,容老夫先斩后奏"权限的窦天章,夜审案卷之际,女儿窦娥冤情其实已经被他略过。然而此时此刻,一种奇怪的现象出现了。当窦天章将窦娥案卷压至最底下时,有"魂旦上做弄灯科""魂旦翻文卷科""魂旦再弄灯科""魂旦再翻文卷科"等循环重复性的"科介"。亦即窦天章三次将案卷压下、窦娥鬼魂三次上前

---

① 王国维. 宋元戏曲考 [M] //王国维戏曲论文集. 北京: 中国戏剧出版社, 1984: 29.
② 白朴. 梧桐雨 [M] //王季思. 全元戏曲(第一卷). 北京: 人民文学出版社, 1999: 489.

"翻文卷"的一连串人物动作。① 假设没有窦娥鬼魂再三"翻文卷"的重复性动作,势必也就不会引起窦父的惊诧与留意,促使其怀着极大好奇心审察窦娥的案情,并走向最终勘明真相、为女儿申冤昭雪的结局。显而易见,上述"胡旋舞"和"翻文卷"绝对不是可有可无、无关痛痒的科介,而属于嵌入整个剧情结构之中的、推动情节由此及彼发展演变的戏剧性动作,其叙事功用十分突出而重要。以下笔者拟重点探究一下元杂剧中宾白、四折、楔子、曲词所具有的叙事性。②

先谈宾白的叙事性。古代曲论者及现代学者对于宾白具有极强叙事性的问题,早有论述与共识。元杂剧《赵氏孤儿》曾于18世纪30年代,经由在中国传教的法国耶稣会教士马约瑟译介到法国。此即见诸巴黎耶稣会教士杜赫德编辑,1735年正式出版的四册对折本《中国通志》(亦译《中华帝国志》)第三卷第339—378页的《赵氏孤儿》法文全译本。据考证,该剧是最早传入欧洲的中国戏剧;就整个18世纪来说,它是唯一在欧洲流传的中国戏剧。尽管《中国通志》刊载的是马约瑟的全译本,但严格说来,却又算不上是元杂剧《赵氏孤儿》的完整版本,因为译者有所删节。具言之,马约瑟的这部法文译本《赵氏孤儿》以宾白为主,"诗云"之类刊落大半,至于曲词则一概省略不译,仅仅注明谁在歌唱③。虽然这里马约瑟向欧洲人推出的,仅仅只是保留了宾白而删掉全部曲词的残缺版的元杂剧《赵氏孤儿》——倘若纪君祥九泉有知,也许会对这位"老外"的做法有所遗憾甚至颇为不满——却仍旧能够风靡法、英诸国,并掀起18世纪欧洲剧坛一股强劲的"中国戏剧热"。此传播现象从一个侧面,透过外国人之"旁观者"视角,充分验证了元杂剧宾白具有足够强大的叙事功能。

再以《梧桐雨》第四折唐明皇身边太监高力士所说的一段宾白为例:

---

① 关汉卿. 窦娥冤 [M]//王季思. 全元戏曲(第一卷). 北京:人民文学出版社,1999:203—204.
② 这里需要申明一点,本课题仅以元杂剧与古希腊戏剧文本为研究范畴,不包括表演叙事。因此,诸如元杂剧的音乐与演出体制,诸宫调、曲牌、声律及表演过程中各种程式化要求对叙事的规约问题,均略而不谈。
③ 范存忠.《赵氏孤儿》杂剧在启蒙时期的英国 [M]//北京师范大学中文系比较文学研究组. 比较文学研究资料. 北京:北京师范大学出版社,1986:137—138.

自家高力士是也。自幼供奉内宫，蒙主上抬举，加为六宫提督太监。往年主上悦杨氏容貌，命某取入宫中，宠爱无比，封为贵妃，赐号太真。后来逆胡称兵，伪诛杨国忠为名，逼的主上幸蜀。行至中途，六军不进。右龙将军陈玄礼奏过，杀了国忠，祸连贵妃。主上无可奈何，只得从之，缢死马嵬驿中。今日贼平无事，主上还国，太子做了皇帝。主上养老，退居西宫，昼夜只是想贵妃娘娘。今日教某挂起真容，朝夕哭奠，不免收拾停当，在此伺候咱。①

此段宾白，几乎事无巨细地将整剧故事情节都概述出来了。

尽管元杂剧中不乏一本五折的剧作，比如，《元曲选》中的《赵氏孤儿》②，《元曲选外编》中的《锁魔镜》《五侯宴》《东墙记》《降桑葚》，另外还有属于特例的五本二十折的《西厢记》③ 和六本二十四折的《西游记》（但这两部戏剧中每一本皆为四折，从根本上讲并未打破元杂剧一本四折的体制）。由此可见，一本四折乃元杂剧之惯例。这种体制顺应一般事件起、承、转、合的发展过程，能够适应大多数故事的演述。试以元杂剧《遇上皇》为例。该剧第一折铺叙开封府下等军人赵元被迫写给妻子休书，并被妻子的情夫开封府尹派往西京申解文书，如延期即犯下死罪。第二折演述赵元途中邂逅微服私访的宋太祖，不仅替他还了酒钱，还结拜为兄弟；太祖询问赵元详情后，在其臂上写下两行字。第三折陈说赵元误期当斩，情急之下露出臂上之字而得以免罪。第四折则搬演宋太祖赐封赵元为开封府尹，惩罚了狼狈为奸的原府尹与赵元妻。全剧故事情节顺畅地展开于四折之中，由开端经历发展、达到高潮而走向结局。

当然，并非所有元杂剧都像《遇上皇》那样，所演述的故事内容与暗

---

① 白朴. 梧桐雨 [M] //王季思. 全元戏曲（第一卷）. 北京：人民文学出版社，1999：507.
② 有些论者将《西厢记》定为五本二十一折，如《元曲鉴赏辞典》"附录·元杂剧关目"中，将该剧第二本定为五折："旦末合本。出场人物：正旦—莺莺（第一、三、四、五折）；惠明（第二折）；正末—张生；旦俫—红娘；杜确、孙飞虎。"参见蒋星煜主编. 元曲鉴赏辞典 [M]. 上海：上海辞书出版社，1990：1313.
③ 鉴于《元刊杂剧三十种》中的《赵氏孤儿》只有四折，该五折剧本系明人添加已成学术界定论。

合起、承、转、合的四折体例之间,恰好构成等量齐观的对应契合关系。更多情况下,往往存在着较为简单化的故事内容难以满足四折的容量,或者较为复杂化的故事内容大大超出四折容量的非对应性情形。此时剧作家需要在处理故事情节的叙事方面,采取灵活变通的途径。其一,当故事情节十分简单、缺乏足够长度满足四折的容量时,为保持"一本四折"体制的完整性,剧作家常借助增加"插曲"以拉长故事篇幅,从而构建出四折的长度。仅以《不伏老》为例。该剧第一折演述尉迟敬德受辱而大闹臣宴,因此贬谪乡里;第二折述说高丽国侵犯唐朝,徐茂公设计搬请敬德老将军重披战袍;第四折则为敬德领兵出征大获全胜。这样处理,其实已将故事全部内容予以完整交代,但问题在于仅占三折;剧作家为此特地添加敬德遭贬后众官到长亭为其送别的第三折。该折长度很短,在整个剧情中对故事情节的发展起不到多大的推动作用。然而,其嵌入确保了一本四折体制的完整性。其二,如果故事情节较为复杂、时间跨度很长,此时一本四折体制的有限长度,对剧作家处理复杂事件的表现力便难免构成一定限制性,杂剧家往往借助将背景事件转化为人物宾白的途径,以适当缩短故事的长度。换言之,当四折容量难以承载与表现相当复杂的故事内容时,杂剧家便有的放矢地将某些次要事件转化为宾白,通过人物之口叙述出来。如此处理可使影响故事发展的各个环节不至于缺失,又能将故事来龙去脉交代清楚,还能压缩叙事时间、精简叙事内容,使得剧情长度得以有效缩短,结构紧凑完整、故事中心突出。例如,《窦娥冤》中"窦娥丧母"与"赛卢医借债"两个事件,尽管算不上故事核心,但又属于全剧情节发展进程中不可或缺的两个环节:如果窦娥母亲在世,窦天章便不会将女儿卖给蔡婆;同样,如果没有赛卢医企图杀人赖账,也就不会有随后蔡婆引狼入室一事!这两个事件假如采用舞台场景化的直接展示,势必会增加剧情不必要的长度。是故,关汉卿在楔子和第一折里,分别借助窦天章与赛卢医的上场白简要叙述事件背景,从而达到既压缩故事长度,又交代清楚故事背景的叙事效果。

楔子属于元杂剧独具的一种重要叙事单元,其曲白与长度比"折"要少与短。例如,《百花亭》楔子中曲词加宾白仅有一百六十余字,《梧桐叶》楔子中曲词加宾白不过二百多字。当然楔子也有较长的,但增加部分只能是宾白而非曲词。例如,《裴度还带》楔子长达两千二百余字,但曲词仅占四十字,宾白则有两千一百余字。楔子里演唱套曲的情况罕有,特例仅见于《西厢记》第二本楔子中,离开寺庙、搬请救兵的惠明和尚所唱的一套〔正宫·端正好〕。元杂剧对于楔子的使用频率极高,且使用情况十分灵活。《元曲选》与《元曲选外编》收录的162部完整传世的元杂剧中,使用楔子者有100部,比例高达62%。其中楔子用于剧首的占60%,用于剧中(第一、第二折,第二、第三折或第三、第四折之间)的占30%,同一部剧作中使用两个楔子的占10%。楔子体制的确立,足以见出杂剧家对于叙事的缜密追求,为元杂剧的叙事带来灵活有效的因子:位置灵活、相对独立,可在一本四折基础上适当增加戏剧篇幅及剧情长度,增强元杂剧对于复杂事件的表现力,保证元杂剧故事情节具有清晰完整的发展脉络。比较而言,剧首楔子与剧中楔子所具有的叙事功能不尽相同:前者主要交代故事背景,一定程度上可能游离于故事主体之外;后者大都与剧情中核心事件的发展紧密联系,承上启下,不可或缺。此特点正如周贻白先生所指出的:"元杂剧使用楔子,有在一、二套或三、四套之间者,有在开场即用楔子者。若以今存的元剧而论,开场用楔子者占多数;因此,这种楔子便多带有说明或介绍人物的性质,事实上是垫平的作用。其用于一、二套或三、四套之间者,这种楔子,便多属剧情发展上的过脉,并不一定都是'余情'。"①

剧曲指元杂剧中用于演员演唱的曲词。长期以来抒情性被公认为元杂剧剧曲的核心特征,学术界习惯于以品评诗歌的方式探究元杂剧剧曲的抒情方式、意境营造等特色;曲论与剧论甚至成为两条并行的分支,前者更胜一筹。王国维亦曾断言"独元杂剧于科白中叙事,而曲文全为代言"②,亦即认为曲词与叙事无涉。但令人生疑的问题是,难道曲词之中果真没有叙事吗?换言之,剧曲是否与承载演述故事的功能毫无关联呢?不妨看《潇湘雨》楔子中的一段唱词:"〔端正好〕我恰才沉没这急流中,挣的到河滩上,只看我这湿漉漉上下衣裳。若不是渔翁肯把咱恩养,(带云)天那,(唱)这

---

① 周贻白. 中国戏曲发展史纲要[M]. 上海:上海古籍出版社,1979:150.
② 王国维. 王国维戏曲论文集[M]. 北京:中国戏剧出版社,1984:56.

泼性命休承望。"① 这段唱词，显然属于剧中女主人公张翠鸾对自身落水及被救经过的陈述。此外，《灰阑记》中张海棠被诬告杀害亲夫，押送至开封府接受赵令史审讯时，即以一段唱词讲述了自己被亡夫马钧卿娶为小妾的婚恋史："（正旦唱）〔山坡羊〕念妾身求食卖笑，本也是旧家风调。则俺为穷滴滴子母每无依靠。捱今宵，到明朝，谢的个马钧卿一见投好，下钱财将妾身娶作小。他莺莺交，咱成就了。"② 元杂剧受其作为叙事艺术的文体影响，剧曲中必然含有大量叙事成分，因此具有很强的叙事功能。概括来说，具有代表性的剧曲叙事主要有三种类型：其一是"探子主唱"，即身份为探子的某一旁观者或知情者，向他人述说耳闻目睹的某些重要事件的经过。其叙说内容很长，时常占满一折。如《气英布》第一折展示随何设计成功劝降英布，第二折表现刘邦接见英布时故意以洗脚激将，第三折演述刘邦拜英布为九江侯，第四折则由探子铺陈英布大战霸王项羽的厮杀情景："（正末扮探子执旗打枪背上，云）这一场好厮杀也呵！（唱）〔黄钟·醉花阴〕俺则见楚汉争锋竞寰土，那楚霸王肯甘心服输？此一阵不寻俗，这汉英布武勇谁能拒：慷慨堪称许，善韬略晓兵书。（带云）出马来，出马来。（唱）没半霎儿早熬翻了楚项羽。"③ 其二是曲词前的宾白中，夹带"你讲（或说）一遍"等提示语。如《荣归故里》④ 第三折中，冲末薛仁贵（其身份和地位实为该剧男主人公——作者注）与正末扮哥邂逅时连曲带白的一番交流："（薛仁贵云）既然你和薛驴哥是相识朋友，他从小里习学什么艺业来？……他那一双父母，如今有什么人侍养？你说一遍我试听咱。（薛仁贵云）自我投义军之

---

① 杨显之. 潇湘雨 [M] //王季思. 全元戏曲（第二卷）. 北京：人民文学出版社，1999：380.
② 李行道. 灰阑记 [M] //王季思. 全元戏曲（第三卷）. 北京：人民文学出版社，1999：581.
③ 尚仲贤. 气英布 [M] //王季思. 全元戏曲（第三卷）. 北京：人民文学出版社，1999：774.
④ 此剧现存两个本子：一为元刊杂剧三十种本的正名是《薛仁贵衣锦还乡》（简称《衣锦还乡》），一为臧晋叔《元曲选》本的正名为《薛仁贵荣归故里》（简称《荣归故里》）。两个剧本版本差异甚大，王季思先生主编的《全元戏曲》根据《元曲选》本收录《薛仁贵荣归故里》，剧后附有元刊本《薛仁贵衣锦还乡》。参见《薛仁贵荣归故里》"剧目说明"，王季思. 全元戏曲（第四卷）[M]. 北京：人民文学出版社，1999：265.

后，我一双父母怎生般过活，你再说一遍与我听咱。"①"你说一遍"或"你再说一遍"之类宾白后，显然当为剧中人物以曲词对某些事件的叙述。其三是由"我则见""你看那"等开头语引领的一段曲词，大多属于演唱者进行的叙述。如《误入桃源》第三折中，正末刘晨的一段唱词："〔石榴花〕则见这野风吹起纸钱灰，冬冬的挝鼓响如雷，原来是当村父老众相知，赛牛王社日，摆列着尊罍。〔做叫云〕刘弘，开门来，开门来。（唱）到的这柴门前便唤咱儿名讳，他那里默无声弄盏传杯，一个个紧低头不睬佯装醉，方信道人面逐高低。"②

## 三、中西方古典戏剧叙事学渊源回顾

有些学者指出："叙事理论是中国古典戏剧理论中一脉重要的思想体系，它以戏剧的故事本体为研究和阐发对象。作为一种晚起艺术样式的中国戏剧，其故事本体的成熟形态和完整的剧本体制的形成是在宋元之际，因此中国戏剧叙事学的兴起必然承续中国古代叙事学深厚的历史积淀。"③ 中国古典叙事理论以古代史官文化为发源，同时上承古代神话、传说、寓言的另一条脉源。史传文学孕育的叙事观点以信实为标志，神话传说孕育的叙事观点则以虚幻为特征，二者交融构成中国戏剧叙事学之源。前者的影响，如虚实问题亦即历史与艺术的关系问题，始终是戏剧叙事学探讨的一个中心话题：古代史官文化与儒家文化密切相连，代表着古代传统文化之正宗。受此儒家传统文化的熏染，中国古代戏剧叙事学颇为重视文艺的社会教化功能，戏剧家以及戏剧理论家信奉的金科玉律是惩恶劝善。后者的影响，尤其如庄子奠定的寓言精神，则直接导致古代戏剧叙事学中将戏剧视同为"寓言"的理论共识。

元明时期伴随杂剧与传奇创作之繁盛，戏曲理论研究亦随之发展起来。

---

① 张国宾. 荣归故里 [M] // 王季思. 全元戏曲（第四卷）. 北京：人民文学出版社，1999，282—283.
② 王子一. 误入桃源 [M] // 王季思. 全元戏曲（第五卷）. 北京：人民文学出版社，1999：544.
③ 谭帆. 中国戏剧叙事学渊源考析 [J]. 华东师范大学学报（哲社版），1990（2）.

元代出现一些探究演唱、音韵及评价剧作家、演员的著作。诸如燕南芝庵的《唱论》、周德清的《中原音韵》、夏庭芝的《青楼集》、钟嗣成的《录鬼簿》等。明代则有朱权专谈北剧（即杂剧）的《太和正音谱》与徐渭专论南戏的《南词叙录》，王骥德侧重声律的集大成的体系性著作《曲律》等。重"曲"（曲词，包括音乐性）轻"戏"（故事、情节），偏重于诗歌本体论范畴内的"歌曲辞章"。对此有些学者认为，中国传统戏剧尤其元杂剧，是从诗词曲发展而来，似乎更侧重于抒情，而不是讲故事。一些学者因此称之为"戏曲"而不是"戏剧"，强调它"将歌曲置于故事情节、戏剧冲突之上"，是一种"曲本位"①。也有学者指出，很多元杂剧缺乏戏剧成分，甚至认为元杂剧严格说来"尚未成熟"。② 故而欣赏中国传统戏剧，在很大程度上故事只是一个背景，观众更多欣赏的是演员的"唱、念、做、打"。许多流传下来的元杂剧剧本仅仅是唱词的集合，没有宾白及提示舞台表演动作的科介。即使那些保留得比较完整的剧本，虽有宾白及科介，也是非常简略，唱词占据主要篇幅。而唱词与传统的诗词歌赋相类似，具有很强的抒情性。还有的学者从三个方面分析并强调古典戏曲重"曲"而轻"事"，亦即忽视"叙事性"问题。③ 其一，中国戏曲批评的焦点与核心标准。古典戏曲不以故事为主，而以歌舞为主，以"曲"为主的特性在戏曲批评中表现得非常清楚。古人评价戏曲作品的优劣，谈论剧作家成就的高低，一般不从作品的叙事技巧和作家的叙事才能着眼，而是从作品的文采词华、作家的曲风格着眼，表现出重"曲"轻"事"的强烈倾向。"曲"成为古典戏曲批评的焦点，"曲"之优劣成为戏曲成就高低的首选标准。其二，戏曲创作中对"曲"的刻意追求。古典戏曲创作对曲词表现出强烈的兴趣，剧作家们对于作曲孜孜以求、呕心沥血。"曲"成为创作的艺术核心，它甚至可以不依附于剧中人物角色的个性，跨越剧情的需要（即脱离剧情）而达到一种独立自主的状态。古代戏曲曲词创作的理想，体现为骈绮（无限追求词藻，炫耀剧作家的自我才情）、本色（讲求曲词通俗易懂、浅显流畅）、格律（刻意追求曲词的音乐性）三大流派。三大流派表现出对于戏曲语言的刻意追求（或文学性或音乐性），为实

---

① 钟涛．元杂剧艺术生产论［M］．北京：北京广播学院出版社，2003（4）．
② 洛地．戏曲与浙江［M］//李修生．元杂剧史．南京：江苏古籍出版社，1996：1．
③ 钱久元．中国戏曲本体论质疑［J］．艺术百家，1999（3）．

现曲词的诗意或格律的完美，甚至可以脱离剧情与人物性格。其三，戏曲故事情节的弱化现象。就古典戏曲创作总体而论，对于"叙事"因素较为忽视，具体表现为题材的因袭，情节的雷同化、情节发展中的"漏洞"、情节的淡化等诸多"情节弱化"现象，集中而典型地反映出古典戏曲叙事意趣之不足甚至匮乏。

如果遵循上述一些学者关于中国传统戏剧重在抒情的思路来理解，或许可以得出某种推论：既然不侧重叙事，也就谈不上对故事结构及叙事方式等叙事性问题的关注了。但事实恐怕并非如此。王国维在《宋元戏曲考》中指出："戏曲者，谓以歌舞演故事也。……必合言语、动作、歌唱，以演一故事，而后戏剧之意义始全。"① 强调戏曲的本质特征在于"演故事"，戏曲首先看重的是故事——戏曲从其诞生之日起，即以三教九流、五行八作的广大市民为主流观众，而平民化观众对故事视听格外喜欢。这种戏曲审美心理与欣赏习惯，势必要求并引导戏曲家们在如何投其所好地演述故事上有所用心。戏曲艺术从宋元杂剧与南戏发展至明清时代而演变为"传奇"，顾名思义即述说世间之奇人奇事也。所谓"无奇不传""无传不奇"，单从名称上便不难窥见其对"故事"的刻意追求。退一步讲，即使中国传统戏剧不关注叙事，也并不能表明绝对没有叙事。因为戏剧毕竟属于叙事类文体，而并非单纯诗词那样的抒情作品。即使我们肯定中国戏曲主要构成因素在于诗性的曲词，但也必须承认勾连、整合曲词的框架仍然是某一个故事，叙述故事应当是其本质属性与基本特征之一。只不过作为一种时空综合性艺术，戏剧需要采用戏剧化的叙事方式，除了一般意义上的人物、情节之外，更多地涉及场景、时空等舞台性因素，从而在叙事特征上与小说文体构成明显区别。因此，尽管中国古典戏曲理论长期滞陷于诗歌本体论范畴内的"歌曲辞章"，但对戏剧叙事性的认识仍以难以遏制之势潜滋暗长与朦胧发展。元明时期的戏剧家习称戏曲作品的故事情节、情节结构为"关目"。例如，《元刊杂剧三十种》标有"大都新刊关目的本《东窗事犯》""古杭新刊关目的本《李太白贬夜郎》"等名目；② 明初贾仲明为《录鬼簿》所作补词中，每每以"关

---

① 王国维. 王国维戏曲论文集 [M]. 北京：中国戏剧出版社，1984：29.
② 徐沁君校点. 新刊元杂剧三十种 [M]. 北京：中华书局，1980：6.

目奇、关目嘉、关目真"① 等字眼品评元杂剧，其所谓"关目"含义，便指涉故事情节或情节结构。明中叶李贽、毛允遂将叙事性要求提升至第一位。如李贽在点评张凤翼《红拂记》传奇的《杂述·红拂》时，将"关目"列为戏剧诸艺术要素之首："此记关目好，曲好，白好，事好。"② 稍晚一些的王骥德好友毛允遂品评戏曲作品"每种列为关目、曲、白三则，自一至十，各以分数等之，功令犁然，锱铢毕析"，同样将"关目"列居首位。③ 臧懋循论及"作曲三难"时，则将"关目紧凑之难"列为第二。④ 此外，值得注意的是以李贽、陈继儒为代表的戏曲评点，主要从人物、情节、思想意义着眼，超出了以词采、格律论剧的固有框架。此情形显示出明代已经产生审视戏剧的另一种本体论，即不再把戏剧当作曲，而是视为叙事文学。不过它未能成为主流话语，远未得到普遍认可。明末祁彪佳可谓第一位从根本上转变戏剧本体论之着重点的戏剧批评家。他在《远山堂曲品》中较为明确地提出其批评标准：音律、词采、叙事三者并重。其中首先推重"构局"即人物和情节的总体结构，在整体戏剧艺术形象中又强调"境"与"意"的统一；其次重"词华"即曲词的文采；再次重音律。此即所谓："作南传奇者，构局为难，曲白次之。"⑤ 如果说祁彪佳还只是在戏剧批评中实现了某种突破与转移，那么从理论上真正完成这一突破和转移的人物，无疑便是清代初期的李渔。中国古典戏剧理论发展至此，可谓步入别有洞天的一个新阶段。李渔剧论集中见于《闲情偶寄》中的"词曲部"与"演习部"，剧本论与演出论构成其戏剧研究的理论框架。李渔第一次明确提出"结构第一"的理论命

---

① 钟嗣成. 录鬼簿（外四种）[M]. 上海：上海古籍出版社，1980：14—17.
② 李贽. 焚书（卷4）[M]. 北京：中华书局，1961：196.（李贽是将"关目"与故事之"事"相提并论，显然系指情节结构。）
③ 王骥德. 曲律·杂论下 [M] //中国戏曲研究院. 中国古典戏曲论著集成（四）. 北京：中国戏剧出版社，1959：170.
④ 臧懋循. 元曲选·序二 [M] //秦学人，侯作卿. 中国古代编剧理论资料汇辑. 北京：中国戏剧出版社，1984：96.（这里臧懋循所谓"作曲三难"，具体指的是情词稳称、关目紧凑、音律谐叶。）
⑤ 祁彪佳. 远山堂曲品 [M] //中国戏曲研究院. 中国古典戏曲论著集成（六）. 北京：中国戏剧出版社，1959：102.

题:"填词首重音律,而予独先结构。"① 在李渔看来,戏曲文学要素的合理次序当为结构、词采、音律。② 在"戏"与"曲"之间李渔偏重于"戏",认为戏剧情节是戏剧产生娱乐作用的关键因素,"叙事性"因而在其戏剧理论与创作中,获得了在传统戏曲理论与创作中从未有过的显赫地位;标志着李渔的戏剧创作从理论到实践,实现了由戏曲的曲词至高无上的"抒情中心",向着以戏剧的情节地位为核心的"叙事中心"的转移。换言之,李渔的《闲情偶寄》以自身多年的创作经验与舞台实践,丰富并发展了传统戏剧理论,其中"结构第一"以及突出核心关目(故事情节)、强调"宾白应与曲词等量齐观"的崭新理念与创作原则,充分表现出一种重视戏剧结构的审美趋向,对古典戏剧叙事理论的发展具有十分重要的意义,标志着戏剧理论史上的重要转捩。正是这种对于戏剧"叙事性"的推重,导致元明以来传统古典戏曲研究,开始其从"重曲"向着"重戏"嬗变的深刻转换。

正如西方文学的源头为古希腊罗马文学,西方叙述学的源头同样亦出自古希腊,具言之,乃渊源于希腊先哲柏拉图与亚里士多德。叙述学试图探究和解决的核心问题,并非"作品说了什么"(即故事内容的要素),而在于"作品怎样说"(即铺叙故事的形式要素)。正如西方叙事学家阿伯拉姆在谈及叙事学的美学功能与实质时所强调的:"叙事学的主要兴趣,在于叙述的'谈话'是如何将一个'故事'(简单地按时间顺序排列的事件),制作成有组织的'情节'形式的。"③ 遵循这一理论视角而推断,柏拉图已经意识到"怎样说"的重要性,因而或许堪称古代世界涉猎叙事学问题的第一人。柏拉图是这样认为的:"可以把同一件事对同一批人时而说得像是,时而说得像非,他(指言说者)爱怎样说就怎样说",也可以"把同一个措施时而说得像很好,时而说得像很坏"。④ 而鉴于"同一件事"或"同一措施"仅仅由于说法(即叙述)之不同竟会导致面目全非的叙事效果,柏拉图慨叹:

---

① 李渔.闲情偶寄[M]//中国戏曲研究院.中国古典戏曲论著集成(七).北京:中国戏剧出版社,1959:10.
② 李渔《闲情偶寄·词曲部》中六章的写作顺序分别是:"结构第一""词采第二""音律第三""宾白第四""科诨第五""格局第六"。
③ 华莱士·马丁.当代叙事学[M].伍晓明,译.北京:北京大学出版社,1990:115.
④ 柏拉图.文艺对话集[M].北京:人民文学出版社,1963:145.

"我想应该研究语文体裁问题，然后我们就算把'说什么'和'怎样说'两个问题都彻底讨论过了。"① 只言片语中透露出对形式的高度敏感，而柏拉图美学思想体系的基石，恰恰建立于这位古代圣哲对"形式"的情有独钟。正如柏拉图所深信不疑的那样："美本身，加到任何一件事物上面，就使那件事物成其为美，不管它是一块石头、一个人、一个神、一个动作，还是一门学问。"② 循此推究其理式论的要义在于，"美的事物"之所以美，乃因其仅仅作为美的理式的直接现实，形式亦即美的存在方式。③ 由此我们不难推断出柏拉图理式论中，隐含着"艺术即形式"这样一层潜台词，而"艺术即形式"观念堪称叙述学安身立命的逻辑起点。两者之间遥相呼应的某种契合性，令人隐约窥见柏拉图与叙述学之间息息相通的血脉。不仅如此，柏拉图还曾对"单纯叙述"与"模仿叙述"问题作出精辟阐释："凡是诗和故事可以分为三种：头一种是从头到尾都是模仿，像悲剧和喜剧；第二种是只有诗人在说话，最好的例子也许是合唱队的颂歌；第三种是模仿和单纯模仿掺杂在一起，史诗和另外几种诗都是如此。"④ 柏拉图在这里最早提出两个重要概念"单纯叙述"与"模仿叙述"，并给予细致诠释：所谓"单纯叙述"，即"诗人以自己的身份在说话，不叫我们以为说话的是旁人而不是他（指诗人）"；所谓"模仿叙述"，即"诗人站在当事人的地位说话"。⑤ 叙述学理论大师热奈特在代表性论著《叙述话语》中多次赞叹柏拉图，其论述叙述话语时使用的最重要概念"距离"，或许便直接得益于柏拉图对"单纯叙述"与"模仿叙述"的划分。"诗人以自己的身份在说话"的"单纯叙述"，与"诗人站在当事人的身份在说话"的"模仿叙述"之区别，在于前者的文本与事件之间的关系是间接的，后者的文本与事件之间的关系则是直接的。假如借用热奈特的术语来表述，即前者的文本与事件之间"距离"更大，后者的文本与事件之间"距离"更小。从美国叙述学家布斯身上，同样不难看出柏拉图影响的明显印痕：布斯对于"戏剧化叙述者"与"非戏剧化叙述者"的分

---

① 柏拉图. 文艺对话集 [M]. 北京：人民文学出版社，1963：47.
② 柏拉图. 文艺对话集 [M]. 北京：人民文学出版社，1963：184.
③ 赵宪章. 柏拉图理式论美学臆说 [J]. 文艺理论研究，1992（5）.
④ 柏拉图. 文艺对话集 [M]. 北京：人民文学出版社，1963：50.
⑤ 柏拉图. 文艺对话集 [M]. 北京：人民文学出版社，1963：48—49.

类。其实"戏剧化叙述者"类似"站在当事人的地位说话"的叙述者,"非戏剧化叙述者"则大致等同于"诗人以自己的身份在说话"的叙述者。

如果说柏拉图有关叙述学问题的思考,尚多属于某些思想的火花而显得零散化,那么亚里士多德在《诗学》中,则就叙述手法、叙述主体、叙述时空、叙述效果诸问题,给予了颇为系统化的阐述。其中涉猎的某些论题及其梳理归纳的某些原则影响深远,成为后世西方叙述学理论中津津乐道的热门话题。西方叙事文学出现很早,标志着西方古代叙事文学最高成就的荷马史诗与希腊戏剧繁荣之时,中国尚处侧重"抒情言志"的以诗歌及散文为代表的古代抒情类文学兴盛之际。史诗与戏剧较之诗歌与散文所不同的一个艺术机制,即在于其具有更多叙述故事的"叙事性"因素,使得古希腊文学艺术"叙述机制"的孕育生长,远比同一历史阶段的中国古代文学艺术更为充分与完备。亚里士多德以荷马史诗与希腊戏剧作为研究对象和归纳演绎的依据,自然而然地在此"叙事性"营养成分颇为丰富的艺术土壤里萌生叙述意识。这种叙述意识主要体现于三个层面:第一,归纳出叙述手法,并进而认为叙述主体对于叙述手法的选择使用具有一定的自由度。他在《诗学》第三章中这样强调:"假如用同样媒介模仿同样对象,既可以像荷马那样,时而用叙述手法,时而叫人物出场,也可以始终不变,用自己的口吻来叙述,还可以使模仿者用动作来模仿。"① 这里亚里士多德为我们列举出四种具体而重要的叙述手法:其一为"像荷马那样",亦即荷马史诗中常用的第三人称全知叙述模式;其二为"时而叫人物出场"(由事件主人公展示其自我言行),相当于第三人称客观叙述模式;其三为"始终不变地以自己的口吻来叙述",属于创作主体(即剧作家)与叙述者合而为一的第一人称叙述模式。这种叙述手法在荷马史诗与希腊戏剧中罕有使用,因此在更大程度上堪称亚里士多德前瞻性的大胆构想;其四为"模仿者以动作来模仿",即通过演员的动作进行"现身说法"式直观展示的戏剧特有的叙述法,堪称亚里士多德

---

① 亚里士多德. 诗学 [M]. 罗念生,译. 北京:人民文学出版社,1962:9.(陈中梅译本中将这段话译为:"人们可用同一种媒介的不同表现形式模仿同一个对象:既可凭叙述——或进入角色,此乃荷马的做法,或以本人的口吻讲述,不改变身份——也可通过扮演,表现行动和活动中的每一个人物。"参见亚里士多德. 诗学 [M]. 陈中梅,译. 北京:商务印书馆.1996:42.)

推崇的戏剧叙述主导方式:"(悲剧的)模仿方式是借人物的动作来表达,而不是采用叙述法。"① 亚氏总结归纳的上述叙述手法即使今天看来,已是相当全面而多样化了:既有第一人称叙述,也有第三人称叙述,还有戏剧式叙述。而在第三人称叙述中,又包含了全知叙述、限知叙述、客观叙述等不同类型。第二,提出叙述主体对于叙述客体的选择与处理问题。亚里士多德在《诗学》中尤其强调:"一桩不可能发生而可能成为可信的事,比一桩可能发生而不可能成为可信的事更为可取;但情节不应由不近情理的事组成;情节中最好不要有不近情理的事;如果有了不近情理的事,也应该把它摆在布局之外(如《俄狄浦斯王》剧中俄狄浦斯不知道拉伊俄斯是怎样死的),而不应把它摆在剧内。"② 他以荷马史诗为范例,详尽解读文学作品必须对事件时间进行妥当的分割与整合:"史诗的情节也应像悲剧的情节那样,按照戏剧的原则安排,环绕着一个整一的行动,有头,有身,有尾……史诗不应像历史那样结构,历史不能只记载一个行动,而必须记载一个时期,即这个时期内所发生的涉及一个人或一些人的一切事件,它们之间只有偶然的联系。(在时间的顺序中,有时候一桩事随另一桩事而发生,但没有导致同一个结局,正如萨拉弥斯海战与西西里的卡耳刻冬战争同时发生,但没有导致同一个结局。)几乎所有诗人都这样写作。唯有荷马……没有企图把战争整个写出来,尽管它有始有终。因为那样一来故事就会太长,不能一览而尽;即使长度可以控制,但细节繁多,故事就会趋于复杂。荷马却只选择其中一部

---

① 亚里士多德. 诗学 [M]. 罗念生,译. 北京:人民文学出版社,1962:19.(陈中梅译本中将这段话译为"它的模仿方式是借助人物的行动,而不是叙述"。参见亚里士多德. 诗学 [M]. 陈中梅,译. 北京:商务印书馆,1996:63.)
② 亚里士多德. 诗学 [M]. 罗念生,译. 北京:人民文学出版社,1962:86.(陈中梅译本中将这段话译为:"不可能发生但却可信的事,比可能发生但却不可信的事更为可取。编组故事不应用不合情理的事——情节中最好没有此类内容,即便有了,也要放在布局之外,如俄狄浦斯对拉伊俄斯的死因一无所知。此类事不应出现在剧内,如在《厄勒克特拉》里,有人居然讲述发生在普希亚运动会上的事……"参见亚里士多德. 诗学 [M]. 陈中梅,译. 北京:商务印书馆,1996:170.)

分,而把许多别的部分作为穿插。"① 亚里士多德上述思想见解的精髓在于,作为叙事艺术的史诗在其故事时间(属于文本虚构时间)上与现实时间(属于真实生活时间)截然不同:史诗尽管是对生活(无论现实还是历史)的模仿,却不应当并且也不可能照搬现实或历史的时间进程,创作主体(即作家)以及叙述主体需要依据特定的审美理想——创作主体(即作家)对生活"或然律"和"必然律"的理解来分割与整合现实与历史,对叙述客体(即故事事件)的原有时空予以重新安排。亚里士多德在此难能可贵地从选择、使用叙述材料和调度、重塑叙述时间的双重视角,首肯叙述主体驾控叙述客体的灵活度与能动性。第三,对叙述效果提出的合理性构想。亚里士多德在解读悲剧观赏效果时提出由四要素环环相扣的因果链构合而成的一种"公式":发现(或突转)—突转(或发现)—苦难—惊奇。突转指戏剧情节出人意料地朝着相反的方向突然转变("由顺境至逆境或者从逆境到顺境");发现则是剧情中某种特定人物关系以及事件内幕为人物角色(当事人一般多为主人公)所知晓;由此引发悲剧主人公遭遇"或毁灭或痛苦的行动"等苦难;诱导观众对人物不幸结局产生诸如恐惧与怜悯等的情感"惊奇",最终获得净化观众心灵的社会教化功用。这一公式可谓亚里士多德对戏剧艺术叙事规律的敏锐体察与精辟概括,堪称其对戏剧叙述理论所作出的值得称道的一个贡献。

---

① 亚里士多德. 诗学 [M]. 罗念生,译. 北京:人民文学出版社,1962:79—80. (陈中梅译本中将这段译为:"和悲剧诗人一样,史诗诗人也应编制戏剧化的情节,即着意于一个完整划一、有起始、中段和结尾的行动。……史诗不应像历史那样编排事件。历史必须记载的不是一个行动,而是发生在某一时期内的、涉及一个或一些人的所有事件——尽管一件事情和其他事情之间只有偶然的关联。正如萨拉弥斯海战和在西西里进行的与迦太基人的战争同时发生,但没有引向同一个结局一样,在顺序上有先后之别的情况下,有时一件事在另一件事之后发生,却没有导出同一个结局。然而,绝大多数诗人却是用这种方法编作史诗的。……和其他诗人相比,荷马真可谓出类拔萃。尽管特洛伊战争本身有始有终,他却没有试图描述战争的全过程。不然的话,情节就会显得太长,使人不易一览全貌;倘若控制长度,繁芜的事件又会使作品显得过于复杂。事实上,他只取了战争的一部分,而把其他许多内容用作穿插,比如用'船目表'和其他穿插丰富了作品的内容。"参见亚里士多德. 诗学 [M]. 陈中梅,译. 北京:商务印书馆.1996:163.)

## 四、戏剧叙事学发展概况与研究现状扫描

提及戏剧叙事学,有必要首先谈一谈叙事学。在 20 世纪众多文艺理论和批评方法中,叙述学无疑占有极其重要的地位。华莱士·马丁在 1986 年慨叹叙述学日益成为一门显学的事实:"在过去 15 年间,叙事理论已经取代小说理论成为文学研究主要关心的论题。"① 叙事学作为一门独立学科脱胎于 20 世纪二三十年代的俄国形式主义,60 年代末得以确立,其标志为 1969 年法国学者托多罗夫在《〈十日谈〉语法》一文中正式提出"叙事学"这一术语。叙述学的根本出发点在于,并非通过叙事作品来总结外在于叙事作品的规律,而是从叙事作品内部去发掘关于叙事作品自身的规律。通俗而言,叙述学要探究和解决的并非"作品说了什么"的问题,而是"作品怎样说"的问题。半个世纪以来西方学者取得了不少重要研究成果,诸如苏联学者普罗普的《民间故事形态学》、法国学者托多罗夫的《叙事美学》、热奈特的《叙事话语·新叙事话语》、美国学者布斯的《小说修辞学》、荷兰学者米克·巴尔的《叙述学:叙事理论导论》等。然而,由于长期囿于神话、民间故事、小说的研究范畴,束缚与影响了叙事学的纵深发展。20 世纪 80 年代伴随着美国学者华莱士·马丁《当代叙事学》的问世,越来越多的西方学者开始意识到,并努力追求叙事学发展的多元化,普遍认同叙述性(或叙事性)乃为与小说同属叙事文类的戏剧、影视等共同具备的艺术品格。因此,戏剧领域内的叙述性(或叙事性)问题,被纳入叙事学研究对象的视野与范畴。总体而言,国外戏剧叙事学方面的研究一直没有得到足够的重视,尤其同神话学、民间故事、小说方面叙事学研究已经取得的显赫成就相比,更显出某种寂寥乃至滞后。20 世纪 70 年代后期帕维尔《高乃依悲剧的叙述语法》问世,算得上屈指可数的一部戏剧叙事学论著。

叙事学研究自 20 世纪 80 年代在我国兴起后,90 年代形成一股研究热;至今人们从叙事学视角进行的文学研究仍热情未减,开展得有声有色:一方

---

① 华莱士·马丁. 当代叙事学 [M]. 北京:北京大学出版社,1990:1.

面,相关学者积极译介西方叙事学著作;另一方面,研究者在借鉴西方叙事理论之际,结合中国文学与中国文论的成就,努力建构中国的叙事学理论及其体系。回眸二十余年叙事学在中国的发展历程,大致可以将其概括为:"西方叙事理论的译介、叙事学的文学批评和中国叙事理论建设;其总体特征表现为诠释到互动的递进,移植与创化的并举。"①

译介的西方叙事学论著主要有:张寅德编选的《叙述学研究》(中国社会科学出版社1989年版)、王泰来等编译的《叙事美学》(重庆出版社1986年版)、罗兰·巴尔特的《符号学原理——结构主义文学理论文选》(李幼蒸译,生活·读书·新知三联书店出版社1988年版)、布斯的《小说修辞学》(华明等译,北京大学出版社1987年版)、热拉尔·热奈特的《叙事话语·新叙事话语》(王文融译,中国社会科学出版社1990年版)、华莱士·马丁的《当代叙事学》(北京大学出版社1990年版)、雷蒙·凯南的《叙事虚构作品:当代诗学》(厦门大学出版社1991年版)、希利斯·米勒的《解读叙事》(申丹译,北京大学出版社2002年版)、戴卫·赫尔曼主编的《新叙事学》(马海良译,北京大学出版社2002年版)、米克·巴尔的《叙述学:叙事理论导论》(谭君强译,中国社会科学出版社2003年版)等,不一而足。至于国内学者借鉴西方叙事学理论研究中国古典叙事的论著,主要有:陈平原的《中国小说叙事模式的转变》(上海人民出版社1988年版)、赵毅衡的《苦恼的叙述者——中国小说的叙述形式与中国文化》(十月文艺出版社1992年版)、傅修延的《讲故事的奥秘——文学叙述论》(百花洲文艺出版社1993年版)、董乃斌的《中国古典小说的文体独立》(中国社会科学出版社1994年版)、罗纲的《叙事学导论》(云南人民出版社1994年版)、浦安迪的《中国叙事学》(北京大学出版社1996年版)、杨义的《中国叙事学》(人民出版社1997年版)、赵毅衡的《当说者被说的时候——比较叙述学导论》(中国人民大学出版社1998年版)、傅修延的《先秦叙事研究——关于中国叙事传统的形成》(东方出版社1999年版)、郑铁生的《三国演义叙事艺术》(新华出版社2000年版)、申丹的《叙述学与小说文体学研究》(北京大学出版社2001年版)、王平的《中国古代小说叙事研究》(河北人民出

---

① 施定.近20余年中国叙事学研究述评[J].学术研究,2003(8).

版社 2001 年版)、罗小东的《话本小说叙事研究》(学苑出版社 2002 年版)等。上述学者主张参照西方叙事学的相关成果，结合中国古今叙事典籍，以建构中国的叙事学理论。比如，杨义的《中国叙事学》《中国古典小说史论》立足于中国的叙事经验和文化成规，结合中国古典小说名著进行叙事分析，"意象篇"与"评点家篇"彰显中国叙事的特点；董乃斌的《中国古典小说的文体独立》，着重探讨了唐传奇的文体及其叙事模式；傅修延的《先秦叙事研究——关于中国叙事传统的形成》，则追根探源地针对先秦叙事予以系统性研究；罗纲的《叙事学导论》尽管旨在介绍西方叙事学成果，但对中国叙事作品不乏列举分析；王平的《中国古代小说叙事研究》参照西方叙事学理论范畴，细致探究了中国古代各类小说的叙事特征。这些卓有成效、成就斐然的研究成果，无疑从一个侧面推动并深化了中国文学尤其是小说领域的研究。

国内学术界从叙事学视角对戏剧艺术开展的研究，大致始于 20 世纪 80 年代末 90 年代初。其学术背景在于，伴随着叙事学研究领域的不断拓宽与延伸，人们越来越清晰地意识到戏剧艺术并非纯粹的代言体，难以避免地兼容"叙事体"。这是戏剧作为综合性艺术的表征之一，"叙事性"问题不仅与戏剧艺术密切相关，甚至堪称戏剧艺术亟待挖掘且大有可为的一个研究领域与学术空间。于是不少学者对戏剧中的叙事性予以关注与探讨，认为"戏剧性因素不是构成戏剧作品的唯一元素，构成戏剧作品艺术生命力的元素是多方面的，其中戏剧性因素和叙事性因素是最主要的元素。叙事性因素虽然在戏剧理论研究中常常被忽视，但是在戏剧创作实践中却发挥着它极大的功能，因此戏剧理论也应对此进行研究"①。或者说，"叙述性是中西方戏剧初始形态共有的美学特征"。"从语言上来讲，古希腊戏剧均为押韵合辙的诗体语言，是叙述体与代言体的混合体。前者体现在歌队的唱词上，后者体现在剧中人物的表演上。这种戏剧形式直到莎士比亚戏剧中还能寻到它留下的痕迹"；"因此，戏剧艺术的叙述性特征并非中国戏曲艺术所特有的，它是戏剧艺术形成初期共有的美学特征。只是随着戏剧艺术的进一步发展，受中西方元典文化精神及文化心理结构的影响，西方戏剧逐渐向写实方向迈进，终于

---

① 孙洁. 试论戏剧中的叙事性因素 [J]. 戏剧, 1998 (1).

脱离了叙述性而形成了一种独特的戏剧文体——代言体"。① 相比之下，"西方戏剧发展和成熟的过程在某种意义上可谓是戏剧性（代言体）排斥叙述性（叙事体）并逐渐取代的过程。而中国戏曲自金元时期与叙述性的民间讲唱文学'结缘'后，在长期的发展演变中则始终未能分离"②。饶芃子主编的《中西戏剧比较教程》（广东高等教育出版社1989年版）、蓝凡的《中西戏剧比较论稿》（学林出版社1992年）、李万钧主编的《中国古今戏剧史》（广东高等教育出版社1997年版）等论著，则从比较的视角审视中外戏剧艺术，在探究某些论题时均对戏剧的叙事性问题有所涉及。

近年来，中国古典戏曲叙事研究中，郭英德、刘彦君、徐大军等学者关于戏曲的叙事性、早期东西方戏剧叙事的相近特性、元杂剧主唱人的变换原则等问题的一系列论文，周宁、陈建森、郭英德、董上德、王建科等学者探究诸如戏剧话语模式、元杂剧演述形态、明清传奇叙事方式、戏曲与小说叙事的共通性、元代家庭家族题材杂剧叙事艺术等问题的一些论著，颇有新意与创见，因此值得关注。前一类研究成果，诸如郭英德的《叙事性：古代小说与戏曲的双向渗透》（《文学遗产》1995年第4期）、刘彦君的《早期东西方戏剧的相近特性》（《艺术百家》2003年第1期）、徐大军的《元杂剧主唱人的变换原则》（《中华戏曲》第25辑）等。后一类研究成果，诸如周宁的《比较戏剧学——中西戏剧话语模式研究》（上海社会科学院出版社1993年版）、陈建森的《元杂剧演述形态研究》（南方出版社1999年版）、郭英德的《明清传奇戏曲文体研究》（商务印书馆2004年版）、王建科的《元明家庭家族叙事文学研究》（中国社会科学出版社2004年版）、苏永旭主编的《戏剧叙事学研究》（中国戏剧出版社2004年版）、董上德的《古代小说戏曲叙事研究》（广东高等教育出版社2007年版）等。周宁的《比较戏剧学——中西戏剧话语模式研究》针对叙述与对话（即代言）之于中西戏剧不同话语模式的比较，便牵涉戏剧艺术的代言体与叙述体、戏剧中的叙事性问题。他认为："戏剧是剧作家、演员与观众之间的仪式化交流。其交流话语中包含两

---

① 陈友峰. 简论戏曲艺术的叙述性及其对戏曲审美特征之影响［J］. 戏曲艺术，2004（4）.
② 陈友峰. 审美机制的局限与人物的弱化：论戏曲艺术的审美机制对戏曲人物塑造之影响［J］. 戏剧，2001（1）.

个系统：1. 台上虚构时空内剧中人物之间对话构成的内交流系统；2. 台上台下、演员与观众之间、虚构时空与现实时空之间的外交流系统。内交流系统的话语遵循代言原则，对话在自足自主的戏剧幻觉中进行。外交流系统的话语遵循的则是叙述原则，由剧情之中的人物或超出剧情之外的演员，直接向观众进行史诗性陈述。西方戏剧传统追求以内交流系统为主导的代言性戏剧模式，典范之作是现实主义戏剧。……中国戏曲则始终开放内外交流系统之间的中介性渠道，保留大量的史诗性叙述因素。代言因素与叙述因素在戏剧交流系统中的功能关系，决定着戏剧模式的特征。西方代言性的戏剧模式，建立在封闭自足的内交流系统中，中国戏曲充分叙述化的戏剧模式，则以史诗性的外交流系统为主。"① 循此分析得出结论：西方戏剧的话语模式很早就完成了从叙述到对话的转变，以对话为主导性话语；中国戏曲则始终综合叙述和对话两种因素，以叙述为主导性话语。② 这种观点就其对中西方戏剧的宏观把握而言无疑是恰当的，但若具体到古典戏剧范畴则不宜一概而论，更不能漠视作为戏剧初始形态的古希腊戏剧与元杂剧在话语模式上的很多明显相似性。周文亦强调指出这一点："中国戏曲毕竟与古希腊戏剧在话语模式上有着某种'惊人的相似'：它们都保留着大量的叙述因素"；"对于古典悲剧来说，对话只是诸种话语形式之一，犹如中国古典戏曲的体制。古希腊悲剧，尤其是埃斯库罗斯的悲剧，在今天看来大多是不易上演的案头剧，其中歌队咏唱与轮流对白平分的文本，既像戏剧又像史诗。……除了歌队之外，每个人物都占据大段独白性的诗句，一段接一段地往下朗诵。在埃斯库罗斯的悲剧中，代言性的叙述因素多于戏剧性对话，即使是对话，也缺乏交流的直接性（即指许多情形下，表面看是人物之间的对话，但其实质却属于某一事件由两个人物以台下观众为接受对象而分别说给观众听的）。台上的演员是双重身份的，既是剧中人物，又是剧外叙述者；台下的观众也有双重身份，既是悲剧观众，又是史诗听众。这种情况在中国戏曲中也比比皆是。对话成为一种虚设的形式，只用来联系不同人物的叙述"。③ 陈建森的《元杂剧演述形态研究》从元杂剧如何解决文学性（侧重于"述"人物的故

---

① 周宁. 叙述与代言：中西戏剧模式比较 [J]. 戏剧, 1992 (2).
② 周宁. 叙述与代言：中西戏剧模式比较 [J]. 戏剧, 1992 (2).
③ 周宁. 叙述与对话：中西戏剧话语模式比较 [J]. 中国社会科学, 1992 (5).

事)与舞台性(侧重于"演"故事中的人物)的矛盾切入,由剧作家、行当、角色、演员、人物之间复杂微妙的关系入手,探究元杂剧如何从"述"到"演",认为元杂剧剧场主要存在着"行当"与观众、"人物"与"人物"、"人物"与观众的三层交流语境;为适应瓦舍勾栏观众的文化水平与满足平民化主流观众群体的审美娱乐需求,元杂剧将宋金说唱文学中的"旁言性演述干预"转变为"代言性演述干预",让"行当"和剧中"人物"分别"代"剧作家"言",在此演述过程中及时向观众预述、指点、解释、说明剧情与品评剧中人物及相关事件,引导观众的观赏趣味与审美取向。此乃元杂剧演述形态最突出的民族特色,是王国维主张的元剧为"代言体"或者"叙述说"所无法笼统取代的。郭英德的《明清传奇戏曲文体研究》以"寓言与虚构""开放与内敛"两章篇幅,针对明清传奇戏曲的叙事方式予以全面深入地探究。郭英德认为,抒情趣味与叙事趣味相互交织、相互渗透,从而孕育出明清时期传奇戏曲独特的叙事方式,具体包括如何构设生动感人的故事情节与如何展开曲折有致的情节结构两个方面。前者表现为一种富于特色的以"寓言"为表现形态的虚构意识,后者表现为开放与内敛相结合的叙事结构。戏曲作为有别于史传文学、小说等文学样式的戏剧艺术,其叙事方式上独具一种内敛叙事的特点,即要求冲突集中、线索简洁、节奏明快、血脉相连;而长篇戏曲体裁相比短篇戏曲体裁而言,则具有一种开放叙事的特点,即戏剧场面转换自如、人物形象丰富多彩、情节内容包罗万象。明清传奇恰恰属于一种长篇戏曲体裁,因此融内敛叙事与开放叙事于一体。如何营构既丰富多彩又简洁明快、既曲折有致又井然有序的叙事结构,亦即怎样恰当把握内敛叙事与开放叙事之间的艺术之"度",这一创作难题既不断地向明清时期传奇作家的叙事能力提出严峻挑战,同时也不断地培养和塑造着明清时期传奇作家的叙事能力。王建科的《元明家庭家族叙事文学研究》,是一部从叙事学、社会学、主题学及历史文化批评的角度,针对元明家庭家族叙事文学的内容及其艺术形式进行系统研究的论著。其中有相当多篇幅的内容涉及元杂剧(尽管限于家庭家族题材的一类元杂剧),借鉴西方叙事学与中国古代叙事理论,探讨了元代家庭家族剧的叙事艺术和文体特征。董上德的《古代小说戏曲叙事研究》,由戏曲、小说共通的叙事层面入手,将它们视为一个叙事的"共生体",就戏曲、小说叙事若干主要的共通性——诸如叙事的流动性、互文性、虚拟性、重释性等，予以理论表述；透过故事人物的历时性演化与共时性塑造等叙事现象，探究一个个故事得以世代传播的心理因素，揭示故事的流传与不同时代人们心态之间的对应关系。

这里有必要对作为1996年度国家哲学社会科学基金规划项目《戏剧叙事学》之结项成果的论著《戏剧叙事学研究》稍予评述。该课题由青年学者苏永旭领衔，几位年轻博士共同参与，近年来课题组在《戏剧艺术》《艺术百家》《北京大学学报》《河南教育学院学报》等刊物上，陆续发表了作为阶段性研究成果的数十篇系列性文章。① 这些阶段性研究成果，以"文本叙述"和"舞台叙述"的戏剧双重叙述特性为理论基点，以戏剧的叙述性和叙事规律为主要研究对象，以"潜在叙述""显在叙述""反戏剧式的意象叙述"三种基本叙述方式为理论构架，梳理吸纳并总结概括具有一定普遍意义的古今中外戏剧艺术有关叙事问题的思想养料与理论遗产，在学术界产生了一定的反响。北京大学刘安武与王文融、华中师范大学王忠祥先生分别认为："该课题的提出具有重大意义，是对叙事学原有研究空间的一个很大的拓展，在学术上具有较强的开创性"；"该课题将弥补叙事学研究中的空白与不足，有助于总体叙事学的建立，而且必将对我国的戏剧创作产生积极的影响"②；"'戏剧叙事学'的理论体系构建工程，确实可以冲破叙事学原有的研究范围（小说、神话与民间故事），具有拓展叙事学'研究空间'和弥补叙事学'研究空白'的积极作用，并将促进戏剧叙述理论的系统化、深化和总体叙事学的建立、发展"③。总的来说，该课题组的研究视角较为新颖、涉

---

① 诸如：苏永旭. 戏剧叙事学刍议［J］. 河南教育学院学报，1997（1）；韩丽霞. 宋元南戏的显在叙事探略［J］. 河南教育学院学报，1999（2）；韩丽霞. 从元杂剧体制看中国戏曲显在叙述模式的若干基本特性［J］. 河南教育学院学报，1997（2）；韩丽霞. 试论明清传奇的显在叙述特性和叙事策略［J］. 河南教育学院学报，1998（3）；韩丽霞. 中国古代戏曲的叙述性特征［J］. 艺术家，2000（4）；李云峰. 论古希腊悲剧的叙事模式［J］. 河南教育学院学报，1997（1）；李云峰. 古典主义戏剧叙事话语模式的特殊意义［J］. 河南教育学院学报，1998（2）；杨国政. 试论法国古典戏剧中的显在叙事［J］. 河南教育学院学报，1998（1）；苏永旭. 莎乐美：反戏剧式意象叙述的始作俑者［J］. 河南教育学院学报，2000（2）.

② 苏永旭. 戏剧叙事学刍议［J］. 河南教育学院学报，1997（1）.

③ 王忠祥. 世纪末提出"戏剧叙事学"这一研究课题意义重大［J］//笔谈戏剧叙事学研究. 河南教育学院学报，1998（1）.

猎范围十分广泛，既有对古今中外经典戏剧作品叙事艺术的具体分析，更多则属于对戏剧叙事问题的整体俯瞰与宏观描述；注意运用比较方法对中外戏剧叙事理论加以横向对照，对古代与现当代戏剧作品予以纵向考察，努力探寻古今中外戏剧叙事的主要特征与基本规律，予以既具有一定理论深度，又时时显露某些创新之见的概括与总结。其较为主要的突破与建树体现在许多方面，诸如界定戏剧艺术"文本叙述"与"舞台叙述"双重叙述特性，突破了亚里士多德以来"戏剧是行动的艺术，模仿的艺术，而不是叙事艺术"的传统戏剧观念；界定并揭示戏剧艺术三种基本叙述方式的核心实质，超越了"戏剧没有叙述者，只是一种代言体"的传统理论框架。"潜在叙述"（戏剧展示或艺术直观，间接叙述）通过"演员演故事"方式完成戏剧叙事，具有较强的"代言体"性质（西方话剧大多如此）；"显在叙述"（直接叙述，间接展示）通过"演员讲故事"完成戏剧叙事，"代言体"性质较弱而"叙述体"性质较强（戏曲大多如此）；"反戏剧式的意象叙述"一反传统戏剧情节结构剧的叙述模式，重在通过各种复杂的心理情绪和内心意念的具象外化和舞台直喻，传递内在的精神追求，通过近于"剧作家自己讲故事"完成戏剧叙事，其"代言"性质甚弱，"直喻体"性质较强，更多属于一种舞台直喻（西方现代主义戏剧大多如此）。①

叙述学理论也启迪学者们对戏剧中有无叙事者问题的深入探讨，打破了过去一直以为戏剧不存在"叙述者"的先入成见。② 与小说中隐遁其后而又无处不在的作家成为全知全能叙述者的叙事模式相比，戏剧由于以人物角色在舞台上的直观表演为特征，属于第一人称叙事，而无所谓作者全知叙事。从理论上讲无所谓叙述者，戏剧中一般不存在叙述者。但事实并非如此，试以中国戏曲为例。戏曲中的人物作为叙述者，最常见的是借助叙事的方式介绍事件、展示性格。例如，戏曲中几乎所有人物（尤其正、反面的主要人物）上场时均有一段"自报家门"，向观众讲述自己的生平与性格。这种自报家门虽然用的是第一人称口吻，但讲出的并非都是人物在大庭广众之下可

---

① 苏永旭. 戏剧叙事学研究的五个重要的理论突破 [J]. 大舞台，2003（2）.
② 诸如：马建华. 论中国戏曲文学的叙述者 [J]. 文艺研究，2003（3）；杨再红. 论中国古典戏剧中的叙述者 [J]. 新疆大学学报，2002（4）；刘佳. 叙述者与叙述时间的多数——布莱希特戏剧艺术性初探 [J]. 艺术百家，2002（1）.

能说、可以说或应该说的话。换言之，它不属于纯粹的角色叙事，实质上往往是一种第一人称的全知叙事。戏曲中的人物作为叙述者，有时还体现为展示场景的方式来叙事。戏曲的叙事特性决定戏曲故事展开的因果链中每一重要环节，往往需要直接展示出来，由此形成戏曲结构中以叙事性而非戏剧性为主的某些场景。处于这些场景中的人物角色往往具有双重身份：既是剧中的人物，又是剧作家的化身。换言之，这种场景采用的是人物的代言式叙事，人物或者成为剧作家的代言人，或者充当故事叙述者的代言人。

上述诸多颇具特色的研究成果，从研究的思路、内容、方法诸方面，为戏剧叙事学的深入研究提供了重要的启迪意义与借鉴价值。

由于本书着力以叙事技巧为具体探究对象，因此在简要梳理了戏剧叙事学发展概况与研究现状基础上，还有必要对叙事技巧问题予以一番梳理。叙事技巧属于戏剧叙事学的一个有机组成部分，中西方对于叙事技巧的探究由来已久，只不过在叙事学兴起于西方社会并传入中国的20世纪之前的漫长岁月里，人们对此问题的探讨多囿于如何安排情节、结构布局的编剧法范畴。西方早在古希腊时代的亚里士多德那里，便有对戏剧结构布局即情节安排的再三强调，以及关于"发现"与"突转"等手法的系统性阐释；清代李渔"结构第一"的创作主张，及其对"巧合"与"误会"等手法的刻意追求，堪称中国古代戏曲家、戏曲理论家推崇结构布局、重视编剧法之戏剧传统的一位典型代表。西方在采用结构主义方法的经典叙事学诞生以前，对叙事结构与技巧的研究一直从属于文学批评、美学或修辞学，尚无自身独立的地位。20世纪60年代至80年代，伴随着经典结构主义叙事学的兴起与迅速发展，关于叙事作品结构规律及叙事技巧的研究占据了日益重要的地位，并由此开拓了研究的广度与深度，从而深化了人们对于叙事作品的结构形态、运作规律、表现方式、审美特征等诸多问题的认识；同时，还大大提升了读者或观众品评叙事艺术的鉴赏水平。美国叙事文学研究协会成立伊始，便将其会刊直接命名为《叙事技巧杂志》①，其格外推崇叙事技巧的倾向性不难窥斑见貌。专题性地探讨戏剧技巧的影响颇大的西方论著，主要有美国约翰·霍华德·劳逊的《戏剧与电影的剧作理论与技巧》（中国电影出版社1961年版）、美国乔治·贝克的《戏剧技巧》（余上沅译，中国戏剧出版社1961年版）、英国威廉·阿契尔的《剧作法》（中国戏剧出版社1964年版）、苏联霍洛道夫的《戏剧结构》（李明锟、高士彦译，华东师范大学出版社1981年版）等。这些论著内容上非常驳杂，并未对戏剧技巧作出明晰准确的分类与界定，而且为阐释某些戏剧理论所举出的例证，涉及古典戏剧很少，几乎都是西方现代戏剧作品。比如，贝克《戏剧技巧》主要章节的目录为：戏剧的要素——动作与情感；从主题到情节安排——分配材料，如幕数及其长度、性格描写、对话、剧作者与观众等。而阿契尔《剧作法》的主要目录为："序曲"部分包括了主题的选择、戏剧性与非戏剧性、布局的常规、人物表等几章；"开端"部分包括了补叙——它的目的和手段、第一幕、好奇与兴趣、"要预示，不要预述"等几章；"中部"部分包括紧张与紧张的悬置、准备——指路标、必需场面、突转、可信、机缘与巧合、逻辑、保守秘密等几章；"结尾"部分则包括高潮与倒高潮、转变、死胡同的主题及其他、结局四章。其中像补叙、预示、突转、巧合等议题直接涉及几种具体的编剧技巧，但其他许多内容则为编剧范畴结构布局的宏观性问题甚至属于编剧问题之外的泛论，并且绝大部分例证都是西方现代剧作。中国古典戏剧创作实

---

① 20世纪60年代兴起的西方结构主义叙事学，以叙事作品尤其小说为研究对象，对叙事文体的结构特点、时空方式、叙事逻辑、叙事角度、叙事者和角色模式等问题予以探究，旨在建立叙事学的理论体系，力图使叙事作品批评科学化。但自身存在一定局限性：过分强调形式主义的批评，一定程度上割断了叙事作品与社会、历史、文化环境的内在关联性。因此20世纪70年代以后产生的解构主义批评，对结构主义叙事学采取了全然排斥的态度。至80年代初期，西方小说研究者将文学与历史、社会、政治等问题联系起来，把注意力转向文化意识形态分析，反对小说的形式研究或审美研究，叙事学研究备受责难而一度陷入某种危机。在此背景下，美国叙事文学研究协会于1993年将会刊刊名由《叙事技巧杂志》更换为《叙事》，并把注意力投向文本与社会、文本与意识形态关系的研究，同时涉及绘画、电影等其他非语言文字媒介的叙事。跨入21世纪以来的近几年，许多西方学者深切意识到纯粹的文化批评和政治批评所招致的局限性，再度重视对叙事形式和结构本身的研究，在很大程度上彰显出叙事理论研究兴趣的一种回归。

践中,同样不乏丰富的编剧理论的思想养料。如清代喜剧大家与著名理论家李渔,就曾提出"立主脑、密针线、减头绪、脱窠臼"的戏曲结构原则,以及偶然巧合、错认误会等戏曲结构技法。国内学术界自20世纪50年代至今,一定数量的梳理、挖掘古典戏曲编剧理论与编剧技巧的文献辑录及相关论著陆续问世。其中主要的研究成果,诸如顾仲彝著的《编剧理论与技巧》(中国戏剧出版社1981年版)、黄士吉著的《元杂剧作法论》(青海人民出版社1983年版)、秦学人、侯作卿编著的《中国古典编剧理论资料汇辑》(中国戏剧出版社1984年版)、陈衍编著的《中国古代编剧理论初探》(湖北人民出版社1984年版)、陈竹著的《中国古代剧作学史》(武汉出版社1999年版)等。另外,还有见诸各类学术刊物的论述关汉卿、李渔等古典戏曲家某些剧作及其创作特色之类的论文。这些论文或多或少有涉及古典戏曲的编剧问题,但总体来说较为零散细碎,缺乏系统化与专题性的研究。顾仲彝著的《编剧理论与技巧》第四章"戏剧结构"部分第四节"戏剧结构中的一些重要手法"中,曾谈及悬念、吃惊、突转与发现等几种编剧技巧,不乏细致的文本解读与深入的理论阐释,值得称道。相比之下,黄士吉著的《元杂剧作法论》从开端方式、情节线索、主角出场、高潮处理、场面安排、道具运用、梦境措置、穿插人物、节奏设计、团圆结局、悲剧终场、临去秋波、长亭送别等十几个方面展开论述。其中很多内容,显然并非单纯属于编剧技巧的范畴。总之,无论元明清时代的曲论家还是现今学者,对中国古典戏剧编剧技巧问题的探究比较笼统、宽泛,缺乏科学性、体系化的整体观照。正如有些学者指出的那样,中国古典戏曲之"戏剧作法学"涵盖了"情节论、结构论、人物论、曲词论、宾白论"五个方面内容①,一般是在论及戏剧结构时,才或多或少地牵涉诸如巧合、误会、悬念、砌末(即道具)等某些编剧技法的探究。但这种探究往往止于浮光掠影式的点评,未能展开清晰详细、完整深入的阐释。至于专门针对中西方古典戏剧叙事技巧的比较研究,则更如凤毛麟角。此状况即使是在新近问世的一些中西戏剧比较论著中,仍然没有得到根本性的扭转与改变。如《中西戏剧比较论稿》中,仅仅是在第九章"戏剧结构观念"之第三节"戏剧结构的艺术手法"里,从戏剧悬念、戏剧

---

① 赵山林.中国戏剧学通论[M].合肥:安徽教育出版社,1995:3.

节奏律等一些主要艺术手法,亦即从"悬而及念""高潮处置""走马插针""金塔园廊"四个层面予以简略论述。这种对中西戏剧叙事技巧的比较既不够全面完整,也缺乏充分的深度探究。① 而《中国古今戏剧史》(下卷)②在"第一章比较视点下的中国戏曲与西方戏剧"之"第三节关于编剧法"中,仅仅从"结构的特色"和"悬念设置、心理描写、角色出场"两个大的层面,并以区区十个页码左右的短小篇幅,寥寥数语,一笔带过。有鉴于此,今天的人们仍然需要进行深入细致的挖掘、梳理工作,将编剧法提升至叙事技巧的理论高度,作出准确清晰、完整科学的界说。换言之,从某种程度而言,上述研究中存在的遗漏与缺憾,恰恰为笔者专题性地探究以元杂剧与古希腊戏剧为具体对象的中西古典戏剧叙事技巧的比较研究,提供了十分必要的可操作性与足资开掘的学术空间。

## 五、研究思路、方法及其现实意义

  叙事学作为一门独立学科问世以来,在基本理论和批评方法上日臻成熟,取得了成绩斐然的丰硕成果。但纵观国内外戏剧领域的研究现状,即使近年来人们日渐重视从叙事学角度探究戏剧问题,如前述几位青年学者对《戏剧叙事学》课题开展的有益研究等,但总体而言,偏重于对戏剧艺术整体上的宏观把握,针对叙事技巧等更具体细微的环节较为忽略。

  有一些学者认为,"通常认为东西方戏剧观念的本质性差异,是从戏剧的初始阶段即已形成的。事实是,共同发源于原始祭祀仪式的文化史,规定了人类戏剧在观念形态上最初是彼此接近的,这种接近性影响到古希腊戏剧的面貌与早期东方戏剧的靠拢,甚至一直持续影响到莎士比亚戏剧的基本性格与东方传统戏剧的相近"。因此,"东西方戏剧最初同出于原始祭祀仪式,它们的共同基础建立在原始思维之上。这种同源关系使它们在文化性格上带有了某些共通性,具体为:一、舞台综合观;二、抽象表现观;三、混合叙

---

  ① 蓝凡. 中西戏剧比较论稿 [M]. 上海: 学林出版社, 1992: 438.
  ② 李万钧. 中国古今戏剧史(下卷) [M]. 广州: 广东高等教育出版社, 1997: 38—49.

事观;四、时空自由观"①。笔者甚为赞成此观点,并且受中西古典戏剧具有共通性"混合叙事观"这一观点的启发,意欲着重探究以元杂剧为代表的中国古典戏剧,与以古希腊戏剧为代表的西方古典戏剧某些"共通性"的叙事技巧。

"叙事顾名思义即叙述故事,它构成一切叙事性文学作品的共同特征。"② 而叙述学试图探究和解决的核心问题,并非"作品说了什么"(即故事内容的要素),而在于"作品怎样说"(即铺叙故事的形式要素)。从本质上来说,叙事不是故事的一种静态的呈现和反映过程,而是故事的叙述者通过故事文本而与故事的接受者之间形成的一种动态的双向交流过程。要完成故事的叙述和传播,必须依赖一定的媒介作为载体,借助一定的叙事技巧,才能实现叙事的目的及其效果。虽然叙事技巧不仅仅属于单纯的形式问题,而与创作主体的创作理念与叙事追求等休戚相关,并归根结底为其所规约;但叙事技巧作为"作品怎样说"(即铺叙故事的形式因素),其本身显然又是非常重要的。不仅如此,北京大学王文融先生在《叙事学研究前景喜人,任重而道远》一文中曾经强调指出:"综观西方尤其是法国叙事学者多角度、多侧面的探索,我们大致可以把他们的研究分成两个方向。一是叙事结构研究方向,即从分析叙事作品的内容入手,从中抽出放之四海而皆准的深层结构,并探寻故事情节的逻辑。代表人物是普罗普、列维-斯特劳斯、布雷蒙、格雷马斯等。他们着重研究的是民间故事、神话等古代初级叙事形态。二是叙事话语研究方向,即以总结故事表现方式的规律为目标,力求说明故事、叙述行为和叙事文本之间的关系,回答何时何地谁在讲、讲到什么程度、以什么方式讲等问题。代表人物是罗兰·巴特、托多罗夫、热奈特、卢博克、班菲尔德等,他们主要研究的是小说等现代文学叙事形态。某些叙事学者,如查特曼、普林斯,试图调和这两个方向,而巴黎第四大学教授乔治·莫利尼埃则自称开创了以叙述技巧为重点的第三种方向。不管怎样,这几个方向是互有联系、不可截然分开的,因为叙述性是它们共同的研究对象。"③ 我们姑且不论叙事技巧是否能够真正成为西方叙事学的第三个研究

---

① 刘彦君. 早期东西方戏剧的相近特性 [J]. 艺术百家, 2003 (1).
② 童庆炳. 文学理论教程 [M]. 北京: 高等教育出版社, 1998: 207.
③ 李宗林. 笔谈戏剧叙事学研究 [J]. 河南教育学院学报, 1998 (1).

方向，但它隐约透露出的一个重要信息却是令人深思、值得关注的，也就是，叙事技巧堪称叙述学研究中值得开掘的一个重要学术空间。

迄今，学术界针对中国与西方古典戏剧叙事技巧问题的专题性比较探究尚为匮乏。由于中西方戏剧艺术在各自历史发展过程中沿革嬗变的情形不尽相同，很难以某一固定不变的模式来圈定。而以往人们每每自觉不自觉地在忽略处于不同历史阶段的古代戏剧与现当代戏剧之间存在许多显著差异性的前提下，试图将中西方戏剧作为大一统式完整的一种戏剧形态予以对比观照，既容易流于泛泛而论，又难免且常常产生以全概偏、草率臆测的成见与误解。例如，一谈起戏剧时空问题，长期以来人们想当然地习惯于拿中国戏曲时空灵活自由之特性，与西方戏剧时空深受所谓"三一律"条规限制甚至严重束缚的非自由性相提并论。这是一种对西方古典戏剧不求甚解的盲视和偏见，因为只要我们耐下性子，仔细浏览一番古希腊戏剧，便不难发现时空叙事在古希腊戏剧中如同元杂剧一样的灵活自由。正如有的学者所指出的："一提到戏剧舞台的自由转换时空特性，人们立即就会想到中国戏曲和日本能乐。事实上，在西方舞台上，从古希腊时代到莎士比亚时代，其时间和空间的转换与东方舞台一样，也是自由的、随意的、没有任何限定。"① 又比如，"自报家门"一向被认定为中国戏曲所独有的一种"开场白"模式，但其实它早在古希腊时代的戏剧家欧里庇得斯悲剧中得到大量使用，只不过古希腊戏剧的这种"自报家门"，未能最终走向程式化而已。如欧里庇得斯《赫卡柏》"开场"中，波吕多洛斯的鬼魂交代他来自"死人的洞穴""黑暗的门里"（指冥间），然后自我介绍他是置身于敌军主帅阿伽门农的营帐门前。以此"自报家门"式的台词，告知观众上场人物的身份及其所处的特定环境。后世西方戏剧家对此早已予以关注。17世纪法国古典主义悲剧家高乃依曾敏锐地指出："在亚里士多德的时代，第一场被称为开场。剧作家通常在这一场展示主题，把将要演出的情节开始之前发生的一切告诉观众，使他们了解起码的背景，以便于理解他们将要看到的一切。随着时代的不同，这种'交底'的方式也发生了变化。欧里庇得斯在这一点上是很不讲究技巧的，有时他搬出一位天神，让观众从他口中得到启示；有时他剧中的某个主

---

① 刘彦君. 早期东西方戏剧的相近特性 [J]. 艺术百家, 2003 (1).

要人物自己出来给观众作说明，例如伊菲革涅亚和海伦，她们一上台就给观众讲自己的身世，而舞台上则没有其他演员听她们讲话。"① 18世纪法国启蒙学者与戏剧家伏尔泰则对此概括总结为："欧里庇得斯所有悲剧的开头，要么由一个主要演员向观众报自己的名字，给他们讲述该剧的主题；要么由一个从天而降的神明充当这个角色，例如《费德拉》、《希波吕托斯》中的阿佛洛狄忒。"②

鉴于上述原因，笔者努力借鉴、吸纳戏剧叙事学、戏剧美学等理论以及中国古代文学、外国文学的相关研究成果，运用比较参照的研究方法，注重整体把握的宏观研究与细致解读戏剧文本的微观研究有机结合，厘定元杂剧与古希腊戏剧为研究对象，具体从"停叙""幕后戏""预叙""发现"与"突转"几个论题切入，以解读大量戏剧文本为依据，不妄加生发与臆测，就元杂剧与古希腊戏剧叙事技巧问题展开一番专题性的比较研究，力求得出有的放矢、准确恰当的结论。

中西古典戏剧之间存在许多相似、相近之处与相通、相同的契合点，具有一定的可比性：诸如都属于融诗、乐、舞等多元化因素为一体的综合性艺术，在创作及表演上均带有一定的虚拟化、程式化的特征，舞台时空叙事机制相当灵活自由，兼容"代言体"与"叙述体"而具有不可或缺的"叙事性因素"；为追求良好的戏剧效果而在许多叙事技巧上的心有灵犀、不谋而合及其绝妙运用；等等。

因此本课题的意义在于，针对元杂剧与古希腊戏剧叙事技巧展开专题性的比较研究，有利于扭转以往人们审察戏剧时一切唯"代言体"是瞻而忽略甚至漠视"叙述体"及"叙事性"的某种偏颇；而将叙事技巧锁定为研究对象，使得抽象的"戏剧叙事"问题具象化为一个十分明确的探寻目标，有助于人们深入细致地认识戏剧艺术在叙事方面的形式规律与共同特征。同时，正如有的学者深切意识到的那样：中国戏曲艺术形态的"一个致命的短处是，在中国戏曲艺术中，叙事能力、叙事技巧的发展很不充分。因为在一种

---

① 高乃依. 论戏剧诗的效益和组成部分 [M] //陈洪文，水建馥. 古希腊三大悲剧家研究. 北京：中国社会科学出版社，1986：66.
② 伏尔泰. 对高乃依的《论戏剧诗》的评注 [M] //陈洪文，水建馥. 古希腊三大悲剧家研究. 北京：中国社会科学出版社，1986：93.

以曲为本、大量采用诗歌手段的艺术样式中,叙事手段的运用就不得不受到严重的妨碍"①。笔者在此意欲稍加更正与补充强调的一点是,即使叙事技巧在中国古典戏曲艺术中获得了较为充分的发展,但人们对叙事技巧的研究却依旧"很不充分"。从这一层面而论,本课题或许具有加强以往戏剧叙事技巧研究领域较为薄弱现状的纠漏补缺的学术价值,有助于为构建戏剧叙事学尤其是中国古典戏剧叙事学提供创作实证与理论支撑点。毋庸置疑,为追求良好的戏剧效果而在许多叙事技巧上的心有灵犀、不谋而合及其绝妙运用,这种成功艺术实践充分彰显出中西古典戏剧家们在戏剧叙事学领域所取得的足以称道的实绩与成就。这些叙事技巧作为前人戏剧创作的成功经验,值得重视开掘与梳理总结,从而为当下戏剧艺术的创作及其繁荣提供有益的启迪与借鉴。同时,正如有些学者所强调的那样:"尽管古今中外的叙事文学具有不同的文化渊源和表现形式,但不少结构技巧是相通的,比如'视角'的应用在古今中外的叙事文学中就有较大的相通性,这为中外叙事学的相互促进和相互沟通提供了一种平台。"② 加强中西方古典戏剧叙事技巧的比较研究,从一定程度而言,无疑能够为中外戏剧叙事学的相互促进与相互沟通搭建一种平台,有助于中国叙事学研究逐步与国际叙事学研究的对应、接轨,使两者日渐形影难离、互通有无,在一种具有很强的兼容性及其可操作性的平等对话的语境中畅达无阻。

---

① 郭英德. 明清传奇戏曲文体研究 [M]. 北京: 商务印书馆, 2004: 40.
② 申丹. 叙事学研究在中国与西方 [J]. 外国文学研究, 2005 (4).

# 第一章

## 元杂剧与古希腊戏剧中的"停叙"

### 一、"停叙"概念界说

叙述从广义而言,指传送者通过某种媒介向接受者传递某种信息。文学叙述的媒介则是语言文字,其传递的信息即为文学作品中具体描绘的许多大大小小的虚构性事件。由此我们可以说,通常人们所谓的"故事",便是由从叙事性作品中提取出来并按照一定逻辑关系(如因果律等)和时间顺序重新排列组合的一系列事件构成的。根据故事发生、持续的时间与文本(即作品)叙述故事所用篇幅多少之间的关系,我们可以从理论上划分出三种叙述类型。其一为匀速叙述,指故事发生、持续的时间与文本叙述故事所用篇幅在单位上匀称对等。如故事发生、持续的时间为十个小时,文本便分出十个章节(或幕、场),各个章节(或幕、场)叙述每一小时内发生的事件内容。其二为加速叙述,指文本以较少篇幅叙述发生、持续时间较长的故事。如人物几年乃至几十年的生活经历与遭际,被寥寥数行概括性语言一笔带过。加速叙述若加速至极限点,就会变成"零叙",亦即某些故事因微不足道、不足挂齿而在作品中被省略不提。其三为减速叙述,指文本耗用较多篇幅来叙述发生、持续时间较短的故事。如人物不过须臾瞬间的意识闪念,文本却耗费了数页甚至几十页篇幅深挖精掘、细细道来。减速叙述若减速至极限点,便成为"停叙",意即停下来叙述，此时故事时间滞固不动，唯有文本在花费一定篇幅进行叙述。① 换言之，故事时间此时发生或出现暂时性地中断与休止，叙述时间则无限延长；当故事重新启动，其中故事时间并未消遁轶去。"在议论和描写段落中，被叙述的故事时间停止了。"② 在叙事学理论中，是将故事时间与叙事（叙述）时间长短的比较，或者更确切地说，是将所叙述的故事中事件时间的长短与事件在整个叙事文本中所占篇幅长短之间的关系，称为叙事时距（或曰叙事跨度）。这一关系构成叙事作品的节奏：如果事件时间长而叙事篇幅短，其节奏较快；如果事件时间短而叙事篇幅长，其节奏则较慢。叙事学理论家将叙事作品中的时距划分为四种：一是省略，即故事时间无限长于叙述（或曰叙事）时间；二是概略，即故事时间长于叙述（或曰叙事）时间；三是场景，即故事时间约等于叙述（或曰叙事）时间；四是停顿（或曰休止），即叙述（或曰叙事）时间无限长于故事时间。诸如国内外学者米克·巴尔在其《叙事学导论》、查特曼在其《故事与话语》、胡亚敏在其《叙事学》、罗纲在其《叙事学导论》等叙事学论著中，均指出叙事（叙述）速度的五种类型为平叙、快叙、慢叙、零叙和停叙。③ 然而，究竟如何界说"停叙"，尤其是"停叙"与戏剧创作之间具体存在着怎样的关系，学术界一直语焉不详和鲜少问津。"停叙"堪称西方叙述（叙事）学理论中的一个重要概念术语，同时也是笔者在本章里试图着重探究的核心问题。当然，无论是使用均速叙述、加速叙述还是减速叙述，在剧作家那里都应当是依据所表现内容的具体需要而定的。

事实上，如果换一个角度来审视上述所谓文本篇幅的多少，其实也就是语言文字的疏密、繁约问题。因此，加速叙述与减速叙述又分别可以用"约叙"与"密叙"相称谓。而在"密叙"区域内还存在一种"平叙"，即故事发生、持续的时间与文本叙述所用篇幅达到吻合日常生活时间节奏的协调一致性，特

---

① 这里我们不妨以一个生活实例来比喻。一辆行驶中的汽车因有人搭车或交通堵塞之故而戛然停止，虽然汽车不复移动，但它显然不是完全静止（停止）的。因为司机并未熄火，汽车发动机仍在"笃笃"运转之中，必定还在消耗着一定数量（公升）的汽油。此情形便大致类似于戏剧文本仍然花费一定篇幅进行叙述那样。
② 华莱士·马丁. 当代叙事学 [M]. 北京：北京大学出版社，1991：149.
③ 热奈特. 叙事话语·新叙事话语 [M]. 王文融，译. 北京：中国社会科学出版社，1990：59—60；里蒙·凯南. 叙事虚构作品 [M]. 北京：中国社会科学出版社，1991：95—98；罗纲. 叙事学导论 [M]. 昆明：云南人民出版社，1994：146—154.

指文学作品中的人物"言语"。具体就戏剧艺术而言，即包括独白与对话在内的所谓"台词"。这是因为，尽管舞台上的人物对话虽带有一定的表演成分和色彩，但与日常生活中人们的说话不能完全等同。大体来说，一个人在舞台上说"台词"时的时间节奏同他于日常生活中谈话时的时间节奏是协调一致、相差不大的。当然我们不能绝对化，因为人物之"言语"只有处在故事发生、持续的时间进程中，方可属于"平叙"；倘若它处在故事发生、持续的时间中断为零的阶段，则不能再笼统地称之为"平叙"，而只应算作"停叙"了。

叙述是叙事性作品中最重要的本质特征，而戏剧既为叙事性作品中主要种类、体裁之一，也就必然离不开叙述。戏剧通过舞台人物的行动与对话搬演世态人情，台词一般来说在剧本中占据着大部分篇幅——当然要求这些台词应尽量富有某种"动作性"，所以戏剧总体上采用的是一种"平叙"。剧本中还常有简短的舞台提示、布景说明、"话外音"、剧情简介和出场人物介绍等，则属于"约叙"；而篇幅较长未被打断的人物独白，则可算作"密叙"。"平叙""约叙""密叙"在戏剧中被惯常运用，并不给人以陌生感。那么，"停叙"在元杂剧与古希腊戏剧创作中是否也曾得到使用？其使用情况又究竟如何，本章拟就此问题予以一番深入探究。

## 二、中西古典戏剧话语模式比较

中国古典戏剧与西方古典戏剧就其总体而言，分别属于戏曲与话剧①两大截然不同的世界戏剧体系，因此在探讨"停叙"论题之前，有必要将中西古典戏剧的话语模式及相关问题予以简要比较。戏剧作为剧作家、演员、观众三者之间的仪式化交流，交流话语集中表现为两种模式：其一是叙述，这种话语关系体现于剧作家、演员与观众之间，处于现实时空中；其二是对话，这种话语关系体现于剧中人物之间，处于虚构时空中。两种话语交流方式，决定了与之对应的两个交流系统：一为台上与台下之间、演员与观众之

---

① 古希腊戏剧的文本体制特点在于不仅有大量人物对话，还有相当篇幅的歌队演唱，所以还不属于严格意义上的话剧。

间、虚构时空与现实时空之间的外交流系统，此系统话语遵循"叙述"原则，即由剧情之中的人物或超出剧情之外的演员，直接向观众铺陈述说；二为台上虚构时空内剧中人物之间构成的内交流系统。此系统话语则遵循"对话"原则，其显著特点为对话必须在自足自给的戏剧"幻觉"中进行——假设存在对观众而言透明，但对演员却是不透明的所谓"第四堵墙"，将虚构世界与现实世界截然划分开来，最大限度地阻断内、外两个交流系统之间可能存在着的沟通渠道，严格追求内交流系统的封闭自足，确保舞台上的人物角色"生活"于"幻觉"世界之中。叙述与对话这两种话语交流方式最鲜明突出的差异性，由此可见：叙述中信息的发送者与接收者，分别是外交流系统中的演员和观众；对话中的发出者和收听者，则均为内交流系统中的剧中人物。更通俗地讲，戏剧中人物所说的话语（即台词）既非针对观众而言，亦不是剧作家所道出，而是剧中人物自己的言说，并且一定是针对剧中其他人物而讲的。循此原则来看，中国古典戏曲属于以外交流系统为主，尽管始终兼容叙述和对话两种因素，但却是以叙述为主导性话语的戏剧话语模式；西方古典戏剧则属于以内交流系统为主，以对话为主导性话语的戏剧话语模式。对此特点，我们不妨列举两部中西古典戏剧经典性剧作：王实甫的爱情喜剧《西厢记》与莎士比亚的悲剧力作《奥赛罗》，稍予说明。

《西厢记》中"佛殿奇逢"（第一本第一折）一场戏里，青年书生张君瑞与相国小姐崔莺莺一见钟情，但彼此间只有近在咫尺的含情对视，并无一句对话。该场戏以张生为主唱，他以第三人称"她"称谓莺莺，从音容笑貌、步态动作等诸方位，将她作为描述对象介绍给观众。诸如：

〔元和令〕他那里尽人调戏軃着香肩，只将花笑撚。
〔上马娇〕我见他宜嗔宜喜春风面，偏、宜贴翠花钿。
〔胜葫芦〕则见他宫样眉儿新月偃，斜侵入鬓云边。（末云）未语人前先腼腆，樱桃红绽，玉粳白露，半晌恰方言
〔幺篇〕恰便似呖呖莺声花外啭，行一步可人怜。解舞腰肢娇又软，

千般袅娜,万般旖旎,似垂柳晚风前。①

再看"赖婚"(第二本第四折)一场戏中,张生与莺莺二人喜冲冲赴宴,席间老夫人吩咐道:

(末见旦科)(夫人云)小姐近前拜了哥哥者!(末背云)呀,声息不好了也!(旦云)呀,俺娘变了卦也!(红云)这相思又索害也!②

值此老夫人忽然变卦的"突变"情境下,当事人张生与莺莺以及知情者红娘的惊讶与意外,观众是知道的:他(她)们三人对老夫人的失信赖账之举肯定心生不满与抱怨!然而他们仅仅以敢怒而不敢言的背云(即面向观众的自言自语)形式,徒劳无益地分别哀叹了一声"声息不好""俺娘变卦"和"相思索害",一人一句各表心事,彼此间没有直接的交流沟通。随后临近剧情末尾的"长亭送别"(第四本第三折)一场戏里,老夫人以"三代不招白衣秀才"为由,逼迫张生进京赶考。从人之常情的一般逻辑来推论,昨夜才新婚燕尔的张生与莺莺这对恩爱夫妻,该会有怎样的恋恋不舍?又自当有多少绵绵情愫需要倾诉呢?观众对于这段剧情是了然于胸的。由于莺莺的深夜探望且与张生"私合",造成两人事实婚姻的客观存在,一向家教甚严的老夫人出于家丑不可外扬的避讳,只得无奈地默许张生"崔府女婿"的身份。然而此番剧情之中,却半是叙述、半是对话,且掺杂于唱念之中。纵览《西厢记》全剧,这场戏里的人物对话居多;但屈指算来不过寥寥十几句。详见崔、张之间的一番临别之言:

[四边静] 霎时间杯盘狼藉,车儿投东,马儿向西,两意徘徊,落日山横翠。知他今宵宿在哪里?有梦也难寻觅。
张生,此一行得官不得官,疾便回来。(末云)小生这一去白夺一

---

① 王实甫. 西厢记 [M] //王季思. 全元戏曲(第二卷). 北京:人民文学出版社,1999:220.
② 王实甫. 西厢记 [M] //王季思. 全元戏曲(第二卷). 北京:人民文学出版社,1999:254.

个状元，正是："青霄有路终须到，金榜无名誓不归。"（旦云）君行别无所赠，口占一绝，为君送行："弃掷今何在？当时且自亲。还将旧来意，怜取眼前人。"（末云）小姐之意差矣，张珙更敢怜谁？谨赓一绝，以剖寸心："人生长远别，孰与最关亲？不遇知音者，谁怜长叹人？"①

上述剧情出现叙述多而对话少的原因，乃由中国古典戏曲自身特点所决定：以曲辞为主，宾白为辅。曲词大多为抒情叙述，属于演员与观众之间的直接交流，宾白中不仅只有对白，对话远不能构成戏曲的主导性话语。因此该剧中诸人物的动作及思想性格的某种衍变、发展过程，多由人物以自家声口或其他剧中人物的视角向观众娓娓道来，对话充其量只能起到辅助性功用。

《奥赛罗》的情形则与《西厢记》迥然不同。该剧帷幕从某一天夜晚开启，地点则是位于威尼斯贵族元老勃拉班修家附近的一条街道上。出身摩尔人（属于黑人种族）的将军奥赛罗的旗官伊阿古，伙同遭到贵族小姐苔丝德蒙娜拒绝的求婚者富裕绅士罗德利哥，正躲在街道某一角落窃窃私语。伊阿古是一个阴险奸诈的伪君子，因奥赛罗提拔勇猛善战的凯西奥却没有提拔他做副将而耿耿于怀，更对奥赛罗获得美貌贤淑的贵族小姐苔丝德蒙娜的爱情而气急败坏。他唆使罗德利哥吵醒勃拉班修，通告其女儿跟随奥赛罗私奔的秘密②，企图假借勃拉班修之手拆散奥赛罗同其女儿的姻缘。勃拉班修闻讯急忙率兵丁家仆，由罗德利哥带路赶到马人旅馆，与奥赛罗拔刀相见。此时公爵获悉一支土耳其舰队大举进犯塞浦路斯的军情，当夜召开会议，紧急召见奥赛罗。针对勃拉班修"用魔法骗到他的女儿"的指控，奥赛罗向众人坦陈自己与苔丝德蒙娜真诚自由的恋爱故事。出庭作证的苔丝德蒙娜亦同样表白了爱慕奥赛罗的心迹，于是这场婚姻风波得以平息。临危受命担任塞浦路斯总督的奥赛罗即刻动身开赴前线，临行前将新婚妻子苔丝德蒙娜托付旗官

---

① 王实甫. 西厢记 [M] //王季思. 全元戏曲（第二卷）. 北京：人民文学出版社，1999：296.
② 私奔信息的提供者是伊阿古，因为苔丝德蒙娜从离家出走，到与奥赛罗去教堂举行秘密婚礼，再到夫妻暂居马人旅馆的前后经过，伊阿古是始终不离奥赛罗左右的贴身随从。所以伊阿古是一位知情者和见证人，有获取奥赛罗个人隐私的最便利条件。

伊阿古，请他委派他的妻子爱米莉亚多方照料，并于方便之际护送苔丝德蒙娜远赴塞浦路斯。众人离去后独自一人的伊阿古不甘他的计谋就此失败，又盘算出一条既能窃取凯西奥副官之职，又能使奥赛罗疑心妻子不贞的毒计。随后四幕的剧情地点均挪移到塞浦路斯，由伊阿古护送的苔丝德蒙娜与奥赛罗欢聚于这座海岛……剧作家莎士比亚尽最大可能地取消一切叙述性因素（诸如人物介绍、交代剧情的开场白，或者人物自身的独白、旁白，以及事件中几位相关人物的未来结局如何，等等），预先不向观众透漏底细，仅仅有些语焉不详的说明与朦胧模糊的暗示——如第一幕末尾伊阿古的一番独白："等过了一些时候，在奥赛罗的耳边捏造一些鬼话，说他（指凯西奥）跟他的妻子（指苔丝德蒙娜）看上去太亲热了；他（指凯西奥）长得漂亮，性情又温和，天生一种媚惑妇人的魔力，像他这种人是很容易引起疑心的。那摩尔人（指奥赛罗）是一个坦白爽直的人，他看见人家在表面上装出一副忠厚诚实的样子，就以为一定是个好人；我可以把他像一头驴子一般牵着鼻子跑。"① 那么，苔丝德蒙娜到达海岛塞浦路斯后命运究竟如何？伊阿古会采取怎样的计策？伊阿古所谓"一举两得的阴谋"能否得逞？那位英勇盖世的奥赛罗将军，果真将会落入"像一头驴子一般（被他人）牵着鼻子跑"的罪恶陷阱吗？……诸如此类的疑惑观众一概无从知晓，只能从剧情中相关人物只言片语的台词里，借助想象力的发挥，点点滴滴地去猜测剧情随后的可能性发展以及令人惴惴不安的可怕结局，朦胧含混地去捕捉与揣摩人物各自的性格特征及其行为背后的动机……一切均发生在特定时空中的另外一个世界里，这个虚构的世界封闭自足，所有戏剧人物的言语及其行为，发生在威尼斯或塞浦路斯的特定时空内，囿于将军奥赛罗、贵妇苔丝德蒙娜、旗官伊阿古、女仆爱米莉亚、副将凯西奥、威尼斯公爵、元老勃拉班修、绅士罗德利哥等各类人物之间盘根错节的关系网络中。即使偶有出现的少数几段人物独白，亦纯然不是与观众直接沟通的那种交流性话语。舞台之上的人物与舞台之下的观众之间不发生直接交流关系，观众仿佛只是一群偶然经过的旁观者或者事不关己的看客；内、外两个交流系统赖以串接的，仅仅在于直观的

---

① 莎士比亚. 奥赛罗［M］//莎士比亚全集（9）［M］. 朱生豪，译. 北京：人民文学出版社，1978：320.

舞台形象。

## 三、元杂剧中"停叙"之运用及其探因

如上所述,以元杂剧为代表的中国古典戏曲是以外交流系统为主的,其戏剧情节结构无疑属于开放型,而并非以内交流系统为主的西方古典戏剧那样的封闭型情节结构。那么从理论上来讲,戏剧故事情节时常发生中断,故事发生、持续的时间常常会出现间断式停歇与休止,便是显而易见、自然而然的事情。由此我们认定,"停叙"存在于以元杂剧为代表的中国古典戏剧(戏曲)之中,便是顺理成章的事情了。

推究而论,导致"停叙"在以元杂剧为代表的中国古典戏曲创作中司空见惯,还与中国古典戏曲自身的两种内在特性密切相关。

第一,从戏剧文体特征来看,作为叙事文学与抒情文学相结合的文学体裁,中国古典戏曲深受古典诗词的熏染、影响而更接近于抒情文体,注重以情动人,使抒情而不是单纯叙事成为中国戏曲手法之要领。即如汤显祖在《牡丹亭题词》中所言,"从来传奇家非言情之文,不能擅场","曲中高手,持一'情'字而已";"情"到极处,甚至可以超越理性现实,所谓"情不知所起,一往而深,生者可以死,死可以生。生而不可与死,死而不可复生者,皆非情之至也。……第云理之所必无,安知情之所必有邪!"① 是故,戏曲中除了少量篇幅的一般性背景介绍、交代情节,为制造或烘托戏剧规定情境、氛围的摹景状物等代言性叙述外,更多的是臧懋循所倍加称道的,以"能使人快者掀髯,愤者扼腕,悲者掩泣,羡者色飞"② 的抒情诗篇领挈各个场景,呈现出斑驳绚烂的诗化色彩。剧中以诗笔所抒发的人物情感激越澎湃之时,使剧中人物时常游离甚至挣脱情节的固有框架,以及其自身角色的束缚,即人物言辞与其剧中已表现出的原先一贯的思想、性格、出身、素养等特征有所悖逆和不符,人物语言已"不似其人、不肖其口"了。对此,我

---

① 汤显祖. 牡丹亭 [M]. 徐朔方,杨笑梅,校注. 北京:人民文学出版社,1963:3.
② 隗芾,吴毓华. 古典戏曲美学资料集 [M]. 北京:文化艺术出版社,1992:145.

们不妨称之为"角色越位"现象。以下试举两部元杂剧《贬黄州》与《窦娥冤》为例说明。

费唐臣的士人题材杂剧《贬黄州》，以宋代文豪苏轼遭受政治迫害——因"乌台诗案"被贬黄州的一段史实为故事内容。剧情主要演述苏轼因赋诗讥讽新法，遭到政敌王安石为首的变法派弹劾而被远贬黄州，贬居期间历经艰难困厄，饱尝世态炎凉。三年之后朝廷颁旨召其回朝，但此时的苏轼早已下定决心辞官归隐，"闭草户柴门，做一个清闲自在人"。剧中主人公苏轼的最后归宿，彰显出他不与统治者同流合污的果敢、决绝之态度。如果对照一下史料，我们不难看出其明显超越历史真实层面上的苏轼其人其事，更多寄寓了元代文人及剧作家费唐臣自身对于社会现实的一腔愤懑心绪。剧中第二折铺陈苏轼风雪交加之夜赶赴贬居地的经过，生动刻画出一位怀才不遇的困厄士人的艺术形象。大量唱词不仅表达出身为剧中人物的苏轼对于无辜遭贬的满腔怨愤，而世道之不公、仕途之险恶，尤令这位文豪萌生避遁山林的归隐思想：

[五煞] 我情愿闲居村落攻经典，谁想闷向秦楼列管弦，枕碧水千寻，对青山一带，趁白云万顷，盖茅屋三间。草舍蓬窗，苜蓿盘中，老瓦盆边，乐于贫贱，灯火对床眠。

[四煞] 从教头上青天鉴，不愿腰间金印悬。受他冷冷清清、多多少少，避是是非非、万万千千。或向林皋声里，舣艋舟中，霍索溪边，一壶村酒，白眼望青天。①

上述两支曲辞早已超越剧中人物苏轼的特定视界，抒发的完全是元代士人及剧作家牢骚不平的心境。具言之，剧作家赋予笔下人物苏轼以"代言人"的地位与身份，借助苏轼的怀才不遇和仕途坎坷，曲折地反映元代士人的落魄困窘，以及由此产生的愤世之情和避世心绪，从而传达出剧作家的抑郁与不平，所谓"借他人之酒杯，浇胸中之块垒"。

---

① 费唐臣．贬黄州[M]//王季思．全元戏曲（第三卷）．北京：人民文学出版社，1999：220．

关汉卿《窦娥冤》第三折里窦娥赴刑前，道出这样一番话：

[正宫·端正好] 没来由犯王法，不提防遭刑宪，叫声屈动地惊天！
[滚绣球] 天地也，只合把清浊分辨，可怎生糊涂了盗跖颜渊。为善的受贫穷更命短，造恶的享富贵又寿延。天地也，做得个怕硬欺软，却原来也这般顺水推船。地也，你不分好歹何为地？天也，你错勘贤愚枉作天！①
[一煞] 这都是官吏每无心正法，使百姓有口难言。②

这些话语可谓铿锵有力、掷地有声，但若细细推敲一下，观众可能马上就会感觉有些不对劲。换言之，此番豪言壮语，与从小沦为童养媳、鲜少接受规范化教育、隶属中国古代封建社会底层的一位极其普通的年轻寡妇窦娥的思想境界、习惯修养、出身阅历等，存在一段明显的距离与出入。此时此刻的窦娥，已被"改头换面"或者更确切地说是发生了一次"角色越位"——暂时挣脱"寡妇"的剧中人物之身份，摇身变为剧作家意欲表达的思想的忠实代言人。剧作家让其超越自身平凡的人生，而升华为具有某种普遍性意义的人类共同情感的象征，凌驾于现实生活的逻辑之上，在相对独立的抒情氛围中，尽情地宣泄其内心深处汹涌激荡、难以平息的情感浪潮，诱导观众进入深受感染、为之动容、物我两忘的艺术审美境界。上述苏轼与窦娥的曲词，显然均属于运用"停叙"的情形。

第二，从中国古典戏曲创作主体的视角而论，古典戏曲家们大多染有"主观诗人"的浓郁色调，其创作意旨有时并非在于以一位全知的、中立的故事叙述者身份，毫无主观介入地为观众"搬演一个故事"，而似乎更着意于事件中人物的情感体验，以及剧作家本人的情感倾向与道德评价。有鉴于此，古典戏曲家们在戏剧创作过程中，不太刻意追究所叙述的戏剧故事本身的完整性与连贯性，或者外在事件起承转合诸推移、演变环节上的密针细

---

① 关汉卿. 窦娥冤 [M] //王季思. 全元戏曲（第一卷）. 北京：人民文学出版社，1999：198.
② 关汉卿. 窦娥冤 [M] //王季思. 全元戏曲（第一卷）. 北京：人民文学出版社，1999：200—201.

线、丝丝入扣，亦不把"戏剧性"过分依赖于戏剧外部矛盾冲突（主要是动作冲突）的那种紧张曲折性和完全植根于因果律基础上的逻辑必然性，而是将叙事作为抒情的一种手段或媒介，把主要的艺术视域投注于着力展示人物内心复杂诡秘的情感意识方面，充分运用诗意化的笔调，建构出一个又一个情真意切、跌宕起伏的心理旋涡。这种篇幅很长的大段式的抒情性曲词，常常能够暂时游离甚至索性挣脱戏剧叙述层面上的某一具体规定情境，逾越戏剧故事本身的固有框架，赋予了很大程度上相对独立的审美意蕴与戏剧演出效果。外国戏剧评论家斯特拉斯堡曾将这种中国古典戏曲别具一格、富有相对独立性意蕴与戏剧演出效果的诗意境界，形象地比喻为"抒情密室"："它位于剧中的一个封闭式领域。在此，通常的时空以及人们的社会关系皆告暂停。它不在于表现固有的具体情境和形象，而在于揭示人物内心世界的形象。"① 国内的有些学者则将这一特点概括为："当矛盾冲突达到尖锐化程度，戏剧冲突进入高潮时，剧作家往往让事件的发展速度减慢甚至'暂停'，用大段的演唱或表演动作抒发人物的内心感受，瞬间的心理活动可以延展为长时间的精彩表演。"② 试以关汉卿的悲剧力作《窦娥冤》与马致远的历史剧《汉宫秋》为例说明。

《窦娥冤》一剧的整个故事情节并不复杂，甚至可以说是非常简单明了的：所叙述的不过是一位孤弱无助的年轻寡妇蒙冤屈死的人生悲剧。然而该剧在揭露元代社会邪恶当道、草菅人命的黑暗腐败世相，表达剧作家为无辜屈死的小人物鸣不平方面，无疑具有异乎寻常的撼人心魄的艺术效果。单纯从戏剧外在故事情节发展的角度看，第三折窦娥押赴法场问斩，仅仅为第二折结尾部分的重复性再现，似乎没有多大意义。若换了一位西方剧作家尤其是古典戏剧家来处理，很可能会把它视为与故事事件无多大关碍的"蛇足"而弃之不写。然而在关汉卿笔下，恰恰是该剧第三折中那一段又一段感人肺腑、令人回肠荡气的抒情性曲词，将悲剧主人公窦娥对元代社会现存秩序的怀疑、愤懑与巨大的心理悲痛，化作强烈的情感投射，堪称全剧的"情感"高潮。我们不妨看看窦娥身遭处斩前所采取的那种独特的衔恨申冤方式——

---

① 理查德·斯特拉斯堡. 十七世纪戏剧中的雅典元素 [J]. 泰康评论, 1977（8）.
② 郑传寅. 中国戏曲文化概论 [M]. 武汉：武汉大学出版社, 1998：415.

三次下跪、三次请愿和四次吟唱,发出三桩奇誓,反驳监斩官质疑,以及嘱托婆婆见证:

  (正旦跪科)(正旦云)要一领净席,等我窦娥站立;又要丈二白练,挂在旗枪上。若是我窦娥委实冤枉,刀过处头落,一腔热血休半点儿沾在地下,都飞在白练上者。……(正旦唱)

  [耍孩儿]不是我窦娥罚下这等无头愿,委实的冤情不浅;若没些儿灵圣与世人传,也不见得湛湛青天。(正旦再跪科,云)大人,如今是三伏天道,若窦娥委实冤枉,身死之后,天降三尺瑞雪,遮掩了窦娥尸首。……

  [二煞]你道是暑气暄,不是那下雪天,岂不闻飞霜六月因邹衍?如果有一腔怨气喷如火,定要感的六出冰花滚似锦,免得我尸骸现;……(正旦再跪科,云)大人,我窦娥死得委实冤枉,从今以后,着这楚州亢旱三年!……(正旦唱)

  [一煞]你道是天公不可期,人心不可怜,不知皇天也肯从人愿。做什么三年不见甘霖降?也只为东海曾经孝妇冤,……(正旦唱)

  [煞尾]浮云为我阴,悲风为我旋,三桩儿誓愿明题遍。(做哭科,云)婆婆也,直等待雪飞六月,亢旱三年呵,(唱)那其间才把你个屈死的冤魂这窦娥显。①

《汉宫秋》第三折中,在王昭君离别汉宫这一戏剧情节之后,剧作家紧紧扣住"惜别"与"眷恋"两个颇具感情色彩的情结,让戏剧情节的发展至此戛然中止,故事发生、持续的时间被定格、凝固,任凭剧中男主角汉元帝尽情抒发挥泪送别王昭君前后怅然若失、郁闷无奈等百感交集的复杂心绪。诸如:

  [双调·新水令]锦貂裘生改尽汉宫妆,我则索看昭君画图模样。

---

① 关汉卿. 窦娥冤[M]//王季思. 全元戏曲(第一卷). 北京: 人民文学出版社, 1999: 199—201.

旧恩金勒短，新恨玉鞭长。本是对金殿鸳鸯，分飞翼怎承望！

［驻马听］……尚兀自渭城衰柳助凄凉，共那灞桥流水添惆怅。偏您不断肠。想娘娘哪一天愁都攒在琵琶上。

［落梅风］可怜俺别离重，你（指王昭君）好是归去的忙。寡人心先到他李陵台上。回头儿却才魂梦里想，便休提贵人多忘。

［殿前欢］说什么留下舞衣裳，被西风吹散旧时香。我委实怕宫车再过青苔巷，猛到椒房，那一会想菱花镜里妆，风流相，兜的又横心上。看今日昭君出塞，几时似苏武还乡？

［梅花酒］……他、他、他伤心辞汉主，我、我、我携手上河梁。他部从入穷荒，我銮舆返咸阳。返咸阳，过宫墙；过宫墙，绕回廊；绕回廊，近椒房；近椒房，月黄昏；月黄昏，夜生凉；夜生凉，泣寒螀；泣寒螀，绿纱窗；绿纱窗，不思量！

［收江南］呀！不思量除是铁心肠。铁心肠也愁泪滴千行……

［鸳鸯煞］……唱道伫立多时，徘徊半晌；猛听的塞雁南翔，呀呀的声嘹亮。却原来满目牛羊，是兀那载离恨的毡车半坡里响。①

显而易见，关汉卿、马致远正是凭借精心营造的一个又一个"抒情密室"，使剧情发展超越故事框架，以浓郁的浪漫情致渲染出一个或令人愤慨的冤案世界或感人至深的真情天地！观众从中不难看出，上述两部剧中人物尽兴抒情之时，恰恰就是戏剧外在故事情节发展之步履戛然停滞、休止，故事发生、持续的时间出现跳跃式间断，仿佛一只电力不足的石英钟不得不静止下来那样的被予以定格和凝固之际。它们同样属于元杂剧中运用"停叙"的范例。

第三，中国古典戏曲还具有的一大显著特征，体现为以"虚拟性"为艺术前提，无论演员还是文本中的人物，并非始终与其担当的角色合而为一，而时常会挣脱、跳出戏剧情节而与观众进行直接交流。当着两个或更多人物活动于舞台上，其中一位人物角色面向观众言说（或道白或演唱）而又假设

---

① 马致远. 汉宫秋［M］//王季思. 全元戏曲（第二卷）. 北京：人民文学出版社，1999：120—123.

其他同台人物角色听不到的"背躬",当属中国古典戏曲中运用"停叙"的一种范例了。在此不妨予以一番详尽探究。

"背躬"堪称以元杂剧为代表的中国古典戏曲所独具的一种演述形式。"打背躬"作为中国古典戏曲舞台表演程式之一,也被称作"打背供",《辞海》解释为:"打:习惯性的各种动作。背:背着。躬:身体。供:受审者的陈述,如口供、供词等。即角色的自述。""打背躬"在中国古典戏曲里亦有"打背工""背云""旁云"等多种称谓。方向溪在《梨园话》中强调指出:"凡剧中人以袖障面,或以手中所持之物,对台下观众做种种表示者,名曰'打背工',盖剧中之关键也。""戏剧中于二人对立或对坐时,欲避他人而表自己之意旨,或设法以行事时,辄用此法。"① "打背躬"是在戏剧情节发展进程中出现的某一(或几个)人物背对同台角色而直接面对观众的念白或歌唱,其中念白被称为"背躬白",歌唱则被称为"背躬唱"。具体外化和体现于中国古典戏曲舞台表演之中,其情景即为演员通常平举一手,以衣袖从旁遮住脸部,假设同台其他人物未曾听见,面向观众进行表述,类似于西方古典戏剧中的旁白。

但我们且不可操之过急,也就是说还不能急于求成、笼而统之地得出,只要是"背躬"便必定属于"停叙"的结论。笔者认为,以元杂剧为代表的中国古典戏曲中符合"停叙"的"背躬",应至少具备以下两方面的基本特征。其一,首先在篇幅上须有相当可观的一定的长度,如果仅为只言片语,恐怕明显欠缺足以跳出剧情之外的那种游离度与疏远感。其二,"背躬者"言说的受听对象,必须是排除剧中其他人物角色在内的端坐于舞台之下的观众一方。如果"背躬者"的一番话语(无论道白还是唱词),既是言说给观众听的,同时又以某一或某几个处于同一舞台之上的相同甚或不同演述时空的其他剧中人物为交流对象,换言之,也是说给某些剧中人物听的,那么从根本上来讲就不可能完全挣脱剧情固有框架而跳出情节之外。那么,造成故事发生、持续时间停滞、休止的情况,便成了一种无稽之谈。兹举几部元杂剧为例。

---

① 方问溪. 梨园话 [M]. 台北:传记文学出版社(北平中华印书局1931年初版影印本),1974:115.

先看长度不够的例子。如元杂剧《西厢记》"赖婚"一场戏中,张生设计搬请好友白马将军杜确出面,化解了普救寺贼兵围困,早已允诺将女儿莺莺许配"退贼兵者"的老夫人宴请张生,吩咐莺莺作陪。酒席上一番寒暄之后,张、崔二人正对这桩如意姻缘充满热切憧憬之际,孰料老夫人特地吩咐莺莺对张生"以兄妹相称"。此时此刻,毫无思想准备的张生情不自禁地来了一次"打背躬":"(末背云)呀,声息不好了也!"面对老夫人"赖婚"之举,张生仅仅只有这样一句"声息不好了"的"背云",做了被动的心理反应。况且此区区一句背云,还是夹杂于其他人物的对话或独白之中。"一石难激千层浪",显然难以且也无法撼动剧情发展的步履由动态骤然叫停。这种"背躬"对剧情的"疏离"充其量仅是可以忽略不计的一瞬间而已,与观众的直接交流相应地很不充分(甚至可以说是根本还没来得及展开某种交流),不足以使故事发生、持续的时间暂时休止、停顿下来。因此,这种情形下的"背躬",不应当属于"停叙"。剧中面临被贼首孙飞虎劫掠为妻险境的莺莺小姐,看到张生挺身而出、甘愿献计相救时,同样也只有一句"背云":

(夫人云)计将安在?(末云)重赏之下,必有勇夫;赏罚若明,其计必成。(旦背云)只愿这生退了贼者。(夫人云)恰才与长老说下,但有退得贼兵的,将小姐与他为妻。(末云)即是恁地,休唬了我浑家,请入卧房里去,俺自有退兵之策。(夫人云)小姐和红娘回去者!①

这句"背躬"与张生上述做法相仿,故而可予不属于"停叙"的同理类推。

再看既是说给台下观众听,同时也是说给台上其他剧中人物听的"背躬"的实例。如无名氏的元杂剧《陈州粜米》楔子中,演述由于陈州遭受严重旱灾而惊动了朝廷,范仲淹奉旨召集众公卿于中书省议事堂,紧急商议委派钦差前往陈州粜米赈灾事宜。因权豪势要的刘衙内出面保荐自己的儿子小

---

① 王实甫. 西厢记 [M] // 王季思主编. 全元戏曲(第二卷). 北京:人民文学出版社,1999:241.

衙内与女婿杨金吾，会议遂敲定此二人为赈灾大员，即日启程。当小衙内与杨金吾拜别众公卿而"做出门科"后，阴谋得逞的刘衙内紧跟出来，对儿子和女婿来了一番"背云"：

  （小衙内同杨金吾做拜科，云）多谢了众位大老爷抬举。我这一去冰清玉洁，干事回还，管着你们喝彩也。（做出门科）（刘衙内背云）孩儿也，您近前来。论咱的官位可也勾了，止有家财略略少些。如今你两个到陈州去，因公干私，将那学士定下的官价，五两白银一石细米，私下改做十两银子一石。米里面再插上些泥土糠秕，则还他个数儿罢，斗是八升的斗，秤是加三的秤。随他有什么议论到学士根前，现放着我哩，你两个放心地去。①

  刘衙内的此番"背云"，是以假设同一舞台上中书省议事堂内众公卿一概听不见，只有其儿子和女婿以及台下观众可以听见为基本前提的。鉴于"背云"其实是刘衙内交代儿子和女婿如何利用公差之机搜刮民财的一种面授机宜，所以我们可以认定，此番"背云"的主要收听者，无疑应当是身为当事人的剧中人物小衙内和杨金吾，观众则属于位居次要地位的第二号收听者。此情形显示出"背云"并不单纯限于以观众一方为言说对象。既然如此，此番"背云"便不会亦不可能完全跳出剧情之外，故事发生、持续的时间仍然处于向前持续推进的动态之中。因此，它不应属于"停叙"便是不言而喻的了。

  再如元杂剧《盆儿鬼》里张憋古答应盆儿鬼的申冤哀求，带其向开封府包待制告状。第一次在公堂上盆儿鬼没有说话，包公命张千将告状人张憋古赶出公堂。此时，张憋古不禁埋怨起盆儿鬼来："（正末云）你恰才在那里去？（魂子云）我恰才口渴的慌，去寻一钟儿茶吃。……"张憋古带盆儿鬼再次来到公堂上，但令他气恼与尴尬的是，盆儿鬼这回依然没有配合他的要求来说话，害得自己再次被衙役们驱逐出门。于是，张憋古颇有些恼怒地质

---

① 无名氏. 陈州粜米 [M] //王季思主编. 全元戏曲（第六卷）. 北京：人民文学出版社，1999：90.

问盆儿鬼道:"(正末云)你有在那里来?(魂子云)我害饥去吃了个烧饼。"上述张憋古与盆儿鬼的两次对话,观众均能听见,但公堂上的包公以及衙役们却听不见。有的学者指出这种情况属于"繁复的背供",这类"繁复的背供"发生在剧情虚构域演述时空之中,与剧场观众构成间接的交流关系。①即使此类情况属于"背供",可由于构成了代言体制下的一种真正意义上的人物对话(鉴于盆儿乃鬼魂附体,如果我们需要咬文嚼字的话,这里或许称之为"人鬼对话"更为确切),虽然针对包公等剧中人物的内交流话语系统有所封闭,但面向观众的外交流话语系统的那堵"墙",似乎也还远没有被推开,无从谈起对剧情的挣脱与跳出。因此,参照前述刘衙内的"背云",我们可以作出同理类推:此种"背云"仍难以算得上"停叙"。

非常符合"停叙"的"背云"当然是存在的,如《陈州粜米》第三折中包公的一段"背云"及其"背唱"。

该折剧情主要是前往陈州途中的"钦差大臣"包公微服察访,将自己装扮成一个"庄稼老儿"。行至陈州城门南郊外时,包公适逢妓女王粉莲,被其叫住帮忙牵驴,并小心翼翼地搀扶她骑驴而行。此时的包公对自己的举止心生滑稽好笑之感,来了一番"背云":

> 普天下谁不知个包待制正授南衙开封府尹之职,今日到这陈州,倒与这妇人笼驴,也可笑哩。(背唱)
> 
> [牧羊关]当日离豹尾班多时日,今日在狗腿湾行近远,避甚的马后驴前?我则怕按察司迎着,御史台撞见。本是个显要龙图职,怎伴着烟月鬼狐缠?可不先犯了个风流罪,落的价葫芦提罢俸钱。②

这段连说带唱的"背躬",明显具有一定长度的篇幅,并且较为完整而非支离破碎。从交流语境的视角来看,"正末背云"之前的包拯与王粉莲之间的对话,处于剧情中两个人物角色之间的内交流话语系统;而"正末背

---

① 陈建森. 元杂剧的"背供"及其美学意蕴[J]. 广东农工商管理干部学院学报,2000(4).
② 无名氏. 陈州粜米[M]//王季思. 全元戏曲(第六卷). 北京:人民文学出版社,1999:110.

云"之际的对话,则迅速转换进入剧中人物与台下观众之间的外交流话语系统之中。舞台上尽管只有包公与王粉莲两个人物角色,但在"场"的王粉莲此时此刻,丝毫听不见身边这位不知从哪里冒出来的一个"庄稼老儿"背躬里的唱白。此种"背躬",使得包公与王粉莲相遇而衍生的故事,在其发生、持续的时间上,出现具有相当一段长度或者说一定时间单元间隔的暂时停顿与休止。包公的感叹虽由邂逅妓女、无奈为之牵驴服侍的特定戏剧情境所引发,但这番感叹色彩十足的"背躬",因其无视剧中人物的存在(即假设同在舞台上的王粉莲无法听见近在咫尺的包公之人生感言),而完全就是说给台下观众听的,自然而然地会在一定时间单元的间隔中跳出剧情之外。由此,"停叙"便出现了。

## 四、"停叙"在古希腊戏剧中的运用及其探因

考察完以元杂剧为代表的中国古典戏曲使用"停叙"的情况之后,我们再来探究一番西方古典戏剧。

众所周知,西方古典戏剧的创作原则,是经希腊先哲亚里士多德归纳,被后世公认并高度自觉地予以遵循的。第一,极其强调对人物动作(尤其是外部形体动作)的模仿,人物内心活动总是借助于相应的外部动作或者颇具"动作性"意味的台词,予以外化式的凸显。正如亚里士多德所指出的:"悲剧是对于一个严肃、完整、有一定长度的行动的模仿;它的模仿方式是借助人物的行动,而不是叙述";"模仿通过行动中的人物进行";"情节是对行动的模仿……事件的组合(即情节)是成分中最重要的,因为悲剧模仿的不是人,而是行动和生活①……此外,没有行动即没有悲剧,但没有性格,悲剧却可能依然成立"。"因此,情节是悲剧的根本,用形象的话来说,是悲剧的灵魂。……悲剧是对行动的模仿,它之模仿行动中的人物,是出于模仿行动

---

① 这里亚里士多德的意思是说,人的幸福与不幸均体现在行动之中;生活的目的是某种行动,而不是品质;人的性格决定他们的品质,但他们的幸福与否却取决于自己的行动。

的需要。"① 从亚里士多德上述不厌其烦的强调中,我们不难看出,在亚里士多德那里,"情节"即经过布局的行动,情节与行动其实乃是同义语,一部戏剧的情节就是一个完整的行动体系。此即西方传统戏剧"情节"的要义和精髓。第二,特别推崇戏剧故事情节中因果关系的重要性,亦即人物的言与行、事件与事件之间,必须严格依据必然律或可然律来串接贯通。恰如亚里士多德特别申辩的那样:"诗人的职责不在于描述已经发生的事,而在于描述可能发生的事,即按照可然或必然的原则可能发生的事";"如果一桩桩事件是意外地发生而彼此间又有因果关系,那就最能产生这样的效果;这样的事件比自然发生,即偶然发生的事件更为惊人,这样的情节比较好"。②

由于现实生活中发生的事件虽不乏巧合的机缘,但在最普遍意义上来讲,却往往是偶然发生的,事件之间的顺承或碰撞并非一定受着因果律的牵系和制约。所以,以亚里士多德《诗学》为根基的西方传统戏剧理论所推重的"因果律",在很大程度上不啻为一种理想化的艺术建构,意在使原本繁杂无章的现实生活显得井然有序、合乎规律。

受上述戏剧理论的"导向"作用,西方古典戏剧家在进行创作时,一般都非常注意筛选、滤取存在因果联系的一些事件,苦心孤诣地将它们串接成为一个有头有尾的故事,组构出包括开端、发展、高潮和结局的严密推演的完整情节。我们不禁要问,亚里士多德为何如此这般地推崇"因果律"在戏剧故事情节中的重要性呢?推究而论,笔者以为或许主要是基于对引起审美效果的观众心理方面的审慎考虑,同时也是对异于"史诗"创作("史诗"类似于现代长篇小说,大体上可视为一种小说创作了)而追求"戏剧性"的古希腊戏剧(主要指悲剧)艺术特征的精辟概括、准确把握与科学界定。戏剧既然被限制在几个小时内演出,又主要依赖模仿人物动作而非像荷马史诗那样的语言叙述,还须想方设法让观众始终保持浓厚的观赏兴趣,其局限性与困难度,显然要远比"史诗"创作大得多。故此,剧作家们才格外讲究事件之间紧密联系、环环相扣的因果关系,以便令观众信服,而不至于觉得有悖情理而产生"厌看"心理;借助于使用各

---

① 亚里士多德. 诗学 [M]. 陈中梅,译. 北京:商务印书馆,1996:63—65.
② 亚里士多德. 诗学 [M]. 陈中梅,译. 北京:商务印书馆,1996:81—82.

种行之有效的叙事技巧,设置层层悬念的生动曲折的故事情节,来确保观众观赏兴趣的持续性。

严格来说,任何叙事类作品中的故事情节均或多或少带有悬念成分。但相比之下,戏剧中的故事情节对设置悬念的要求尤其高。故而我们会清楚地发现,设置悬念的"延宕"手段,在西方古典戏剧创作中备受重视,并因此得到大力使用。所谓"延宕",即指剧作家在叙述所发生事件、安排故事情节和设计人物言行时,抓住观众急于获知内情的"破谜"心理,故意放慢叙述节奏,延缓事件进程。比如,刚刚叙述至某一事件的"兴奋点"时转向对另一事件慢条斯理的追溯;在中心情节发展过程中穿插其他次要情节线索以造成"戏中戏";在矛盾冲突难分难解的高潮阶段设计上一段人物的抒情性独白,或者出人意料的滑稽行为,来冲淡、缓解紧张的戏剧氛围;等等。借此强化观众迫切期待的情结,从而巧妙设置出戏剧悬念。从某种程度上来讲,延宕起到了近似于"停叙"的叙述功能,但它本身并不能与"停叙"画上等号。这是因为"延宕"尽管拖延了故事发生、持续的时间,干扰了剧情发展的直线式递进顺承,却并未使故事时间戛然中断、停滞不动。而且由延宕扩充出来的篇幅,其实都是与剧情有着内在因果联系的有机组成部分,隶属于整个封闭式"圆环"情节结构上不可分割的某一段"圆弧"。故此我们可以说,"延宕"乃是介于"停叙"与"平叙"之间的一种密叙。

例如,莎士比亚的著名悲剧《哈姆雷特》中伶人进宫献艺的"捕鼠机"(亦译为"贡扎果之死")一场戏,其戏谑性与全剧沉重压抑的气氛不相协调,同剧情的联结似乎也不怎么紧凑。然而,它正是哈姆雷特所能利用的,试探国王、确证鬼魂所言"杀兄篡权"真相的最有效途径。缺少此环节,哈姆雷特坚定的复仇心理(尽管在采用何种复仇手段上屡犯踌躇)就难以解释清楚。莎士比亚使用独白的"延宕"也很成功,其借助内心独白展露人物的隐秘灵魂,可谓达到卓绝可叹的艺术深度。其笔下人物的内心独白往往不是三言两语,而是篇幅很长,常常单独构成某一场景。如哈姆雷特身处与国王剑拔弩张的严重对立态势,莎翁却偏偏让他深陷于抒发忧郁乃至近乎癫狂的独白的神思恍惚之中,迟迟拿不出复仇的具体行动和举措。乍看那些大段的内心独白,抑制了剧情发展的急骤节奏,隔开了事件之间环环相扣的"时间"纽带，观众仿佛一下坠入只需以耳聆听剧中人物痛切肺腑或愤激若狂的灵魂鸣响的心境，沉醉其中而忘记了自己是在看戏。然而实际上，那些独白恰恰是全剧情节发展结构中不可缺失的重要因果链，它标示出哈姆雷特面对复仇任务，由疑惑、痛苦到踌躇以至决断的完整心理流程。假若从演出的实际观赏效果来讲，那些内心独白则无疑成为剧情中最扣人心弦、撼人心魄的精彩场面。

　　西方古典戏剧一般在人物对话上力求简约得当，视台词的冗长拖沓为创作之大忌。但也有某些富有独创性的古典戏剧家采用"延宕"闯此禁区：对白篇幅极多，几乎将人物动作淹没掉，明显缺乏戏剧性动作。法国古典主义喜剧大师莫里哀的讽刺喜剧《妻子学校》，就是一个典型例证。该剧几乎通篇为一对年轻恋人奥拉斯与阿涅丝向第三者阿洛尔夫分别讲述自己恋爱经过的对白，舞台动作甚少，却仍被人们公认为一部喜剧佳作。推究起来，莫里哀的成功之处在于，通过巧妙设置的特殊喜剧情景，赋予了对白（语言叙述）以强烈的戏剧性动作。具体来说就是，奥拉斯出于信任而把邂逅阿涅丝并一见钟情的隐情透露给父亲的朋友阿洛尔夫，并央求他帮助自己对付那个纠缠阿涅丝的"讨厌的老头儿"拉苏奢先生①；天真无邪的阿涅丝同样也将自己遭遇爱情、坠入情网的秘密禀告给"监护人"拉苏奢（即阿洛尔夫先生），因为除了身边可以接近和交谈的这位监护人，孤单寂寞的阿涅丝委实没有其他任何沾亲带故、关系更为密切的人了。这里需要注意的一个重要细节在于，阿洛尔夫碍于自己与阿涅丝之间存在着老少悬殊的年龄差异，暂时尚未向阿涅丝公开袒露准备娶她为妻的如意算盘，为遮人耳目而仍然以"监护人"身份自居，特地安排阿涅丝住在一所僻静之处，并且对阿涅丝使用"拉苏奢"这个名字。说起来，阿涅丝是阿洛尔夫当年从乡下买来的一个4岁女孩儿，买来后便被他送进了修道院。阿洛尔夫此举可谓煞费苦心，意在借此途径将她培养成一个"如意太太"，即"非常无知"、"只会向上帝祷告"、"只会干针线活"、对未来丈夫绝对服帖顺从且"永远不会给丈夫戴绿帽子"而惹丈夫备遭他人耻笑。此择偶观无疑彰显出这位老夫子满脑子迂腐

---

① 这是阿洛尔夫为自己新近更换的一个别名，以其暴富后买下的一座贵族庄园里一棵老树桩命名。李健吾译本《太太学堂》里，将阿洛尔夫这一别名直译为"德·拉·木桩"。

落后甚至滑稽可笑的封建夫权思想！如今他刚刚把待在修道院十年的阿涅丝接回家中，筹划着不久择日娶亲。可令人忍俊不禁的是，奥拉斯根本不知道阿洛尔夫正是那个"讨厌的老头儿"拉苏奢——由于奥拉斯刚从居住的其他城市，谨遵父命来到此地，专程拜访身为父亲故交的阿洛尔夫先生。因此，他并不知道也不可能事先知晓阿洛尔夫还有"拉苏奢"这样一个稀奇古怪的别名，况且阿洛尔夫不曾主动向他讲明改名换姓这件事。而阿涅丝全然不知监护人既有娶她的念头——依循剧情而言，也许这位不谙世事的少女对监护人给予自己"特别的"关爱甚至殷勤，有一定的感知，但对其所流露出的那份"特殊情意"却显然懵懂无知。在她的心目中，阿洛尔夫是一位年长尽心、值得尊敬与报恩的监护人，她的心里从未曾产生过愿将终身托付给他的那种眷恋与爱意，否则她是绝不会那样不加丝毫戒备地向他吐露心机的。她的泄密，一方面是其天真无邪之本性使然，另一方面则是出于对监护人的不设防心理。而更为饶有趣味的是，阿洛尔夫本人深陷于知情却又不能亦无法挑明，被迫煞有介事地装作蒙在鼓里的尴尬境地——因为一旦言明，"阿洛尔夫""拉苏奢"都是他一人的秘密自然也就露馅了。这一特定喜剧情境，便把剧中人物之间那些解说恋爱经过的大段叙述，转化成"语言"动作：不知内情的两个年轻人叙述愈是认真详尽，对阿洛尔夫其人的刺激愈是强劲有力；由此反弹力所激活、诱发出的人物动作性（指阿洛尔夫采取的种种阻拦举措），也便愈发强烈。在这里，"延宕"的使用，同样取得了巧妙设置悬念、引人入胜的良好喜剧效果。

值得注意的是，西方古典戏剧虽然竭力推崇基于因果关系之上的故事情节，但并未由此就否认存在那种由一系列缺乏因果联系的事件所组成的故事情节。在亚里士多德那里，是把它称作"最差的情节"的。在这类被古典戏剧理论家、剧作家们看来属于败笔的戏剧作品中，因为事件之间缺乏因果性的衔接贯通，所以很有可能在有意无意之中使用了"停叙"。鉴于古希腊戏剧中歌队占有相当重要的地位，歌队一方面可以充当人物进入剧情，另一方面又能时常跳出剧情，成为剧作家评价戏剧人物、品评剧中事件等的代言人。因此，古希腊戏剧明显有别于以莎士比亚和莫里哀为代表的西方古典戏剧那种纯粹以对话为特征的代言体及其以内交流系统为主导的封闭型情节结构，而是叙述体与代言体兼容并蓄，既有大量限于舞台之上、发生于人物之间的对话，处于自我封闭虚幻世界里的内交流系统之中，同时又有为数不少的游离于剧情之外的歌队或者某些剧中人物直接面对观众的大段抒情性唱词或独白，一定程度上已然带有中国古典戏剧以外交流系统为主的开放型情节结构的特征。因此，为避免一概而论，我们这里不妨把西方古典戏剧予以细化，具体划分为古希腊戏剧与以莎士比亚和莫里哀为代表的西方传统戏剧两大类型。可见，将叙述体与代言体融于一身的古希腊戏剧中，存在着使用"停叙"的情形。而就以莎士比亚和莫里哀为代表的西方古典戏剧而言，鉴于其刻意追求由因果链串接连缀的封闭式情节结构，遂决定了其创作中对于"停叙"高度自觉的规避、漠视以至鄙弃，使得在"停叙"的使用上仅仅达到微不足道的程度。因此，我们可以从总体范围内和在一般意义上得出这样的一种推论："停叙"在古希腊戏剧之后的西方古典戏剧中并不存在。

以下不妨就来具体探究一下古希腊戏剧中使用"停叙"的问题。

亚里士多德在《诗学》第七、第八章中，格外强调可然律或必然律与戏剧故事情节之间的有机联系，亦即戏剧故事情节的安排，应当遵循可然律或必然律。循此思路出发，亚里士多德在《诗学》第九章中，非常反对戏剧家堆砌一些意外发生但却缺乏因果关系的事件，亦即反对那种所谓的"穿插式情节"：

> 在简单的情节与行动中，以"穿插式"的为最次。所谓"穿插式"，指的是那种场与场之间的承接不是按可然或必然的原则连接起来的情节。拙劣的诗人写出此类作品是因为本身的功力问题，而优秀的诗人写出此类作品则是为了照顾演员的需要。由于为比赛而写戏，他们把情节拉得很长，使其超出了本身的负荷能力，并且不得不经常打乱事件的排列顺序。①

---

① 亚里士多德. 诗学 [M]. 罗念生, 译. 北京：人民文学出版社, 1962：30.（这段话的意思大体是说，戏剧家为拉长情节而使用很多插曲，而这些插曲过多，容易造成彼此间不衔接，势必违反须有机整一的情节安排原则。罗念生将这段话译为："在简单的情节与行动中，以'穿插式'为最劣。所谓'穿插式的情节'，指各穿插的承接见不出可然的或者必然的联系。拙劣的诗人写这样的戏，是由于他们自己的错误，优秀的诗人写这样的戏，则是为了演员的缘故，为他们写竞赛的戏，把情节拉得过长，超过了布局的负担能力，以致各个部分的联系必然被扭断。"参见亚里士多德. 诗学 [M]. 陈中梅, 译. 北京：商务印书馆, 1996：82.）

例如，埃斯库罗斯的悲剧《被缚的普罗米修斯》。该剧故事情节中河神的访问与伊俄的出现，这两个事件之间并没有什么必然的联系。而伊俄的出现与随后神使的前来，这两个事件之间同样不发生密不可分的直接联系。换言之，该剧明显在因果逻辑上缺乏将河神访问、伊俄出现、神使前来等几桩事件，串联成为一个有机完整、环环相扣的艺术整体的那种可然律或必然律。既然如此，剧情中在强力神、暴力神和火神兼匠神赫淮斯托斯完成押解、捆绑普罗米修斯的任务后，舞台上只留下了普罗米修斯独自一人。此时，这位人类恩神发出了对自身遭受迫害的处境及其原因的大段富有浓郁抒情色彩的申诉式独白：

> 啊，晴明的苍穹，翅膀迅捷的和风，
> 江河的源泉，辽阔大海的万顷波涛
> 发出的无数笑语啊，众生之母大地
> 和普照的太阳的光轮，我向你们呼吁，
> 请看看我身为神明，却遭众神迫害！
>
> 请你们看哪，我正在忍受
> 怎样的凌辱，需要忍耐，
> 需要忍耐千万年时光。
> 这就是神明们的新主宰
> 为我构想的可耻的禁锢。
> 啊，啊，我为这眼前的和未来的
> 苦难悲叹，应该何时，又该在何方，
> 这些灾难才会有尽头？
> 然而我为何嗟叹？我能够清楚地预知
> 一切未来的事情，绝不会有什么灾难
> 意外地降临于我。我应该心境泰然地
> 承受注定的命运，既然我清楚地知道，
> 定数乃是一种不可抗拒的力量。

然而无论是诉说我的遭遇，或者缄默，
　　都是何等难啊，只因为我把神界的宝物
　　赠予人类，才陷入如此不幸的苦难。
　　我曾窃取火焰的种源，把它藏在
　　茴香杆里，这火种对于人类乃是
　　一切技艺的导师和伟大的获取手段。
　　我现在就由于这些罪过遭受惩罚，
　　被钉在这里，囚禁在这开阔的天空下。①
　　…………

　　此时故事发生、持续的时间中断为零，整个剧情处于一种停滞和休止状态，其受听对象显然不是哪位剧中人物——因为根本就没有其他什么戏剧人物待在场上，而是舞台下面的观众。这无疑属于"停叙"的情形。
　　再比如，"喜剧之父"阿里斯托芬的讽刺喜剧，在戏剧情节结构上有两大显著特征，一是对驳。所谓"对驳"，指对立双方在舞台上进行针锋相对、唇枪舌剑的激烈辩论（有时甚至夹杂不仅动口，而且动手的插科打诨），以彰显剧作的主题意蕴或者某一深刻道理。它属于阿里斯托芬剧作的核心内容与主体部分，人物对话封闭于舞台虚构世界特定时空的内交流话语系统之中。二是插曲。所谓"插曲"，希腊文含义是指演员暂时退场后歌队走向前台直接向观众讲话的一段戏，其中包括大量独白或唱词（既有说又有唱）。这些"插曲"在内容上大都与剧情本身无关②，它往往代表剧作家说话，大到纵论天下大事，小到抱怨评委不公而使自己未能在上次戏剧竞赛节获奖。"插曲"的这种嵌入，同样对剧情的发展带来某种中断，故事发生、持续的时间因此而会出现相当一段时间单元的暂停、休止，歌队说唱的接收对象是舞台下的观众，一方说唱而一方视听，明显处于现实世界中开放式的外交流话语系统之中。显然此类"插

---

① 埃斯库罗斯，等. 古希腊悲剧喜剧全集（1）[M]. 张竹明，王焕生，译. 南京：译林出版社，2007：149—151.
② 根据笔者统计，现存阿里斯托芬11部喜剧中，仅有《鸟》和《吕西斯特拉特》两部剧作里的插曲内容与剧情紧密相关，从而构成剧情的有机组成部分，其余剧作中的插曲多游离于故事情节之外。

曲",也属于"停叙"。如《阿卡奈人》第三场"对驳"中,主要情节为表现主战派的代表人物军官拉马科斯与主和派的代表人物农民狄凯俄波利斯,在公众大会上展开激烈争辩,甚至不惜大打出手,闹得简直不可开交。随后的"插曲",则是歌队长以及歌队的长短不一的歌唱及宾白。唱白内容转换为对于剧作家本人(即所谓"诗人")及其对某些事件和人物(既可以与剧情里某一事件或某一人物有关,但也可以毫无牵涉)的评价。诸如该剧中的"(六)插曲"部分:

歌队长

　　(短语)

这人在辩论中获胜,在议和问题上说服了人民。

让我们脱去外套,按抑扬格音步歌唱吧。

歌队长

　　(插曲正文)

自从诗人①指导我们歌队演出他的喜剧以来,

从没对观众说过他自己是多么正确。

但由于他的对头在轻信的雅典人中中伤他,

说他讽刺我们的城邦,侮辱我们的人民,

他现在要在从善如流的雅典人面前为自己辩护。

诗人断言,他应该得到你们多多的感谢,

是他教导你们不要听信外邦人的谎言,

不要喜欢听奉承话,误了国家大事。

……

正是诗人的这一规劝,使你们得到了许多的好处。

他还向你们指出过,盟邦人民怎样受我们民主的统治。

因此今天他们从那些城邦给你们带着贡品前来,

正是热心地想看看这位最优秀的诗人——

---

① 所谓"诗人"这里指剧作家阿里斯托芬本人。

他敢于在雅典人中说出真话。
……
你们绝不可放弃他:他将在喜剧里宣扬真理。
他说,他要教你们许多美德,让你们永远幸运,
他不拍马,不行贿,不诈骗,
不耍赖,不糊弄人,而是教你们美德。①

  亚里士多德在《诗学》中,是对埃斯库罗斯《普罗米修斯》中的情节编排和阿里斯托芬喜剧中所惯用的"插曲",作为不合乎可然律或必然律的那类情节,亦即所谓"拙劣式穿插的情节"的典型,予以贬责与批评的。因此,我们虽然承认"停叙"实际存在于古希腊戏剧的创作实践中,但成功与失败并存,在一定程度上甚至可以说其中以失败成分居多(亚里士多德的观点无疑便是贬斥大于褒扬)。由此而论,对"停叙"的运用还显然算不上古希腊戏剧创作的一种主流意识。所以,此情形仍明显有别于中国古典戏曲对于"停叙"自觉与大力运用的创作实践。

---

① 埃斯库罗斯,等. 古希腊悲剧喜剧全集(6)[M]. 张竹明,王焕生,译. 南京:译林出版社,2007:53—54.

第二章

# 元杂剧与古希腊戏剧中的"幕后戏"

## 一、"幕后戏""幕前戏""前史"辨析

"明场"与"暗场"是戏剧结构布局与安排情节的两种重要表现形式。"明场"指演员以其在舞台上的直接表演提供给观众可以直观视听的诸如某些动作、台词（包括道白与唱词）、场景、事件等戏剧情节因素，"暗场"则指不在舞台上直接予以视听式的展示而借助叙述法间接告知观众的戏剧情节因素。对于"明场"，如果我们改用现代戏剧术语，不妨称之为"幕前戏"，而"暗场"则可以相应地称为"幕后戏"。①

关于"幕前戏"，有时某些学者将它与"前史"相混同，有时还将"幕前戏"理解为"戏剧开幕之前所发生的事情"。这两种理解，与笔者在本章里将要着力探究的"幕后戏"存在明显区别。因此，笔者有必要先对核心概

---

① 现当代剧坛上无论戏剧创作还是舞台表演，以话剧为主体的西方戏剧艺术无疑采用分幕制，而包括话剧与戏曲在内的中国戏剧艺术，亦主要采取分幕制（如反映现代人生活题材的现代京剧，即采用"幕+场"的形制，甚至不少古装的传统戏曲亦采取分幕制）。有鉴于此，尽管中国古典戏曲中实际并不存在使用"幕"的问题，而惯常使用"明场"与"暗场"的概念术语，古希腊戏剧同样也不曾使用"幕"（歌队即起着转换剧情、舞台时空、布景等功用），但为了贴近与契合当今世界的戏剧现状，尤其尝试寻求中国古典戏曲艺术与西方戏剧艺术更好的对应与接轨。笔者这里仍选择采用"幕后戏"及"幕前戏"的称谓。

念"幕后戏"以及"前史""幕前戏"这三个概念术语,从内涵与外延上做一番理论上的梳理与澄清。

所谓"前史",指每部戏剧剧情开始之前曾经发生过的对剧中人物(往往是身为主人公的主要角色)能够产生重大影响的一系列事件。"前史"必须具备几个基本特征:第一,就其时态而言,须为以前曾经发生过亦即属于"过去完成式"的事件;第二,就其事件特点而论,须为具有过程性的一系列带有因果关系的事件,而非单一孤立的某个事件;第三,"前史"的被揭示或披露(一次性或者渐次性地予以揭示或披露),必须能够作用于戏剧人物(往往是身为主人公的主要角色),成为推动戏剧冲突演变的某种直接动力。"前史"之所以重要,在于其对于戏剧结构的类型具有决定性的意义。中西古代戏剧发展史上出现的两大主要戏剧结构模式:"锁闭式"(亦称"回顾式""追溯式")和"开放式"(亦称"直叙式"),其形成原因及其根本区别即在于"前史"是否存在。我们不妨解读一下西方戏剧"锁闭式"结构开山之作的《俄狄浦斯王》,并从"前史"存在与否的视角,就"开放式"与"锁闭式"两种结构予以简要比较。

通览《俄狄浦斯王》全剧,我们大致可以抽取五个关乎剧情的主要事件。一为"弃婴":忒拜国王拉伊俄斯得到神示将生一子,但其子成人后会杀父娶母,于是国王夫妇派牧羊人甲抛婴于深山;牧羊人甲于心不忍,转而托付给牧羊人乙;回来牧羊人乙的主人科任托斯国王玻吕波斯夫妇将婴儿当作王子收养,为之取名"俄狄浦斯";二为"杀父":长大后的俄狄浦斯得知自己"将犯下杀父娶母之罪孽"的神示而匆忙出走,在科任托斯与忒拜交界处遇到一伙人发生斗殴,俄狄浦斯杀死数人(对方只有一人逃走,即当年转交婴儿的牧羊人甲),死者中那位坐轿子的威严长者正是其生父拉伊俄斯,当然此时的俄狄浦斯一无所知;三为"娶母":逃亡至忒拜城外的俄狄浦斯因答出谜语而除掉祸害百姓的狮身人面妖斯芬克斯,被忒拜民众拥戴为王,登基伊始,依循惯例娶寡后为妻(此新王后恰恰是其生母伊俄卡斯忒,当然此时的俄狄浦斯仍浑然不知);四为"查凶":俄狄浦斯登基16年后的忒拜发生极具危害性的一场大瘟疫,神示告知根源在于杀害先王凶手仍逍遥法外,唯有惩办凶手才能消除灾祸,于是决心严查不息;五为"放逐":俄狄浦斯通过牧羊人甲、牧羊人乙以及王后之口层层探究,最终查清凶手正是自己，杀父娶母的真相大白，勇于承担责任的他刺瞎双眼、自我放逐。显然该剧故事情节以第四个事件"查凶"为开端，前三个事件被作为"前史"嵌于第四至第五个事件之间。伴随隐含着"弃婴、杀父、娶母"三个事件在内的"前史"逐渐被揭开，戏剧冲突不断激化，直至推向高潮，导致悲剧的结局。假如剧作家不是古希腊的索福克勒斯，并且按照从过去到现在的顺时次序，从第一个事件"弃婴"起笔而渐至第五个事件的娓娓叙来，势必将会变成一部开放式结构的同名剧《俄狄浦斯王》。由此可见，"前史"存在与否，确乎为区分锁闭式与开放式两大结构模式的主要标志。

有些学者尽管指出"前史"不同于"幕前戏"，但却认为所谓"幕前戏"乃指戏剧帷幕开启之前所发生的事情，就其时态而言，它紧接着开场戏；就其与主人公的关联来看，有时与主人公具有直接关系，有时则与主人公只有间接关系，因此它只起"引子"的作用。① 这就把"幕前戏"的内涵与外延划定得过于狭窄，并且容易造成含混其词的歧义性。笔者这里所谓的"幕前戏"，则指举凡通过可以视听的直观方式演述给观众的舞台上直接展示出来的诸如特定动作、场景、情节、事件等，与旧时的戏剧术语"明场"相等同或一致。

"幕"和"场"在戏剧艺术中可谓历史悠久，尤其"场"几乎是伴随着戏剧艺术的诞生而问世，其例证即为早在人类戏剧艺术摇篮时代的古希腊戏剧中，"场"便已呱呱降生。古希腊悲剧中除了歌队的入场歌、每场之后的合唱歌以及结尾处的退场歌以外，以开场、场次、退场构成的结构形式，展示出古希腊戏剧结构分场不分幕的规范性体制。"幕"面世虽然晚于"场"，但却和"场"同样，一经诞生即呈现出旺盛的生命力。它们不仅为戏剧艺术所独有，而且伴随戏剧艺术的发展而衍变，成为体现戏剧艺术特有规律和本质特征的重要形式之一。作为叙事性文学的戏剧艺术自诞生之日起，便具备了构成其内容要素的故事情节。而剧作家在完成故事情节的构思后，必须根据舞台时空的有限性，针对故事经历的时间和故事发生的空间予以有的放矢地取舍整合——哪些需要明场的直观式呈现，哪些适宜"暗场"式的间接交代？如果把故事进程中每一具体时间看作一个点，故事时间即是由一个个点

---

① 宋鸣. 论前史对于戏剧结构的意义 [J]. 齐鲁艺苑, 1995 (3).

连缀而成的具有一定长度的线。空间同样可以形成由一个个点构合而成的与时间平行的线。剧作家对故事时间与空间的取舍整合,便是基于两条长度相等的时空平行线上,选择既有时间意义又有空间意义的几个点,由点及面地进而将整部戏剧故事的时间与空间建构起来,这几个点便是"幕"或"场"。由此可见,"幕"和"场"乃是剧作家对戏剧故事中的时间与空间取舍整合的结果,堪称戏剧结构的基本存在形式。这种以"幕"或"场"的形成为标志的结构方法,不仅为戏剧艺术所独有,而且因其每每牵系戏剧创作之成败而显得至关重要。

## 二、"战争"与"死亡":
## 元杂剧与古希腊戏剧运用"幕后戏"之异同

限于篇幅,笔者在这里拟集中笔墨,从对"战争"与"死亡"的处理方式,来具体探究元杂剧与古希腊戏剧在运用"幕后戏"方面的异同。

首先,我们看对于"战争"的表现。这一问题实际上又可具体分为两个层面来审视:其一是如何表现千军万马的宏大规模的战争场面,其二则为对小规模战役的单打独斗场面又是怎样表现的。

纵观古今中外的人类社会历史尤其是战争史,可以说,战争与人类生存与发展的历史相伴随,战火连绵,亘古未绝。所谓战争的实质,乃是两个甚至两个以上集团、群体之间缘于政治、经济等利益不可调和的尖锐冲突,而必然发生的刀兵相见的激烈对抗性行为。戏剧囿于舞台时空的有限性,无法在舞台上直接表现出千军万马浴血厮杀的规模宏大的战争景观。剧作家从扬长避短的情节构思出发,对此采取间接展示的"叙述法"。这里试以同样表现国人耳熟能详的三国时期"博望烧屯"这一战争题材的两部不同体裁作品,无名氏的元杂剧《博望烧屯》与明代罗贯中的章回体长篇小说《三国演义》为例,予以一番比较说明。

中国古典小说《三国演义》"卷之八诸葛亮博望烧屯"中,对"火烧博望"这一战事是这样描述的:

却说夏侯惇并于禁、李典，兵至博望，选一半精兵作前队，其余跟随粮草车行……夏侯惇大怒，拍马向前，来战子龙。两马交战，不数合，子龙诈败退走。……约走十余里，子龙回马又战，不数合又走。韩浩拍马向前谏曰："赵云诱敌，恐有埋伏。"惇曰："敌军如此，虽十面埋伏，吾何惧哉！"赶到博望坡，一声炮响，玄德自引军一支冲将过来，接应交战。夏侯惇回顾韩浩曰："此即埋伏之兵也！吾今晚不到新野，誓不罢兵！"催军前进掩杀。玄德、子龙抵挡不住，逶迤退后便走。

……夏侯惇正走之间，见于禁从后军而来，便问如何。禁曰："愚意度之，南道路狭，山川相逼，树木丛杂，恐使火攻。"夏侯惇猛省，言曰："文则之言是也。"却欲回马，只听背后喊声震起，早望见一派火光烧着，随后两边芦苇亦着，四面八方尽皆是火，狂风大作，人马自相践踏，死者不计其数。夏侯惇冒烟突火而走。背后子龙赶来，军马拥并，如何得退？

且说李典急奔回博望城时，火光中一军拦住，当先一将乃关云长也。李典纵马混战，夺路而走。夏侯惇、于禁见粮草车辆一带火着，便投小路而走。夏侯兰、韩浩来救粮草，正遇张飞。交马数合，张飞一枪刺夏侯兰死于马下，韩浩夺路走脱。直杀到天明，方收军，杀得尸横遍野，血流成河。①

元杂剧《博望烧屯》第三折里，则是借助剧中人物的台词来叙说火烧博望：

（糜竺、糜芳领卒子上）（糜竺云）某乃糜竺、糜芳是也，奉军师将令，着俺二将举火烧屯。来到这博望城下也。怎生关闭着这城也。小校，立起云梯，我试望者。夏侯惇军马，兀的不睡着了也。等某先发一箭。我这里急取弓和箭，搭上凤翎毛，推出弓靶去，拽损瘦龙腰，火箭如神射。火焰腾腾飘，燎折北斗柄。烧死众英豪，三军齐发箭。火起了也。俺军师府里献功那走一遭去。（同糜芳下）（夏侯惇做睡醒科，云）

---

① 罗贯中.三国志通俗演义（上）[M].上海：上海古籍出版社，1980：385—386.

哎呀! 好大火,烧杀我也! 三军打开城门逃性命。走、走、走。(下)①

两相比照,元杂剧采取的仍是小说的"叙述"法,其差异仅在于小说采取全知式客观叙述视角,杂剧则转换为身为剧中人物的参战双方糜竺、夏侯惇的自家声口直接道出的限知式主观叙述视角。表面上貌似出自特定戏剧人物之口的戏剧"代言体",实际上却并未脱离那种间接叙述的小说笔法。元杂剧对于描写宏大战争场面题材的这种间接表现的"叙述"法,在多部剧作里屡试不爽,即使到了明代传奇中,亦大量使用"探子主报军情"的这套招数。亦即在剧中不直接表现战争,仅仅借助"探子禀报"向他人(包括其他戏剧人物及台下的观众)慢条斯理、头头是道地详细叙说战争情景。钱钟书先生曾经将此类取法中国史传文学的叙事传统,如《左传·成公十六年》中太宰伯犁向楚王报告晋军行动的叙述法,概括为"不直书甲之运为,而假乙眼中舌端出之,纯乎小说笔法矣"。② 诸如梁辰鱼的《浣纱记》、汤显祖的《南柯记》、陆采的《怀香记》、王玉峰的《焚香记》等许多明代传奇剧作,一旦涉及战争的重大事件,均采取"探报军情"的关目予以间接表现。

与此类似,古希腊戏剧中但凡涉及战争题材的内容,同样毫无例外地采取由剧中人物之口予以间接表现的"叙述法",只不过叙述人的身份与中国古典戏曲相比,更为多元化一些。诸如埃斯库罗斯的《波斯人》。作为古希腊现存悲剧中唯一的一部现实题材剧作,《波斯人》与当时的希波战争以及剧作家个人生活密切相关。希波战争时期埃斯库罗斯正值盛年,并且亲自参加了马拉松与萨米拉斯两大著名战役,其名字因此被刻于荣誉公民碑上。埃斯库罗斯本人毕生引以为自豪,生前为自己撰写的墓志铭中有这样两句:"但马拉松的战场可以证明他的勇敢,连长发的米底人也得承认。"正是出自炽热的爱国热情,这位希腊悲剧家挥毫写就反映萨米拉斯战役的这部悲剧力作。该剧剧情全部发生于波斯京城苏撒的皇宫前,全剧自始至终不曾有一位希腊将士登台亮相,战役全过程全然通过报信人向波斯太后与长老们禀报表现出来。由于埃斯库罗斯亲历过这场战役,其对战役的描述甚至比起历史学

---

① 无名氏. 博望烧屯 [M] // 王季思. 全元戏曲(第六卷). 北京:人民文学出版社,1999:21.

② 钱钟书. 谈艺录(补订本) [M]. 北京:中华书局,1984:476.

家们还要真切。早在报信人逃回禀报之前，波斯太后与长老们已有不祥之感，此时得悉波斯人全军覆灭的消息，无不惊恐失色、悲痛欲绝；这一巨大噩耗甚至惊动了先帝大流士的幽灵……剧情末尾是波斯皇帝薛西斯仅仅带领几位贴身士卒狼狈逃回，众长老质问其"波斯的将领们在哪里"，薛西斯无颜以对，唯有放声痛哭。整个苏撒、整个波斯，充斥着一片哭声……悲哀犹如黑色幕布贯穿全剧，反衬着希腊人的胜利与光荣！显然该剧最匠心独运与令人称奇之处，莫过于身为亲历者的剧作家本人对于希波战争，采取了没有给予丝毫正面表现（展示），而巧妙安排身为逃兵的报信人向波斯王太后及长老们讲述希波战争萨米拉斯战役中波斯军队的惨败景况。这种对战争场景间接叙述的"幕后戏"处理方式，与元杂剧中惯用的"探子汇报"模式如出一辙。而在埃斯库罗斯另一部悲剧《七将攻忒拜》中，七将围困忒拜的攻城之战，以及俄狄浦斯两个儿子为争夺王位两败俱亡的生死决斗，均由报信人娓娓道来。欧里庇得斯的同类题材悲剧《腓尼基妇女》中，俄狄浦斯两个儿子决斗身亡的战况，同样由报信人甲讲述出来；其另一部悲剧《请愿的妇女》中，国王忒修斯大获全胜的消息亦由报信人铺叙。这几部希腊悲剧里的"报信人"，大致等同于元杂剧中禀报军情的那类"探子"。而索福克勒斯的《赫拉克勒斯的儿女》中，第四场雅典人打败阿耳戈斯人的激烈战斗情景，则由一位仆人娓娓道出；欧里庇得斯的《瑞索斯》中，驰援特洛亚人的色雷斯国王瑞索斯，遭遇希腊联军军师奥德修斯暗杀的夜袭事件，则通过其身边驾驭坐骑的驭者陈述出来；其另一部悲剧《阿尔克斯提斯》中，赫拉克勒斯为拯救甘愿替代丈夫阿德墨托斯国王而死的阿尔克斯提斯王后，曾与死神展开一场激烈厮杀。此搏斗情景，竟然是由当事人赫拉克勒斯以自我陈述方式公之于众的。综上所述，无论报信人、探子，还是仆人、驭者甚或当事人，其身份尽管存在某种差别，但都明显具有一个共同特征：均属于剧情的知情者。参照前文对属于同类题材的元杂剧与古典小说的比照，这里不妨通过具体比较分属西方文学不同体裁的希腊神话与希腊悲剧，来窥探一下两者究竟如何表现"七将攻忒拜"这一相同战争题材。

希腊神话"七将攻忒拜的故事"中，对七位将领向忒拜七座城门同时发起冲击的一场规模空前、壮观惨烈的攻城大战，采取了全知的客观叙事视角予以全景式展示：

女狩猎家阿塔兰塔的儿子帕尔忒诺派俄斯领着他的队伍，以密集的盾牌掩护，向一座城门突进。他自己的盾牌上刻绘着他的母亲用飞矢射杀埃托利亚野猪的图像。预言家安菲阿剌俄斯向第二座城门进军，在他的战车上载着献祭神祇的祭品。他的武器没有装饰，他的盾牌也是光亮而空白的。希波墨冬攻打第三座城门。他的盾牌上的标记乃是百只眼睛的阿耳戈斯监视着被赫拉变成小母牛的伊俄。提丢斯领着队伍向第四座城门前进。他左手执着的盾上绘着一只毛茸茸的大狮子，右手愤怒地挥舞着一只大火炬。从故国被放逐的波吕尼刻斯领导着对第五座城门的进攻。他的盾牌的徽章是一队怒马。卡帕纽斯的目标是第六座城门。他夸耀着他可以和战神阿瑞斯匹敌。在他的铜盾上刻画着一个巨人举起一座城池，并将它扛在肩上，这在卡帕纽斯心中是象征着忒拜城所要遭逢到的命运。最后一道，即第七道城门则由阿耳戈斯王阿德剌斯托斯负责。他的盾牌乃是一百条巨龙用巨口衔着忒拜的孩子们。

当这七个英雄逼近城门，他们就以投石、弓箭、戈矛开战。但忒拜人这么顽强地抵抗他们的第一次攻击，以致他们被迫后退。但提丢斯和波吕尼刻斯大声吼叫："同伴们，我们难道要等着死在他们的枪矛之下吗？现在，就在这瞬间，让我们的步兵、骑兵、战车一齐向城门猛攻吧！"这话如同火焰一样在军队中传播，阿耳戈斯人又鼓舞起来。他们如浪涛一样地汹涌前进，但结果也仍然和第一次的攻击一样，守城者给予迎头痛击，他们死伤狼藉。成队的人死在城下，血流成河。这时帕尔忒诺派俄斯如同风暴冲到城门口，要用火和斧头将城门砍毁并将它焚为平地。一个忒拜的英雄珀里克吕墨诺斯正防卫着城垛，看见他来势汹汹，就推动一块城墙上的巨石，使它倒塌下来，打破这围城者的金发的头，并将他的尸骨压为粉碎。厄忒俄克勒斯看到这道城门现在已经安全，他就跑去防守别的城门。在第四道城门，他看见提丢斯暴怒得像一条龙，他的头戴着饰以羽毛的军盔，急遽地摇晃着，手中挥舞着盾牌，周围的铜环也叮当作响。他向城上投掷他的标枪，他周围拿着盾牌的队伍也将矛如同霍雨一样投到城上，以致忒拜人不得不从城墙边沿后退。

这时厄忒俄克勒斯赶到了。他集合他的武装战士如同猎人之集合四散的猎犬,率领他们回到城墙边。然后他一道城门又一道城门地巡视着。他遇到卡帕纽斯,后者正抬着一架云梯攻城,并夸口说即使宙斯也不能阻止他将这被征服的城池夷为平地。一面说着傲慢的话,一面将云梯架在墙上,冒着矢石的暴雨,用盾牌掩护着,顺着溜滑的梯级往上爬。但他的急躁和狂妄所得到的惩罚并不是忒拜人所给予的,而是当他刚刚从云梯上跃到城头时,等候在那里的宙斯用一阵雷霆将他击毙。这雷霆的威力甚至使大地也为之震动。他的四肢被抛掷在云梯周围,头发被焚,鲜血溅在梯子上。他的手脚如同车轮一样飞滚着,身体在地上焚烧。

  国王阿德剌斯托斯以为这事是诸神之父反对他这次侵犯的兆示。他率领着他的人马离开城壕,下令退却。忒拜人看到宙斯所给予的吉兆,从城里用步兵和战车冲出,与阿耳戈斯军队混战。车毂交错,尸横遍野。忒拜人大获全胜,将敌人驱逐到离城很远的地方,才退回城来。①

  而在埃斯库罗斯的悲剧《七将攻忒拜》第二场里,攻城大战的具体景况则通过一位报信人,向指挥城池保卫战的国王埃特奥克勒斯禀报的人物对话方式娓娓道出。此一战况叙述篇幅很长,这里摘录报信人对提丢斯与卡帕纽斯攻打第一、第二座城门战况的描述:

> 报信人
> 我知道敌人的安排,可以细说,
> 每个人按阄签该杀向哪座城门。
> 提丢斯将攻击普罗伊托斯城门,
> 先知不让他横渡伊斯墨诺斯河,
> 因为祭祀时牺牲品未显示吉利。
> 提丢斯热情迸发,渴望战斗,
> 狂呼大喊,有如暑热中的巨蟒。

---

① 斯威布. 希腊的神话与传说(上)[M]. 楚图南,译. 北京:人民文学出版社,1984:247—249.

## 第二章 元杂剧与古希腊戏剧中的"幕后戏" | 77

他责备智慧的先知奥伊克勒得斯,
指责他怯懦地逃避命运和战斗。
他这样喊叫,带阴影的三柱盔脊和鬃饰不断晃颤,
手中盾牌镶嵌的铜铃令人惊怖地鸣响。
那盾牌表面镶刻着高傲的图案,
精工雕成的天空闪耀在群星下。
盾牌中央是散发着银辉的满月,
夜空的眼睛,群星中数它最明亮。
他以如此华丽的武器为荣耀,
在河岸上放声呐喊,渴望战斗。
那马匹咬紧嚼铁,口喷粗气,
听见号角的奏鸣,兴奋狂乱。
你派谁去抵抗他?
谁能可靠地坚守普罗伊托斯门洞开的入口?

埃特奥克勒斯(对话略)

报信人
愿神明垂赐这位首领顺利。
卡帕纽斯按阄进攻埃勒克特拉门,
一位巨人,比刚才那位更出众,
吹牛夸口,超出常人的本性,
愿命运不让他如愿地威胁城市。
他声称不管神明愿意不愿意,
甚至即使宙斯向大地掷雷电,
阻挠进攻,他也要摧毁城市。
无论是闪电或是投掷的霹雳,
他把他们视若午间的炎热。
他的标志是送火的裸身将领,
手中举着熊熊燃烧的火炬,

> 金字闪烁："我将焚毁城市！"
> 请派人去抵御这英雄。谁堪当此任，
> 谁遇见这位吹牛家不会颤抖？①
> ……

战争的方式不仅体现于规模宏大的千军万马的群体性交战，也常常表现为规模较小的限于少数人之间发生的某一次战斗、某一场厮杀等。古代战争中的一种重要战法，便是双方将领阵前单打独斗，两边军队为之观战助威。此类战斗情形在中西古典戏剧中多有反映。试以元杂剧《单鞭夺槊》为例。该剧为末本，从第一折至第三折皆由正末扮李世民，但第四折却由正末改扮为剧中一个无关紧要的小人物的探子。推究剧作家这样安排的原因，主要在于第四折演述李世民手下战将段志贤与单雄信的交战，为避免直接表演交战场面，便采取了由探子主唱、辅之以徐茂公说白的叙述方式：

（探子唱）听小人话根源，只说单雄信今番将手段展。

[喜迁莺]早来到北邙前面，猛听的锣鼓喧天，那军不到三千，拥出个将一员。雄赳赳威风武艺显，是段志贤立阵前。一个待功标汗简，一个待名上凌烟。（徐茂公云）原来是单雄信与某家段志贤交马。两员将扑入垓心，不打话来回便战。三军发喊，二将争功。阵上数声鼙鼓擂，军前两骑马相交。马盘马折，千寻浪里竭波龙；人撞人冲，万丈山前争食虎。②

再来对照一下希腊戏剧。俄狄浦斯两个儿子为争夺王位而决斗身亡的题材，在三大古希腊悲剧家里曾被多次使用。我们不妨先看一下希腊神话传说中"七将攻忒拜的故事"里，对于兄弟血刃战况的描述：

---

① 埃斯库罗斯，等. 古希腊悲剧喜剧全集（1）[M]. 张竹明，王焕生，译. 南京：译林出版社，2007：233—235.
② 尚仲贤. 单鞭夺槊 [M]//王季思. 全元戏曲（第三卷）. 北京：人民文学出版社，1999：802—803.

……号角吹奏,宣布战斗开始。于是两兄弟向前冲出,互相突击,就如同呲裂着獠牙争斗的野猪一样。他们的枪在空中飞过,并各从对方的盾牌上反弹回来。他们各以矛对准对方的脸和眼睛投,但仍然被盾牌挡住。旁观者看到这场凶猛的争斗,大家都汗流浃背。厄忒俄克勒斯用右脚踢开阻在他的路上的一块石头,因而不小心让左脚从盾牌下面暴露。即刻波吕尼刻斯抢上一步,用利矛刺穿他的脚胫。这时阿耳戈斯人都高声欢呼,以为这一创伤已可决定胜负。但厄忒俄克勒斯虽然觉得受了伤,仍忍住痛,寻侍机会。他看见对方的肩头暴露,即一矛刺去,但刺得不深,矛头折断,忒拜人也微微欢呼。厄忒俄克勒斯更后退一步,拾起一块石头用力投去,将他哥哥的矛打成两段。此时双方各失去了一种武器,又是势均力敌了。他们各抽出利剑相互砍杀。盾牌碰击盾牌叮当有声,空气亦为之震荡。厄忒俄克勒斯忽然想起从忒萨利人学得的一种战术。他突然改换位置,后退一步,用左脚支持着身体,小心地防护着身体的下部,然后冷不防用右腿跳上去,一剑刺穿他哥哥的腹部。他的哥哥没有防备这突如其来的袭击,所以重创倒地,躺在血泊中。厄忒俄克勒斯相信自己已经获胜,向着垂死的哥哥俯下身去摘取他的武器,但这恰好是自取灭亡。因为波吕尼刻斯倒下后仍紧握着剑柄,现在他挣扎着用力一刺,刺入正俯身下视的厄忒俄克勒斯的胸脯。他随即倒在垂死的哥哥的身旁。①

而埃斯库罗斯的悲剧《七将攻忒拜》第三场里,则是借助报信人与歌队长之间的对话,由报信人言简意赅地将手足相残、两败俱亡的决斗情景间接叙述出来:

  报信人
  他们确实已经双双被杀——

---

① 斯威布. 希腊的神话与传说(上)[M]. 楚图南,译. 北京:人民文学出版社,1984:250—251.

歌队长
他们已倒在那里？请说说这灾难。

报信人
兄弟被自己的亲兄弟之手杀死。

歌队长
就这样倒在亲兄弟的手下？

报信人
这是他们两个共同的命运，
它也伤害了这个不幸的家族。
事情既令人欢乐，又令人伤心，
城市安然无恙，但城邦首领们，
那两位将军，却用经过锻造的
斯库提亚铁分配财产所有权。
他们将得到坟茔需要的土地，
不幸地跟随父亲的诅咒的指引。
城邦得救了，但那同胞兄弟
互相杀戮，大地吮吸着鲜血。①

　　欧里庇得斯的悲剧《腓尼基妇女》"退场"里，同样涉及俄狄浦斯两个儿子为争夺王位而一决雌雄的战事，与埃斯库罗斯的悲剧《七将攻忒拜》相比，尽管篇幅上更长，但这种借助"报信人乙"之口所作的更为详尽的关于战况的铺陈如出一辙，仍然属于那种"幕后戏"处理的间接叙述法。因原文篇幅很长，这里仅作节选式摘引，如下：

---

① 埃斯库罗斯,等. 古希腊悲剧喜剧全集（1）[M]. 张竹明,王焕生,译. 南京: 译林出版社, 2007：256—257.

报信人乙

这时老俄狄浦斯两个年轻的儿子
都穿戴好了铜盔铜甲，
走出来站在两军之间的空地上，准备单枪独斗决定胜负。
　……………
他们开始朝对方发起可怕的冲锋；
好像野猪磨着它们野性的牙齿。
他们厮杀起来，白沫沾满了胡须；
他们都用枪刺对方，但是又都藏身
圆盾后面，使铁枪徒然滑掉。
　……………
埃特奥克勒斯用脚踢开
一块挡路的石头时，把腿伸到了盾外；
波吕涅克斯看到这个让他的枪
可以一击的机会，便一枪刺了过来，
这阿尔戈斯的枪刺穿了对方的小腿，
于是达那奥斯人全军大声欢呼起来。
可是这受伤者看波吕涅克斯使劲时
露出了肩头，便使尽力气把枪刺进
他的胸部，这还了卡德墨亚市民们
一个高兴，但是埃特奥克勒斯的枪尖折断了。
他既失去了长枪，只得一步步
后退，捡起一块巨石扔过去，
打折了对方的枪杆；他们的武力
相等了，既然双方手里都没有了长枪。
于是他们紧握剑柄
斗在了一起，盾牌相撞，
一个回合又一个回合地猛斗着。
忽然埃特奥克勒斯采取了特萨利亚人的
战术——他在那地方交往时学了点这方面的知识——

> 他放弃了正采用的格斗方法,
> 收回左脚,眼睛紧盯着
> 前面敌人腹部的凹处;
> 然后迈出右脚,把剑刺进
> 对方的肚脐,直透到脊骨。
> 波吕涅克斯倒下了,血流如注,
> 痛得腹部和肋部蜷曲到了一处。
> 这一个呢,以为战斗已完全取得胜利,
> 把剑扔到地上,来剥他的盔甲,
> 一心只想这事,没有注意自己;这就把他
> 给毁了;因为,波吕涅克斯先前虽已倒了,
> 但还有一口气,重伤跌倒后
> 手里还握着剑,这时便挣扎着
> 一剑刺进埃特奥克勒斯的心窝。
> 他们两个人躺着,相距不远,
> 嘴里咬着泥土,胜负没有解决。①

　　戏剧艺术对于规模恢弘的重大战争事件及其浴血厮杀的场景推至幕后予以"暗场"处理,在元杂剧中还表现为一种间接表现的灵活变通手段,如对战争之前的谋划过程作尽可能详细的铺叙,而将战争爆发之后交战的具体过程有意略掉。例如,元杂剧中以军事题材取胜的"三国戏""水浒戏"等,主要剧情涉及火烧赤壁、博望烧屯、三打祝家庄等著名战役。这些重大战事对于拥有高科技影像传媒手段、具有得天独厚的直接呈现战争全景之技术优势的现代影视艺术而言,正可谓一展身手、大显神威的绝佳题材。但戏剧因舞台空间的限制性,则会显出某种捉襟见肘的无奈。只能选择详细展现战争之前的谋划过程,以间接反映战争过程的"幕后戏"处理方式。例如,元杂剧《隔江斗智》《博望烧屯》那样,借助详尽描述诸葛亮与周瑜既联合又提

---

① 埃斯库罗斯,等. 古希腊悲剧喜剧全集(4)[M]. 张竹明,王焕生,译. 南京:译林出版社,2007:418—420.

防的斗智斗勇的曲折过程，或者诸葛亮料事如神、稳操胜券的分兵遣将过程，来间接地表现赤壁之战、博望烧屯的战斗过程。

其次，我们再来探究一番元杂剧与古希腊戏剧如何表现"死亡"事件。

戏剧空间的限制性，制约着古典戏剧家们更多采用"幕后戏"式的间接表现的叙述法表现"战争"题材，而要表现"死亡"事件，戏剧便显露出其选择时态上的限制性。这个问题同样使得剧作家不能不审慎考虑：如何表现"死亡"。因为戏剧毕竟属于活人（演员）当场表演给活人（观众）看的一种视听艺术，在观赏效果上，与仅供读者案头浏览的文艺作品存在差异性：前者以观众获得直观式的视听效果为特征，后者则以诱发读者想象式的阅读效果为特征。戏剧借助舞台对许多事件予以直接展现，但诸如"死亡"之类的事件却不宜像小说叙事那样天马行空、无所顾忌，舞台表现的适宜度上自然有一定的限制。

笔者对古希腊悲剧使用"幕后戏"的情况做过统计，发现多达20部剧作，占古希腊传世悲剧总量32部的一半以上①。其中描写"战争"题材的有7部，此即前文提及的埃斯库罗斯的《波斯人》《七将攻忒拜》，索福克勒斯的《赫拉克勒斯的儿女》，欧里庇得斯的《请愿的妇女》《瑞索斯》《腓尼基妇女》和《阿尔克斯提斯》。另外，涉及"死亡"事件而使用"幕后戏"处理方式的剧作最多，共有15部。"死亡"事件包括"杀人（他杀）、自杀、安乐死（仅见于《俄狄浦斯王在科洛诺斯》一剧）"三种情形。具体包括埃斯库罗斯的《阿伽门农》中，凯旋的迈锡尼国王阿伽门农及其带回的女俘卡桑德拉被杀的惨案均置于幕后，死后有场景展示，王后克吕泰墨斯特拉出面向长老们讲述了谋杀丈夫的经过；《奠酒人》中，俄瑞斯特斯在王宫内杀死母亲克吕泰墨斯特拉及其奸夫埃葵斯托斯的复仇事件，同样被处理为"幕后戏"，之后有死亡场景的直接展示；索福克勒斯的《俄狄浦斯王》中，俄狄浦斯的"杀父娶母"，由几位知情人的追忆披露出来；《埃勒克特拉》中，老仆人向克吕泰墨斯特拉讲述了俄瑞斯特斯在运动会上意外身亡的故事（尽管是虚构的，用于迷惑对方），结尾处俄瑞斯特斯连同姐姐埃勒克特拉于王宫内，杀死母亲克吕泰墨斯特拉及其奸夫埃葵斯托斯的复仇事件被置于幕后；

---

① 参见笔者编制的附录表三："古希腊悲剧中运用幕后戏情况统计简表"。

欧里庇得斯的《埃勒克特拉》中，由报信人讲述埃葵斯托斯被俄瑞斯特斯所杀的情景，俄瑞斯特斯姐弟进入王宫杀死母亲克吕泰墨斯特拉同样置于幕后，杀母之后有死亡场景的直接展示；《俄瑞斯特斯》第五场里，俄瑞斯特斯在宫内杀死海伦属于"幕后戏"；《疯狂的赫拉克勒斯》中，陷入一时疯癫的赫拉克勒斯虐杀妻儿的惨案，由报信人讲述出来；《美狄亚》中，新娘格劳刻公主、国王克瑞翁的死亡通过报信人讲述出来，美狄亚的"手刃亲子"则借助儿子在屋内发出呼叫声来间接暗示；《安德洛玛克》中，男主人公涅奥普托勒摩斯被得尔斐人和迈锡尼刺客俄瑞斯特斯刺死于神庙前的惨案，由报信人向其祖父佩琉斯娓娓道出（以上属于他杀的杀人情形）；索福克勒斯的《特拉基斯少女》中，德阿涅拉听信马人涅索斯的谎言，将用马人血液浸泡过的衣服送给丈夫赫拉克勒斯穿，结果赫拉克勒斯中毒身亡，懊悔不迭的德阿涅拉的自杀由其保姆讲述出来；《安提戈涅》中，安提戈涅、海蒙及其母亲的自杀，均由报信人讲出；欧里庇得斯的《希波吕托斯》中，继母淮德拉向继子希波吕托斯表露爱情遭到拒绝，恼羞成怒的淮德拉制造不堪受辱而自杀的假象，淮德拉的上吊自杀由女仆自屋内喊出，而希波吕托斯遭父亲冤枉而意外身亡的死讯则由报信人讲出；《腓尼基妇女》兼有"战争"与"死亡"事件的两种"幕后戏"，其中伊俄卡斯忒得知两个儿子血拼双亡的噩耗后悲愤自杀的事件，由报信人乙叙述出来。"安乐死"情形仅见于索福克勒斯的《俄狄浦斯王在科洛诺斯》一剧：俄狄浦斯受到雅典国王忒修斯庇护，在流落地科洛诺斯圣林安详死去的死亡经过，由报信人绘声绘色地叙述出来。

古希腊悲剧中直接在舞台上展现"死亡"事件的唯一特例，是索福克勒斯《埃阿斯》中主人公埃阿斯的自杀。该剧"后开场"里，舞台背景是"荒凉海岸上一偏僻处，埃阿斯把剑埋在土中，剑尖向上"，独自一人的埃阿斯说完篇幅很长的一番话："……啊，闻名遐迩的雅典，我血缘相近的种族，还有这片土地上的泉水与河流。我也向特洛伊的平原致意：别了，你，我的供养者。这是埃阿斯向你说的最后的话，从今以后他将在冥国与死者交谈了。"① 随后，便扑向自己的剑锋自杀身亡。

上述古希腊悲剧家对于"死亡"事件之所以总是采取"幕后戏"的处理方式，除了戏剧时空性的限制以外，还有宗教因素以及审美观使然的原因。古希腊戏剧演出属于宗教仪式的一个重要组成部分，因此古希腊戏剧尤其悲剧的一大特点，在于始终染带宗教色彩，受到宗教保护，对城邦崇拜的宗教表示虔诚敬意。与此相关，剧场被视为酒神的圣地，讲究严肃庄重的剧场气氛，不允许杀人流血而亵渎神灵。因此，凶杀行为一般不作直观式呈现（即不能当众表演出来），而需由报信人之口传达出来。此时报信人对血案等悲惨事件详细经过的叙说，往往构成吸引观众关注的剧情中极其精彩的"戏眼"部分。当然，凶杀之后的死者尸体，则被准许摆放于活动转台而由景后推出，这样才合乎古希腊人的宗教观以及审美观。

元杂剧对于"死亡"事件的表现相对多元化一些，"幕后戏"与"幕前戏"亦即直接展示与间接暗示的两种处理方式皆有。例如，元杂剧《千里独行》第二折演述关羽斩颜良、诛文丑的事件时，便是由曹操之口道出："近日有河北袁绍，遣颜良、文丑为帅，领兵前来，与某交锋，被云长百万军中，刺了颜良，又诛了文丑，得胜还营。"剧作家以此间接叙述的"幕后戏"方式，避免了舞台上出现直接杀人的血腥场面。而元杂剧《梧桐雨》中针对杨氏兄妹二人的"死亡"，剧作家分别采取了直接展示与间接暗示兼而有之的两种做法，这种现象彰显出杂剧家白朴本人出于爱憎褒贬之不同情感因素，而外化于戏剧表现"死亡"事件上的某种审美倾向与道德评判。该剧第三折里先以人物的一系列动作，在舞台上直接展示杨国忠之死，随后又将杨贵妃之死置于幕后做暗场处理，由人物对话将其死亡情景间接叙述出来：

（众军怒喊科）（陈玄礼云）陛下，军心已变，臣不能禁止，如之奈何？（正末云）随你罢！（众杀杨国忠科）

（陈玄礼云）禄山反逆，皆因杨氏兄妹。若不正法以谢天下，祸变

---

① 索福克勒斯，等. 古希腊悲剧喜剧全集（2）[M]. 张竹明，王焕生，译. 南京：译林出版社，2007：386.

何时得消？望陛下乞与杨氏，使六军踏其尸，方得凭信。（正末云）他如何受得？高力士，引妃子去佛堂中，令其自尽，然后叫军士验看。（高力士云）有白练在此。……（高力士云）娘娘去吧，误了军行。（旦回望科，云）陛下好下的也！（正末云）卿休怨寡人。（唱）［沽美酒］没乱杀，怎救拔？没奈何，怎留他？把死限拖延了多半霎，生各支勒杀，陈玄礼闹交加。（高力士引旦下）……（高力士持旦衣上，云）娘娘已赐死了，六军进来看视。（陈玄礼率众马践科）（正末做哭科，云）妃子，闪杀寡人也呵！①

　　元杂剧《赵氏孤儿》是运用直接呈现与间接暗示两种表现方式处理"死亡"事件的中国古典戏曲典范。剧中直接呈现在舞台上的"死亡"事件，按照发生的先后顺序，分别为驸马赵朔用刀自杀、公主以裙带自缢、下将军韩厥拔剑自刎、假的"赵氏孤儿"（实为程婴的亲子）被屠岸贾"三剑剁死"、公孙杵臼自撞阶基而死。而采取"幕后戏"予以间接表现的"死亡"事件，主要有忠臣赵盾一家三百余口惨遭满门抄斩（此血腥惨案由屠岸贾的开场白叙说出来）、作恶多端的奸佞屠岸贾将受"凌迟"之刑。剧作家纪君祥用"幕后戏"处理满门抄斩与凌迟刑法等"死亡"事件，显然是非常适宜妥当的。这里需要我们适当关注的一个焦点是，如何审视该剧中直接展示几个人物当场自杀或他杀的"死亡"事件的"幕前戏"处理方式问题。作为第一部流传国外并能引发 18 世纪西方剧坛掀起一股强劲的"中国戏剧热"的中国古典戏剧作品，《赵氏孤儿》在受到西方人热捧的同时，也招来令西方人迷惑不解的某些质疑之声。其中备受质疑乃至批评的问题之一，即在于违反了西方批评家崇奉的所谓"措置得体的惯例"：剧情中屡屡出现人物当场自杀或被杀的不该在舞台上表演的动作。诸如赵盾是"在刀头死"的，公主是拿裙带"自缢"而死的，下将军韩厥是"刎颈"而死的，假孤儿（即程婴儿子）是被"剁了三剑"而死的，公孙杵臼是在遭受毒打酷刑后"头撞台阶"而死的，最后屠岸贾是被"钉上木驴，细细的削了三千刀，皮肉都尽，方才

---

① 白朴. 梧桐雨［M］//王季思. 全元戏曲（第一卷）. 北京：人民文学出版社，1999：502，504—505.

断首开膛"之凌迟刑罚而死。比如，法国的阿尔央斯侯爵在《中国人信札》中，针对《赵氏孤儿》中公主之死这一情节安排便摇头置否。一方面，他承认公主自缢是一个可歌可泣的戏剧场面，表达出母亲的慈爱、英雄的慷慨，以及最勇敢的人临死前也很难免的苦痛；但另一方面，他又提出十分严厉的批评：

> 公主（孤儿的母亲）是在台上自缢死的——这是一个十分可怕的动作，无论如何不该让观众看到的。我并不是说公主之死没有感动人的力量，可是换一个方式来处理，不是也可以达到同样的目的吗？①

这段质疑透露出的言外之意，亦即这位侯爵所赞成的所谓"换一种方式"，便是举凡令人吃惊的自杀、谋杀之类的剧烈动作，适宜事后追述，而不应当直接在舞台上表演出来。这是当时法国剧坛推崇备至的一条戏剧创作法则，其理由在于：古希腊悲剧循此原则，古罗马文论家贺拉斯以及文艺复兴时期以来的古典主义者也都如此主张；因为如果不这样做，即成为有碍于观瞻的违规犯忌之事！

俗话说，内行看门道，外行看热闹。这位法国侯爵的上述质疑，显然属于不熟悉元杂剧艺术三昧的外国观众一种很大的"误读"。元杂剧的一个基本特征在于虚拟性的表演体制，这种虚拟性使得即使在舞台上直接展示自杀或他杀之类的"死亡"事件时，不会因逼真性而破坏观众的观赏美感，因而明显有别于追求真实再现、讲求逼真情境的以写实性为主流的西方近现代戏剧——侯爵正生活于古典主义戏剧风靡的时代。所以我们看《赵氏孤儿》剧情中的公主之死，首先是虚拟性地作出"拿裙带缢死科"（即上吊自缢的动作），继而说出"罢、罢、罢！为母的也相随一命亡"一番话，随后便自行下场。显而易见，这种"缢死"充其量属于一种象征性的虚拟表演动作，并非像阿尔央斯侯爵所理解的那样，是一种"十分可怕的动作"。对照之下，笔者以为前面提及的古希腊悲剧《埃阿斯》中，虽然罕见地对人物的自杀采

---

① 范存忠.《赵氏孤儿》杂剧在启蒙时期的英国[A]//北京师范大学中文系比较文学研究组.比较文学研究资料.北京：北京师范大学出版社，1986：143.

取直接展示的"幕前戏"处理方式，但埃阿斯扑向剑刃的自杀性动作，如同元杂剧那样带有更多虚拟性的表演成分。

## 三、元杂剧与古希腊戏剧重视运用"幕后戏"探因

自戏剧诞生之日起，可以说"幕后戏"（即"暗场"）与"幕前戏"（即"明场"），就如同一对孪生兄弟那样形影相随、密不可分了。从戏剧情节构成来看，任何一出戏剧，都是丰富多彩的"幕前戏"和耐人寻味的"幕后戏"相辅相成、有机组合而成的整体。从理论上来讲，纯粹没有"幕后戏"的戏剧是不存在的。当然，这里对"幕后戏"的具体安排、运用，存在着高低优劣之分。不妨说，"幕后戏"是伴随着戏剧艺术的产生而自然出现的，并且一直受到重视与运用的一个实际问题。推究起来，其原因主要有以下七个方面。

第一，戏剧艺术作为一种综合性的表演艺术，由于其自身不可避免地存在着的舞台时空限制，其欲表现的现实生活内容在容量上总是相当有限的。任何一出戏，即使是连台本戏（如悲剧之父埃斯库罗斯首创的"三部曲"或曰"三联剧"，此形式类似于今日的所谓"连续剧"），要做到滴水不漏地穷尽一切内容，那是万分困难、几乎不可能的（当然也是毫无必要的）。为妥善解决戏剧体裁固有的这一内在矛盾，努力扩大舞台的时空表现力，以有限表无限，剧作家势必于安排情节、结构布局之际有舍有弃：总是把突出中心、抓住重点，将最具戏剧性的事件、情节、场面等呈现于舞台之上奉为宗旨，而把其他属于次要一些甚至无关紧要的事件、情节、场面等，推至幕后作暗场处理。换言之，"明场"与"暗场"的选择处理，首先与戏剧场面的主次划分有关：原则上来讲，剧中的主要场面一般都做"明场"处理，而无碍大局的次要场面则做"暗场"处理。如《俄狄浦斯王》中，索福克勒斯仅以"追查凶手"一案，作为戏剧的主要情节与中心线索，通过命运对俄狄浦斯王的残酷打击，张扬主人公抗争命运的顽强毅力与坚忍不拔的勇气。剧作家以浓墨重彩演述俄狄浦斯王追查祸源的决心和消除祸害的真诚愿望，尤其在真相大白之后毅然放弃王位，以金针刺瞎自己双眼、自我放逐的壮烈举动，由此谱写了一曲撼人心魄的人类反抗命运的悲歌。至于剧情中诸如俄狄

浦斯的身世，他如何失手打死生父，又如何娶了生母之类的次要事件或情节等，统统隐遁幕后做暗场处理。借助剧中的老牧羊人和报信人之口，将"杀父娶母"的内幕层层披露、娓娓道出！如果单纯地看"杀父"或"娶母"之类的事件，也许本身会很有"戏"可看。但那样一来，却可能为主要情节和中心线索的构设与发展增添累赘，淡化中心事件，甚至还喧宾夺主。所以，希腊先哲亚里士多德在《诗学》第十四章中，对索福克勒斯将"杀父娶母"事件处理为"幕后戏"的匠心独运倍加称道："情节的安排，务求人们只听事件的发展，不必看表演，也能因那些事件的结果而惊心动魄，发生怜悯之情；任何人听见《俄狄浦斯王》的情节（指主要情节，包括剧外情节，即俄狄浦斯杀父娶母的情节），都会这样受感动。"①

　　第二，从戏剧结构体制上来看，戏剧通常要分幕或分场。现实生活中任何事物的发展，往往都存在着相对停顿与间歇的某些阶段。戏剧中的幕与场，便是对在时空中运动着的事物发展之阶段性的艺术处理。这种停顿与间歇并非中断或停滞，其间还是连续不断地运动和变化着的。换言之，既然"幕"和"场"属于剧作家对戏剧故事情节中的时间与空间的取舍组构，其具体表现形式之一，便是对舞台时间的切割和对舞台空间的转换。在这种切割和转换中，舞台上演员的表演看似中断停止，但幕与幕或场与场之间却并不意味着实际意义的中止和空白，而总融合某些生活内容，"标志着剧中人物的一段实实在在的生活经历"。② 对此，18 世纪法国杰出戏剧理论家狄德罗在其《论戏剧艺术》中，提出了"幕间歇"的重要概念："所谓幕间歇即是上一幕和下一幕之间相隔的一段时间。这段时间可长可短；但是，既然剧情并未中断，那么，当活动在舞台上停止的时候，必然使它在幕后继续进行，毫无休息，毫不停顿。假使人物重新出场时，剧情并未比他们下场时有所进展，那么，他们不是都休息了，就是被不相干的事情分了心。这两种假

---

① 亚里士多德. 诗学 [M]. 罗念生，译. 北京：人民文学出版社，1962：43.（陈中梅译本中将此段话译为："组织情节要注重技巧，使人即使不看演出而仅听叙述，也会对事情的结局感到悚然和产生怜悯之情——这些便是在听人讲述《俄狄浦斯王》的情节时可能会体验到的感受。"参见亚里士多德. 诗学 [M]. 陈中梅，译. 北京：商务印书馆，1996：105.）
② 谭霈生、路海波. 话剧艺术概论 [M]. 北京：中国戏剧出版社，1986：217.

定情况即使不违反真实性，至少也与兴趣相左。"① 此即是说，当幕与幕或场与场之间舞台活动停止之际，应当并且也确乎有着一个将某些个"停止"联结起来的客观存在，那便是情节。舞台上形式的停止，必须或只能通过毫不停顿的内容要素即"情节"将其贯通联结。具言之，在戏剧情节链条上，既应有"幕"和"场"所构成的"明场"戏，也不可避免地存在着由"幕间歇"所构成的"暗场"戏，它们彼此衔接而又相互交替。笔者以为，这里所谓的"幕间歇"，其实就是"幕后戏"的一种具体表现形式。任何戏剧，只要它分幕分场，势必会有"幕间歇"，那么我们便足以据此断言，戏剧势必难以避免地存在着"幕后戏"。

第三，明场戏与暗场戏的选择处理，还与舞台表演及人物形象刻画的审美要求有关：由于客观上存在着某些难以或者不宜甚至根本就不应当直接展现于舞台之上的情节、场面等，对于这些有碍于舞台表演的情节场面，需要予以暗场处理。比如，由于戏剧舞台演出条件的本身限制，像生活中实际发生的枪林弹雨的战争、泛滥成灾的特大洪水、楼倾房塌的严重地震、烈焰滚滚的火山爆发等，无论如何是难以甚至无法在舞台上直接表现出来的。另有一些，则属于不宜乃至根本就不应当在舞台上直接展示出来的情节、场面。亚里士多德在《诗学》第十一章中，对此问题曾经有所谈及："'突转'与'发现'是情节的两个成分，它的第三个成分是苦难。……苦难是毁灭或痛苦的行动，例如死亡、剧烈的痛苦、伤害之类的事件，这些都是有形的。"② 罗念生在《诗学》注释①、②中解释说："'苦难'是被动的，指人们遭受的苦难，但亚里斯多德把它视为'行动'。'突转'与'发现'是无形的，'苦难'是有形的。或解作'可见的'，意即在剧场上表演的，但古希腊悲剧很少表演苦难，一般是由报信人或传报人（报告室内或附近发生的事件的人）传达的。"③ 陈中梅将这段话译为："突转和发现是情节的两个成分，第三个成分是苦难。……苦难指毁灭性的或包含痛苦的行动，如人物在众目睽睽之下的死亡、遭受痛苦、受伤以及诸如此类的情况。"④ 这里亚里士多德

---

① 狄德罗. 狄德罗美学论文选 [M]. 北京：人民文学出版社，1984：188—189.
② 亚里士多德. 诗学 [M]. 罗念生，译. 北京：人民文学出版社，1962：35.
③ 亚里士多德. 诗学 [M]. 罗念生，译. 北京：人民文学出版社，1962：36.
④ 亚里士多德. 诗学 [M]. 陈中梅，译. 北京：商务印书馆，1996：89—90.

对"苦难"的解释与古希腊戏剧实际情形明显相悖,流露出他在看待此问题上似乎存在着含糊其辞、模棱两可的某种矛盾性。因为我们仔细考察一番古希腊戏剧后,很容易能看出希腊悲剧其实很少直观式地正面展现苦难,一般由报信人传达出来,即通过报信人向他人叙说发生于王宫之内或其他地方的血腥事件。贺拉斯对此相同问题的认识则非常清晰。他在《诗艺》中,以几部古希腊悲剧为例明确提出:"情节可以在舞台上演出,也可以通过叙述。通过听觉来打动人的心灵比较缓慢,不如呈现在观众的眼前,比较可靠,让观众自己亲眼看看。但是不该在舞台上演出的,就不要在舞台上演出,有许多情节不必呈现在观众面前,只消让讲得流利的演员在观众面前叙述一遍就够了。"① 17世纪法国古典主义理论家布瓦洛继承贺拉斯的思想衣钵,在其《诗的艺术》中亦反复强调:"不便演给人看的宜用叙述来说清,有些事物,那讲分寸的艺术只应该供之于耳而不能陈之于目。"② 贺拉斯、布瓦洛所强调指出的不宜乃至根本就不应当直接在舞台上表现出来的情节、场面,一般来说诸如杀人、砍头等鲜血淋漓、阴森恐怖、有碍观瞻、破坏审美感之类的事件:"例如,不必让美狄亚当着观众屠杀自己的孩子,不必让罪恶的阿特柔斯公开地煮人肉吃,不必把普洛克涅当众变成一只鸟,也不必把卡德摩斯当众变成一条蛇。你若把这些都表演给我看,我也不会相信,反而使我厌恶。"③

第四,"幕后戏"能渗透到"幕前戏"中的人物行动之中,卷入矛盾冲突的激烈旋涡中,有助于揭示人物性格,对舞台上正在发生的"幕前戏"之情节发展起到推波助澜的催化作用。例如,古希腊悲剧《俄狄浦斯王》中的全部"幕前戏",始终是紧扣"杀父娶母"之"幕后戏"展开的;舞台上搬演的是忒拜城降临瘟疫之后的特定时期内,贤明君主俄狄浦斯为救国救民、消灾除祸而不遗余力地追查杀死先王拉伊俄斯的凶手,为此他曾先后与先知(盲人预言家)忒瑞西阿斯、国舅克瑞翁等人发生短暂的矛盾冲突。这些令人惊心动魄的"幕前戏":几十年前忒拜老王拉伊俄斯夫妇的弃婴之举;科

---

① 贺拉斯. 诗艺 [M]. 杨周翰,译. 北京:人民文学出版社,1962:134—135.
② 布瓦洛. 诗的艺术(修订本)(第2版)[M]. 任典,译. 北京:人民文学出版社,2009:33.
③ 贺拉斯. 诗艺 [M]. 杨周翰,译. 北京:人民文学出版社,1962:135.

任托斯国王夫妇收养弃婴的行为；16年前俄狄浦斯的仓皇出逃；俄狄浦斯在三岔路口失手杀死生父；俄狄浦斯智破妖怪斯芬克斯谜语而解救忒拜；俄狄浦斯被拥戴为王，按照惯例娶了寡后伊俄卡斯忒为妻……均属于具有密切因果性关联的一系列"幕后戏"发展推进的必然结果。

第五，"幕后戏"的设置，有助于造成强烈的戏剧悬念，因为某些时候有所保留甚至故意卖关子的只把某些情节间接地讲给观众听，反而会比舞台上直接展示给观众看，更能够造成强烈的悬念。试想一下，当戏剧冲突已发展到剑拔弩张、一触即发的紧张关节，某一事件或某些人物行动的发生已迫在眉睫，但剧作者却在这个节骨眼儿上，出人意料地穿插一些别的情节，并且偏偏要在舞台上不紧不慢地演给观众看。而对刚才那些眼看就要发生的事件或人物行动，剧作者却一下子把它们推到了幕后，只把它们的大致过程或结果说给观众听，观众因为不能目睹而产生悬念，身不由己地陷于强烈的紧张、担心、猜测和期待之中。观众对剧情中许多方面的问题都可能产生悬念，但最强烈的一种悬念，莫过于观众对人物未来命运的那种牵肠挂肚、担忧猜测。尤其是当剧作家把牵系人物生死安危的某些重大事件推到幕后之际，更会令观众如坐针毡、急不可耐。因此一位戏剧家如果善于使幕后戏的发展变化，与幕前人物（尤其主人公）命运遭遇的发展变化密切联系，直接牵系与制约人物即将面临悲喜有别的不同遭际，那样便能够赋予幕后戏制造强烈悬念的神奇功效。

第六，"幕后戏"的设置，还与以元杂剧为代表的中国古典戏曲在叙事时间上所具有的跳跃性有着直接关系。通览现存传世的一百六十余部元杂剧，可以看出其在叙事时间处理方面相当灵活，可以将时间跨度很大的情节连接起来，呈现出叙事上的跳跃性。例如，《窦娥冤》写了16年的故事，但在第一折开始时，故事情节已经发生了13年。换言之，蔡婆上场之际距离楔子所交代的书生窦天章将女儿卖给窦婆当童养媳抵债的情节已过去13年了。那么，属于"过去完成"时态的13年里的具体生活内容，包括窦娥完婚、丈夫去世、窦娥守寡等一系列情节，蔡婆仅用了几句话便交代过去。又如，《赵氏孤儿》第四折里，演述程婴与公孙杵臼合谋与屠岸贾展开一场"搜孤"与"救孤"的较量，以付出极其惨重的代价——公孙杵臼在遭受毒刑拷打之后撞阶而死（属于自杀），程婴尚在襁褓中的亲生儿子被屠岸贾错当成"赵氏孤儿"而剁成碎尸,最终成功保全了"赵氏孤儿"的性命。另外,第五折里,程婴一上场便说道:"可早18年过去了。"剧情时间一下子跳跃了18年。那么,此18年间程婴如何忍辱负重地甘为屠岸贾门客而寄人篱下,"赵氏孤儿"又如何被屠岸贾作为义子抚养等事件,皆被省略掉了。显然,正是由于元杂剧在叙事时间上所具有的很大跳跃性,决定着剧作家势必要对故事情节发展进程中某些事件采取置于幕后而略之的暗场处理方式。这样一来,势必会相应地出现某些"幕后戏"来。

第七,对于以元杂剧为代表的中国古典戏曲而言,"幕后戏"的设置与其体制特征本身有着直接关系。元杂剧遵循一本四折的体制,当四折的容量难以承载杂剧家意欲演述的较为复杂化的故事时,最为常见的一种做法便是剧作家有意将某些事件(一般多属于次要事件)转化为人物宾白,借助人物的叙述予以推至幕后的间接交代。这样的"幕后戏"处理,既保证了故事发展各个环节不至于缺失连贯性,将故事的来龙去脉交代清楚,又使剧情发生、持续的故事时间得以浓缩省俭,与将要演述的复杂故事有机契合、相得益彰。由于这种通过将事件转化为人物宾白以缩短故事长度的情形在元杂剧中比比皆是,几乎任何一部杂剧每一折里都不难看出一个或几个例证,因此我们不妨将此一点,看作以元杂剧为代表的中国古典戏曲中产生"幕后戏"的一种独特原因所在。

试以马致远的《汉宫秋》为例。该剧楔子里率先出场的呼韩耶单于,有一段篇幅颇长的宾白:

……某乃呼韩耶单于是也。若论俺家世,久居朔漠,独霸北方,以射猎为生,攻伐为事。大王曾避俺东徙,魏绛曾怕俺讲和。獯鬻獫狁,逐代易名;单于可汗,随时称号。当秦汉交兵之时,中原有事,俺国强盛,有控弦甲士百万。俺祖公公冒顿单于,围汉高祖于白登七日,用娄敬之谋,两国讲和,以公主嫁俺国中。至惠帝、吕后以来,每代必循故事,以宗女归俺番家。宣帝之世,我众兄弟争立不定,国势稍弱。今众部落立我为呼韩耶单于,实是汉朝外甥。我有甲士十万,南移近塞,称藩汉室。昨曾遣使进贡,欲请公主,未知汉帝肯寻盟约否。今日天高气爽,众头目每,向沙堤射猎一番,多少是好!正是:番家无产业,弓矢是生涯。①

此段宾白,将胡、汉两家交战、和亲的历史往事叙说得简洁明晰。假如其中每一桩事件改换为直接可观的戏剧情节、场景逐一予以正面展现,恐怕即使剧作家增添上几本戏,亦难以承载。

---

① 马致远. 汉宫秋 [M] //王季思. 全元戏曲(第二卷). 北京:人民文学出版社,1999:107.

# 第三章

# 元杂剧与古希腊戏剧中的"预叙"

## 一、"预叙"界说

我国现代戏剧大师曹禺曾强调指出:"要是第一幕演完观众就离场,那可不成。得让他们看完了第一幕,要看第二幕,还想看第三幕"。① 吸引观众恋恋不舍地观赏戏剧演出的动力何在? 除了戏剧内容即剧情本身的曲折离奇甚至惊险刺激之外,不可缺失的关键,莫过于"悬念"的巨大诱惑力。何谓"悬念"? 从心理学视角而言,"悬念"属于人类的一种急切期待的心理状态。正如西方戏剧理论家贝克所指出的,悬念"就是兴趣不断地向前延伸和欲知后事如何的迫切要求"②。或者如安得罗斯所说:"悬念主要是热切的好奇心——当然是感情的——想知道从已知的原因中会得出什么结果,并且从这些结果中又会得出什么样的后果。"③ 英国戏剧理论家阿契尔则强调了悬念与紧张的密切关系:"戏剧建筑秘密的最大部分在于一个词——紧张。……无论兴趣、好奇还是紧张,都是从观众观剧心理的角度进行阐释的。"④ 从文学艺术角度来讲,正如我国戏剧理论家谭霈生以"期待"一词准确概括悬

---

① 曹禺. 曹禺选集 [M]. 北京:人民文学出版社,2004:25.
② 乔治·贝克. 戏剧技巧 [M]. 北京:中国戏剧出版社,1985:215.
③ 顾仲彝. 编剧理论与技巧 [M]. 北京:中国戏剧出版社,1981:253.
④ 威廉·阿契尔. 剧作法 [M]. 北京:中国戏剧出版社,1980:158.

念在观众心理激起的情感波澜那样:"'悬念',指的正是人们对文艺作品中人物的命运、情节的发展变化的一种期待的心情。"① 亚里士多德在《诗学》第十八章中,将悲剧的结构分为"结"和"解"两部分:"每出悲剧分'结'与'解'两部分。剧外事件,往往再搭配一些剧内事件,构成'结',其余的事件构成'解'。所谓'结',指故事的开头至情势转入顺境(或逆境)之前的最后一景之间的部分;所谓'解',指转变的开头至剧尾之间的部分。"② 国内有些学者认为亚里士多德所谓的"结",包含戏剧"悬念"的含义。③ 中国古典文学一向富有推崇悬念的悠久传统,如古典章回体小说每每在故事情节发展的紧要关头,总会抛出一个扣子:"欲知后事如何,且听下回分解"。这里所"抛"的"扣子",其实也就是"悬念"的代名词。古典戏曲理论中虽然没有"悬念"一词,却一直有着"包袱"以及"扣子"的说法。至清代,李渔依据自身舞台艺术实践以及对戏剧创作规律的体悟,在《闲情偶寄·词曲部》"格局第六·小收煞"中,强调好的戏剧结构应当做到:"宜作郑五歇后,令人揣摩下文,不知此事如何结果。……戏法无真假,戏文无工拙,只是使人想不到,猜不着,便是好戏法,好戏文。"④ 有的学者据此认为,李渔提出的有关"收煞"的"令人揣摩下文,不知此事如何结果"之要求,与亚里士多德所谓"结"较为贴合,内涵上与西方戏剧理论术语"悬念"基本相似。⑤ 如果说,说书艺人凭借悬念的设置及其释疑,亦即不断"抛扣子"与"解扣子",将听众牢牢吸引,使之围聚书场而久久不愿散去。那么,戏剧招徕观众同样依赖于悬念:一部戏剧恰因有着悬念令观众牵肠挂肚、割舍不下,构成难以抗拒的磁性引力;观众正是为了要破解剧

---

① 谭霈生. 论戏剧性 [M]. 北京:北京大学出版社,1981:170.
② 亚里士多德. 诗学 [M]. 罗念生,译. 北京:人民文学出版社,1962:59. (陈中梅译本将这段话译为:"一部悲剧由结和解组成。剧外事件,经常再加上一些剧内事件,组成结,其余的剧内事件则构成解。所谓'结',始于最初的部分,止于人物即将转入顺境或逆境的前一刻;所谓'解',始于变化的开始,止于剧终。"参见亚里士多德. 诗学 [M]. 陈中梅,译. 北京:商务印书馆,1996:131.)
③ 杜书瀛. 论李渔的戏剧美学 [M]. 北京:中国社会科学出版社,1982:86.
④ 李渔. 闲情偶寄 [M] //中国戏曲研究院. 中国古典戏曲论著集成(七). 北京:中国戏剧出版社,1959:68.
⑤ 徐闻莺. 戏剧悬念 [M] //中国大百科全书·戏剧. 北京:中国大百科全书出版社,1989:440.

作家有意设置的一个又一个悬念，才会对剧中的人物与事件产生浓厚的观赏兴趣，才会将注意力高度集中于舞台上所发生的一切，以期待的心理，情不自禁地一步步朝下看，直至结局来临才欣然释怀。一部戏剧如果没有了悬念，也便无"戏"无"味"而无人愿看了！西方戏剧家与戏剧理论家始终把"三S律"奉为创作圭臬①，中国古典戏曲则一向推崇"奇""巧""曲"。两者表述尽管不同，然其内在含义却不谋而合：均强调剧作家通过巧妙设置"悬念"，以安排情节结构，营构出"山重水复疑无路"的规定性情境，诱导观众于峰回路转之中，对剧中已发生的兴趣盎然，对未发生的翘首以待；戏剧演出不结束就不肯离场，直至等到"柳暗花明又一村"的结局方心满意足。

显然，悬念不啻剧作家手中招徕观众的制胜法宝，堪称剧作家用以安排情节、结构布局，从而营构强烈的戏剧性及其引人入胜之观赏效果的关键因素。恰如西方戏剧理论家们所指出的，"悬念乃是戏剧中抓住观众的最大的魔力"（亨特语）②，"戏剧的悬念是差不多一切成功的戏剧效果的源泉、根据和生命"，戏剧艺术归根结底其实就是一门"悬念的艺术"③。然而戏剧悬念的得来并非易事，而需要戏剧家的匠心独运，尤其有赖于戏剧家对设置悬念的一些重要叙事技巧的精妙使用。本章拟就"预叙"这一设置悬念的重要叙事技巧在元杂剧与古希腊戏剧中如何得到运用的问题，进行一番比较探究。

"预叙"堪称西方叙述学理论中一个使用频率颇高的概念术语。法国学者克利斯蒂安·麦茨指出："叙事作品是一个具有双重时间性的序列……所讲述的事情的实况和叙述的实况（所指的实况和能指的实况）。这个二元性不仅可以造成实况上的扭曲——这在叙事作品中司空见惯，例如主人公三年的生活用小说中的两句话或者电影中的几个'反复'剪接的镜头来概括——而且，更根本的是，我们由此注意到，叙事作品的功能之一即把一个实况兑

---

① 即令人疑惑（Suspense）、令人吃惊（Surprise）、令人满意（Satisfy）。参见：（英）威廉·阿契尔著. 剧作法．[M]．北京：中国戏剧出版社．1964，155．
② 顾仲彝．编剧理论与技巧 [M]．北京：中国戏剧出版社，1981：253．
③ 乔治·贝克．戏剧技巧 [M]．余上沅，译．北京：中国戏剧出版社，2004：18．

现于另一个实况之中。"① 诸如小说、戏剧以及电影等任何叙事作品，都必然涉及上述"故事的实况"与"叙事的实况"这两种实况。"故事的实况"指叙事作品所叙述故事的自然时间序列，"叙事的实况"则指该故事在叙事作品（即文本）中所展开的先后顺序。"故事的实况"与"叙事的实况"之间，总是难以避免地存在着一定程度的差异，如果将未来发生的事件提前叙述出来，便出现了叙事学中的"预叙"。西方叙事学家热奈特将"预叙"定义为"预先讲述或提及以后事件的一切叙述活动"。② "预叙"，顾名思义是对将要发生的事情（如事件、人物、场景等）的预先叙述："预叙指的是对未来事件的暗示或预期，是把以后将要发生的事情提前叙述出来。"③ 预叙的承载者既可以是戏剧人物（即由人物在剧情之中将未来之事予以提前叙述），也可以是非戏剧人物（如在戏剧开场时甚至正式开场前与剧情无涉的某局外人等），对戏剧故事进行一种整体性概览，其中包括对未来发生的事件（所谓后事）的预先铺叙。从叙事效果来看，由于预叙事先透露出未来的信息，破坏了读者或观众的等待与预测结果的紧张、期待心理，因此在一定程度上有损于读者或观众的阅读或观赏效果。但从另一角度而言，预叙却能引致另一种性质的心理紧张，诱使读者或观众产生渴望知晓造成导致预叙之事件产生的原因，填补从当前时刻到预叙事件之间空白的迫切心理。所以，预叙若运用恰当，非但不会减损叙事的效果，反而能够取得事半功倍的良好叙事效果。综上所述，所谓"预叙"，是指戏剧家在对剧中人物保密的前提下，将剧情发展进程中即将发生的事件（可能是该事件的某种迹象、征兆，也可能是该事件的局部性内幕甚至全部真相），向观众作出预先的提示与透露，让观众心中有一定底数，以此诱导观众对事件中人物（尤其是正面主人公）的遭遇及其命运耿耿于怀，产生追根究底的浓厚观赏兴趣。

西方学者认为西方文学传统中很少见到预叙，即如热奈特所指出的："与它的相对格——追叙相比，预叙明显地较为罕见，至少在西方叙事文化

---

① 克利斯蒂安·麦茨. 论电影的指示作用 [M] //张寅德. 叙事学研究. 北京：中国社会科学出版社，1989：250.
② 热拉尔·热奈特. 叙事话语·新叙事话语 [M]. 王文融，译. 北京：中国社会科学出版社，1990：135.
③ 张寅德. 叙述学研究 [M]. 北京：中国社会科学出版社，1989：209.

传统中是这样……古典小说（广义上来讲，其重心主要在 19 世纪）的构思特点是叙述的悬念，因此不适合于作预叙。此外，传统式虚构体中的叙述者必须假装是在讲故事的同时发现故事。因此，在巴尔扎克或托尔斯泰的作品中，我们很少见到预叙。"① 里蒙·凯南同样持如是观："预叙不如倒叙那么频繁出现，至少在西方传统中是这样。"② 杨义等国内学者从中西对照的视角出发，认为与西方文学传统中预叙相对薄弱的情形相比，在中国叙事传统中预叙乃是其强项而非弱项："中国作家（擅长）在作品开头采取大跨度、高速度的操作，在宏观操纵中，充满对历史、人生的透视感和预言感。于是预叙也就不是其弱项而是其强项。"③ 如果说"预叙"属于为中国古典文学所富有的一个传统"强项"，西方小说更多以"倒叙"为突出特点，那么在西方古典戏剧领域，恐怕事实并非如此："预叙"反倒是较为"频繁出现"，此现象充分表明"预叙"在西方古典戏剧传统中并非其"弱项"。这种现象从反面映照出，西方学者精于小说而疏于戏剧的研究视界所带来的某种"近视"与短见。本章在随后元杂剧与古希腊戏剧运用"预叙"的比较对照中，将会就此问题展开更为深入而详尽的探究。

　　预叙作为制造悬念的一种戏剧叙事技巧，其特点在于有意透露云端里的一鳞半爪，从而使观众产生刨根问底的浓厚兴趣。如前所述，观众总是满怀"看戏"的期待而走进剧场，要抓住观众，就必须始终抓住观众的期待。那么，对于深谙此道的戏剧家们而言，怎样才能做到巧妙营造出悬念以牢牢抓住观众的期待呢？一条行之有效的秘诀就在于，让观众既有所知，而又有所不知。对此秘诀，我们不妨从观众心理学角度予以解读。假如观众对于剧情一无所知，其期待只能是盲人摸象般空洞浮泛的盼望，难以称得上真正的悬念；假如观众对于剧情悉数了然于胸，又很可能会顿然丧失观赏的兴趣。显然，这里剧作家最适宜的扬长避短的做法，无疑在于既要事先告知观众某些事情，但同时又必须故卖关子式地对某些事情，尤其涉及内幕、隐情的某些重大事件，向观众有所保留，秘而不宣。正如英国现代戏剧理论家阿契尔着

---

① 张寅德. 叙述学研究［M］. 北京：中国社会科学出版社，1989：210—211.
② 杨义. 中国叙事学［M］. 北京：人民出版社，1997：152.
③ 杨义. 中国叙事学［M］. 北京：人民出版社，1997：152.

意强调的:"要预叙一种十分吸引人的事态,却并不把它预述出来。"① 这里所谓"预叙"而又不"预述",根本宗旨即在于让观众在有所知的基础上期待更多的"知",亦即对那些暂且被剧作家有意包裹或封存于暗箱里的隐情、秘密或内幕等的破解与知晓,从而形成强烈的戏剧悬念,产生更多的心理需求。从表面上看,悬念依赖曲折透迤、起伏跌宕的外在戏剧情节引人入胜,但其艺术魅力的根本动因,却在于其内部机理暗合观众的"欲知后事如何"的心理需求。犹如磁铁将物体牢牢吸粘于磁盘那样,悬念乃是操控观众的至关重要的戏剧筹码。戏剧悬念仿佛一位经验丰富的向导,引领观众沿着崎岖的山路,探寻前方的旖旎风光。

纵览西方戏剧发展的历史,不难看出早在古希腊时代,"预叙"便已得到相当广泛地使用了——希腊悲剧家们发现,对于即将发生的可怕的事件,如果事先对观众有所"预叙",就可以使一刹那的震惊变成较为长久的紧张与期待。试以"悲剧之父"埃斯库罗斯的《阿伽门农》(《俄瑞斯特斯》三部曲之一)为例。该剧中希腊联军统帅阿伽门农之妻克吕泰墨斯特拉与奸夫埃葵斯托斯,早已蓄谋要除掉阿伽门农,而阿伽门农对此阴谋却一无所知。在谋杀发生之前,剧作家通过一位被俘掠的女巫卡桑德拉在阿伽门农家门口的恐怖表情,以及她对即将来临的灾祸的预言,把后面即将发生的"那可怕的一幕"提前预叙给观众。观众强烈地感受到了她的恐惧,于是对阿伽门农吉凶难卜的未来命运,产生密切关注与深切怜悯,以忐忑不安的心情,紧张地期待着悲惨而不幸的事件,如何降临到刚刚从特洛亚战场上凯旋,甚至未及洗去十年战争风尘的希腊英雄阿伽门农头上!如果没有这一预叙,阿伽门农被谋杀(死于浴缸之中)的悲惨场面,仅仅只能引起人们片刻性的短暂震惊,却难以使其产生紧张感与期待感,也不会相应产生对于悲剧主人公不幸命运的怜悯。

值得我们稍加注意的一点是,古希腊悲剧所表现的内容,大多取材于当时的观众早已熟知的希腊神话与传说,三大悲剧诗人运用"预叙",得以提醒观众对即将出现的戏剧性场面的关注,提前参与后面事件的情感体验。而古希腊之后的西方古典戏剧家,则往往通过"预叙"来激发观众的好奇心,

---

① 威廉·阿契尔. 剧作法 [M]. 北京:中国戏剧出版社,1980:151.

设置戏剧悬念，诱导观众更快地进入剧作家设定的戏剧情景之中。所以，在对"预叙"的具体使用上，西方古典戏剧与古希腊戏剧两者之间，已然存在着某些细微差异。如莎士比亚的著名悲剧《奥赛罗》第一幕结尾，伊阿古通过大段的独白，把自己行将施展的阴谋诡计一一道出（实际上就是说给观众听的）：利用奥赛罗的直爽和轻信，造成他对手下副将凯西奥与妻子苔丝德蒙娜之间关系的误解和猜忌，以便一箭双雕，既能从背后向奥赛罗施以报复，又让凯西奥失去奥赛罗的充分信任而失宠，自己趁机取而代之，谋取副将的要职显位。听了这个卑劣小人的一番道白，观众自然产生强烈的期待：伊阿古究竟如何将其罪恶计划付诸行动？奥赛罗会不会果真落入陷阱？苔丝德蒙娜的命运又该如何？……剧中每个人物的反应都使观众牵肠挂肚，邪恶的魔爪正向美丽纯洁的苔丝德蒙娜悄然逼近，而她却偏偏一无所知，不由得更令观众感到忐忑不安、忧心如焚。舞台上奥赛罗夫妇即将发生的奇异的情感纠葛，因此变得格外地扣人心弦！又如高乃依的古典主义悲剧《熙德》，从西班牙塞维利亚青年贵族（剧中男主人公）罗狄克在剧情开场伊始，便因父亲狄埃格将军与热恋情人施曼娜父亲高迈斯伯爵，围绕竞选太傅问题产生的矛盾冲突：狄埃格成功入选太傅，竞选失败的高迈斯出于嫉妒，于朝廷之上、众目睽睽之下，打了狄埃格一记耳光。狄埃格面临着两难的抉择：究竟是为了爱情而忍受侮辱，还是为维护家族荣誉而替父雪耻？观众的心随着戏剧帷幕的开启而迅速被抓住。经过痛苦的权衡，罗狄克决定舍弃爱情而选择荣誉。但悬念并未解开，而是引致观众进一步的期待：罗狄克将怎样为家族雪耻？其复仇行为对于两个家庭而言，将会引发怎样的后果？一旦高迈斯伯爵受到伤害，身为其女儿的恋人施曼娜还会一如既往地爱恋罗狄克吗？第二幕的剧情为，罗狄克在决斗中杀死了高迈斯，不胜悲哀的施曼娜向国王哭诉，坚决要求国王替自己主持公道——惩办杀害父亲的凶手罗狄克！昔日恋人，如今已成不共戴天的冤家死敌，他们之间的情缘能否延续下去？……诸如此类的悬念环环相扣，牵系着观众从一个期待走向另一个期待。

　　从理论上讲，预叙其实就是剧作家在对剧中人物保密的前提下，将剧情中即将发生的事件的全部、局部或仅仅某种迹象与征兆，向观众做预先提示与透露，使观众心中有数，并诱使观众为剧中人物（特别是正面主人公）各自的命运遭际，或悲或喜、或紧张或焦虑，亦即产生出悬念。预叙一般离不开对过去及当前状况的必要交代,这种交代是悬念产生的基础。在这方面,以元杂剧为代表的中国古典戏曲则有自身独特的套路。第一,人物出场伊始,以自报家门的形式介绍自己及剧中其他有关人物的姓名、年龄、身份、籍贯等,有时甚至还介绍到人物的某种性格、品行,是满腹才学、正直清廉,还是奸贪跋扈、油滑无能,等等。使人物一登场,就像各自佩戴的脸谱面具一样,好坏美丑一目了然。第二,在戏剧开场,预先介绍有关剧作的故事背景等相关情况。如《单刀会》第一折,鲁肃刚刚上场,就开门见山地点明三国鼎立的时代背景,补叙了荆州正由关羽镇守的现状,然后才言归正传地转入正题,提出吴国索取荆州的三条计策,指出了剧情未来发展的大致方向。由于剧作家从一开始就让观众知晓人物概况、相互关系、事件的时代背景及其剧情发展的总体方向,这就为观众急于"探求究竟"的悬念的产生,创造了必要前提。

## 二、"预叙"在元杂剧中的运用及其探因

细细研读元杂剧,我们可以看出,元代杂剧家们在运用"预叙"以制造悬念方面,既存在与以古希腊戏剧为代表的西方古典戏剧不谋而合的某种创作共性,同时又不乏自身的独特性。概括来说,从对观众保密程度的视角考察,元代杂剧家们使用"预叙"主要表现为以下三种具体情形。

第一,剧作家安排剧中人物将自己的打算和盘托出,让观众通晓内情,而把剧中人物完全蒙在鼓里,使之一无所知。依循前述悬念类型讲,应当将此归属于"开放性悬念"那一类。西方古典戏剧惯常使用预叙,前举《奥赛罗》一剧即属此种情形。元杂剧中此类情形亦相当普遍。试举几部剧作为例。

《单刀会》,该剧中鲁肃欲索取荆州而邀请关羽过江赴宴,剧情中关羽以智勇取胜的结局在前三折中已做了充分的预叙:前两折借助乔国老与司马徽之口预告出鲁肃必败的结果,第三折中关羽的道白进一步预叙出他将采取的对策,即交代了将要发生的事情。《谢金吾》中的王钦若出场伊始,便透露出陷害杨景的阴险计划:"我料得杨景那厮,闻知拆倒了他家门楼,必然赶

回家来,与我诘奏其事。那时间我预先差人拿住他,奏过圣人,责他擅离信地、私下三关之罪。"① 当剧情发展至杨景果然私离边关赶回家时,观众自然会为他焦急和担忧。而《连环计》中先交代王允利用貂蝉和吕布铲除董卓的所谓"美人计",随后再描写董卓一步步落入圈套。观众怀着喜悦兴奋的心态,静观董卓这一当朝奸佞如何在不知不觉中逐渐跌入死亡的陷阱!此外,《杀狗劝夫》里也是先由杨氏交代了底细:"我将这个狗把头尾去了,穿上人衣帽,丢在门后首。我将前门关了,员外必然打后门进来,看说什么。"观众带着会心的微笑静观随后剧情发生的滑稽一幕:孙大归来,果然将死狗误当成死人,并慌慌张张地去找柳隆卿、胡子转帮忙;柳隆卿、胡子转二人果真惧怕且推辞再三,并马上落井下石地向官府告发"杀人犯"孙大,造成早在观众意料之中的令人捧腹的强烈喜剧性效果。

第二,剧作家借助剧中人物之口,把故事事件中的内幕预先向观众作局部性透漏,使观众虽知其一却不知其二,知其略而难得其详。如《救风尘》第二折里,赵盼儿曾说道:"我到那里,三言两语,肯写休书,万事俱休;若是那厮不肯写休书,我将他掐一掐,拈一拈,搂一搂,抱一抱,着那厮通身酥、遍体麻。将他鼻凹儿抹上一块砂糖,着那厮舔又舔不着,吃又吃不着,赚得那厮写了休书。"② 赵盼儿这里虽然透露出自己准备利用色相赚取纨绔无赖周舍休书的计划,但又不予具体说明如何做法。另外,对于赵盼儿自带羊、酒、红罗以及复制的那份假休书,安排宋引章对她恶意漫骂和秀才安秀实向官府状告周舍等,其用心何在?计将安出?剧作家亦均未向观众明白透露。观众欲知其详,想要了解事件的全部真相,并热心期盼赵盼儿的计谋能一举成功,悬念由此产生。

第三,剧作家对事件真相仅仅向观众做出某种隐约的暗示,而将具体内容秘而不宣、全然保密,借此引致观众的极大好奇心与各种猜测。如《望江亭》第二折,谭记儿决心只身探险时,用"(做耳暗科)则除是凭地",点出自己的锦囊妙计。然而具体计将安出,她却丝毫不透半句。《梧桐雨》中

---

① 无名氏. 谢金吾 [M] //王季思. 全元戏曲(第六卷). 北京:人民文学出版社,1999:320—321.
② 关汉卿. 救风尘 [M] //王季思. 全元戏曲(第一卷). 北京:人民文学出版社,1999:97.

安禄山被唐玄宗委派前往渔阳之际，意味深长地感叹道："……叵耐杨国忠这厮，好生无礼，在圣人面前奏准，着我做渔阳节度使，明升暗贬。别的都罢，只是我与贵妃有些私事，一旦远离，怎生放得下心？罢，罢，罢！我这一去，到的渔阳，厉兵秣马，别作个道理。正是：画虎不成君莫笑，安排牙爪好惊人。"① 他的这番话，暗示出自己将有"惊人之举"，可究竟采取何等惊人之举（即叛乱），剧作家让他暂且留在了肚子里。这种密不透风式的预叙，令观众迫切期待，并会竭尽所能地对人物以后的惊人举动及未来事件，作出各种各样的预料和推测。

如果从采取的方式及其在剧情中所处位置的视角而论，元杂剧中所使用的"预叙"，大致又可划分为以下几种情形。

第一，以戏剧开场时的人物宾白进行的预叙。如《碧桃花》楔子中张珪的一段开场白：

"小官姓张，名珪，字庭玉，东京人氏。叨中进士，除授广东潮阳县县丞。嫡亲的三口儿家属，夫人赵氏，孩儿张道南。此子广览经书，精通文史，众人皆许他卿相之器，此吾家积德所致也。俺此处知县徐端也是东京人氏，他有一女，小名碧桃，曾许俺孩儿为妻，至今不曾婚聘。"②

这段开场白交代了张珪的自我身份、地位及一家三口的情况，并着意交代了他的孩子与碧桃订婚，为剧情随后的发展作了铺垫，使剧情顺理成章地向"才子佳人"的爱情故事上延伸开去。

第二，在故事情节进展的过程中对将要发生的事件进行预叙。如《渔樵记》第二折中，剧作家通过王安道和刘二公的对白，点明刘二公父女为激励朱买臣奋进，令女儿向其索取休书，又备下十两白银、一套锦衣，由王安道送与朱买臣。整部剧作所刻画的是，朱买臣怀才不遇、自立自强、终成大事

---

① 白朴. 梧桐雨 [M] // 王季思. 全元戏曲（第一卷）. 北京：人民文学出版社，1999：490.
② 无名氏. 碧桃花 [M] // 王季思. 全元戏曲（第六卷）. 北京：人民文学出版社，1999：653.

几个时期的情感历程。

第三，通过梦境预兆对未来可能发生的事件进行预叙。现存一百六十余部元杂剧里，涉及"梦"者共计38种，约占总数四分之一。这些杂剧中写"梦"的文字少则几句，多则一折、两折甚至三折，如《薛仁贵》《黄粱梦》《竹叶舟》等。如果仔细研读一番，我们不难看出，元杂剧中的"梦境"大致可以划分为四类情形：其一是神仙点化梦，其二是心理思绪梦，其三是鬼魂寄托梦，其四是预兆暗示梦。"梦境"作为元杂剧中十分常见的现象，被许多杂剧家屡试不爽，充分发挥着刻画人物形象、挖掘人物心理、推动情节发展、渲染戏剧气氛、晓谕创作主旨等艺术功用。这里与本章论题密切相关的，主要是预兆暗示梦这一类，即指"梦境"通过各种物象或景观，对未来发生事件呈现某种预示征兆。这种预叙往往在后来剧情演变发展的特定境况中得到应验，从而起到预示剧情的作用。例如，《朱砂担》中的主人公货郎王文用，为了躲避占卜而知的百日杀身之祸，远行出外经商，在厄运将满的第99天来到一家客栈留宿。夜晚梦见自己独自到花园游玩，正欲摘花之时，被一个"黑妖精"模样的"邦老"强盗揪住，吓得他"不敢问他姓名，早则是打了个浑身痴挣"；最终被此贼人杀害。此噩梦的描写便属于预叙，暗示主人公今后将遭到谋杀的悲剧命运之走向。再如，《蝴蝶梦》里皇亲恶霸葛彪打死平民王老汉，王老汉的三个儿子上前评理而失手打死葛彪。审案期间包公曾做了一个奇怪的梦，即第二折里包公在审理偷马贼赵顽驴盗窃案后，因劳累在公堂上伏案而眠。恍惚睡眠中做了一个怪梦：梦见一只蝴蝶落在蜘蛛网上，被另一只大蝴蝶救走。结果后来飞来的一只小蝴蝶，却没有被大蝴蝶救走。包公感到很奇怪，于是亲自将小蝴蝶救了。梦醒后包公审理王氏三兄弟杀人案，发现王母犹豫再三后，请求包公释放王大（金和）、王二（铁和），让王三（石和）抵命，颇感疑惑。经过一番勘察，乃知王大、王二均是前妻所生，王三却是王母亲生的真相。包公为其超乎寻常的母爱所感动，恍然明白了梦之预兆，决心像梦中解救小蝴蝶那样救助王三。此梦境里的蝴蝶代表了王氏母子四人，梦兆暗示、吻合了随后王母请杀亲子的情节。

第四，借助鬼魂托梦对未来将会发生的事件进行预叙。元杂剧中的鬼魂多为受冤负屈、衔恨而死，尽管其冤屈各不相同，如窦娥屈打成招的冤死，与关羽、张飞战死沙场的遗恨区别很大，但二者均以未报之仇、未消之恨为其内核。这些人死后采取鬼魂形式去抗争复仇，其抗争的主要方式即体现为"托梦"。又如《昊天塔》中杨令公、杨七郎战死沙场后，尸体被悬挂于昊天塔上，每日受番兵百箭穿身。于是两人托梦于杨六郎："今宵梦里将冤诉，专告哥哥为报仇。"六郎感梦，和孟良及随后相认的杨五郎一起杀进辽国，盗回骨殖，替父兄报仇雪恨。再如《西蜀梦》中张飞鬼魂托梦，嘱咐刘备和诸葛亮捉住杀死他的仇人；《东窗事犯》中岳飞的鬼魂托梦于宋高宗："用刀斧将秦桧市曹中诛，唤俺这屈死冤魂奠盏酒。"至于《范张鸡黍》中张劭鬼魂托梦给范氏告知死讯，情况与上述剧作有所不同，更多出于维护两人"生死交、金石友、至诚心"的朋友信义。

第五，异象预叙，即将自然界或现实生活中发生的某些奇异事件与戏剧人物相联系，异象的出现由此成为一种征兆，一种预言式现象。如《窦娥冤》中窦娥临刑前许下的三桩心愿：若是委实冤枉，血溅白练，天降大雪，亢旱三年！窦娥死后这三桩不可能发生的事情，竟然逐一兑现应验了。这样的异象预叙，可谓对后面清官昭雪剧情的一种预叙。

第六，"预言预叙"，即借助神灵或具有未卜先知本领的智囊型人物（如巫师、占卜者、算卦先生、军师等）的某种预言，去预测未来某些事件的发展及其结局，而随后有关事件的发展及其结局果然不出其预料，从开始的预言到最终的完全应验，不啻构成一个完整的预叙过程。如元杂剧"三国戏"里蜀相诸葛亮在《博望烧屯》等剧作中，对于战役经过及其胜负结局全方位俯瞰判定的预言式预叙。这种预言与随后展开的激烈战斗及其结局分毫不差，充分彰显孔明其人运筹帷幄之中和决胜千里之外的神机妙算的卓绝军事才华。

元代杂剧家善于采用并能娴熟运用预叙这一叙事技巧，推究而论，取决于多方面原因。

首先，缘于中国史传文学运用预叙的传统的继承。预叙的运用早在殷墟甲骨文卜辞中已具最初雏形；先秦两汉时期的《左传》《史记》继承其中的卜筮和预言，使得预叙作为一种叙事手法初步形成，并开始对古典小说创作产生某些深刻影响；晚起于小说的古典戏曲，又从史传文学传统尤其是古典小说创作中借鉴取法。诸如《左传》《史记》记载的许多预言家、军事家等的睿智及其远见卓识，促使了预叙的日渐成型。例如，《左传·秦晋殽之战》

中蹇叔送战的哭诉:"晋人御师必于殽,殽有二陵焉?其南陵,夏后皋之墓也;其北陵,文王之所辟风雨也。必死是间,余收尔骨焉。果然,夏四月,辛巳,晋败秦师于殽。"① 流行宋代的话本小说为招揽听众,每每在演出前以"开场白"形式对剧情予以简要介绍,暗示出整个故事事件的梗概。这些成功的创作实践,都为元杂剧家在如何运用预叙方面提供了可资借鉴与效仿的范本。

其次,舞台时空的有限性是促使"预叙"发达的另一个重要原因。戏剧作为舞台艺术,其演出受到时间与空间的很大限制,一出戏的演出时间尽管没有明确限定,但鉴于观众生理、心理的承受力,一般控制于三四小时之内。因此,某些与戏剧冲突关系不大的人物与事件,由作者预先叙说出来,有助于剧情不至于过分庞杂与发展节奏拖沓,妨碍剧情发展向戏剧高潮较为快捷地嬗变与演进,避免观众注意力的分散和情节的细碎散乱。如《赵氏孤儿》楔子中,交代了屠岸贾诛杀赵盾一家三百口的罪恶行径,并在赵朔与公主诀别之际,表明赵朔对遗腹子的期望:"若是个小厮儿,我就腹中与他个小名,唤作赵氏孤儿。待他长大成人,与俺父母雪冤报仇也。"② 这种开场里的预叙,让观众立刻知晓该剧乃一部复仇剧,于是将注意力集注于公主能否生下"赵氏孤儿"、这个孤儿能否安全长大、能否最终为全家报仇申冤等问题上。

再者,观众特有的优越观赏心理,有助于元杂剧"预叙"的良性发展。观众观赏戏剧时,有一种比剧中人物知晓内情的居高临下的优越感。换言之,洞察一切的优越感,使观众处于一种兴奋状态和满足状态。有时台上越紧张而台下则越轻松,观众怀着极大好奇去观赏戏剧怎样走向结局。如元杂剧中神仙道化剧对预叙之运用便相当娴熟:往往在第一折向观众提前交代神仙欲超度某人成仙,但此凡人尚须历经各种磨难,方能修成正果。随后两三折里,剧作家安排主人公做一个长达数十年的梦,经受人世间的种种磨砺,最终省悟而皈依佛道。观众从一开始便知晓主人公定能成仙的结局,唯独主人公自己被蒙在鼓里。观众的兴趣,集中于主人公在梦中经历怎样的人情冷

---

① 杨伯峻校注. 春秋左传注(修订本)[M]. 北京:中华书局,1990:213.
② 纪君祥. 赵氏孤儿[M]//王季思. 全元戏曲(第三卷). 北京:人民文学出版社,1999:602.

暖，从而导致思想意识上"脱胎换骨"的变化。

最后，对于杂剧家而言，"预叙"的使用有时则是囿于元杂剧一本四折体制对于戏剧故事长度的限制性而灵活变通的结果。试以《博望烧屯》为例。该剧第二折演述曹操大将夏侯惇率领四十万大军来战，诸葛亮给诸位蜀将分配军务，最后安排张飞负责堵截敌军退路，并让他立下绝无闪失的保证书。在分配赵云、关羽等各位将军不同作战任务的过程中，诸葛亮把即将发生的一场浴血厮杀的一幅战争全景图，具体生动地描绘出来。这种战前详尽细致的交代，对于军师诸葛亮而言，或许是其运筹帷幄的军事睿智的自然显露，合乎情理之中，但对剧作家来说，或许更多出于为杂剧体制本身束缚的某种无奈和补救之策了。因为"博望烧屯"堪称一场颇具规模的大型战役，赵云、刘封、糜竺、糜芳、关羽、张飞兵分五路，各自歼敌。然而元杂剧一本四折的短小体制，难以或者不可能将如此宏大的历史事件，予以各个场景式的细致展现。而如果战斗过程缺失，第三折里张飞受罚的剧情，便会显得毫无根由、十分突兀。在表现内容与表现形式的双重限制之下，剧作家只好采用预叙，安排诸葛亮在第二折中，借助交代人物之机而详细铺叙战役的整个过程，随后到第三折里，才引入张飞因未能完成任务而受到惩罚。这样处理，不仅使得故事情节得以贯通，剧情长度亦能得到有效压缩。

## 三、"预叙"在古希腊戏剧中的运用及其探因

有的学者认为："中西戏剧悬念的设置有共同性，第一，在其发展过程中，大体上都是先让观众对角色'做什么'产生期待心理，换句话说，都是先不告诉观众这个戏是演什么故事的。如古希腊戏剧，如元曲。发展到后来，则先告诉观众这个戏的大致内容，让观众集中精力去欣赏角色怎样把这个故事表演出来。如莎士比亚的一些戏剧，如中国的明清传奇。"① 也就是说，古希腊戏剧与元杂剧里悬念的设置，主要是对观众保密，即所

---

① 李万钧. 中国古今戏剧史（下卷）[M]. 广州：广东高等教育出版社，1997：44—45.

谓"先不告诉观众这个戏是演什么故事的"的那种封闭式悬念。细讨之下，笔者认为这种观点与古希腊戏剧和元杂剧的实际情况并不相符。本章"预叙"前述部分已列举出的大量元杂剧，便是一种最有力的验证。笔者不妨从与元杂剧比较对照的视角，再对古希腊戏剧使用"预叙"的情况予以一番考察。

其一，"开场"对预叙的运用。

提到戏剧开场，人们总是津津乐道于元杂剧的一种自成套路，诸如开场白、上场诗、自报家门等。其实"开场"在古希腊戏剧中也得到大力使用。埃斯库罗斯七部传世悲剧中，有"开场"的达5部之多；只有《乞援人》和《波斯人》没有"开场"，直接为"进场歌"。索福克勒斯7部现存悲剧全都有"开场"，且《埃阿斯》里有两次"开场"，开创了西方戏剧分幕的先例。欧里庇得斯流传下来的17部悲剧，只有《瑞索斯》一剧缺少"开场白"；阿里斯托芬的"旧喜剧"中，11部之多有"开场"。相比之下，古希腊戏剧家中，只有米南德的新喜剧，在结构体例上分为"四幕"而没有"开场"。罗念生、陈中梅等古希腊戏剧的译者，在其译本前言或注解中，均将欧里庇得斯剧作中的"开场白"解释为：开场时由一个剧中人物向观众道明剧情。这种预叙给予观众的悬念，显然并没有对观众保密。

也许有人会产生某种疑虑："开场"原本是戏剧帷幕开启、展开剧情之意，这里"开场"里即有"预叙"的说法是否妥当呢？我们不妨以元杂剧《西厢记》和希腊悲剧《俄狄浦斯在科洛诺斯》为例，对此问题予以比较与说明。

元杂剧"开场"中的"自报家门"，一般遵循一种固定的套路：首先是出场者叙述家世，其次是叙述过去曾经发生的某些事情，再次是道明目前正在做的某些事情，最后是或明或暗、或显或隐地披露甚至仅仅暗示将来可能要做或者想做的某些事情。这四个方面内容以合乎自然的时间顺序排列，尽管偶有省略（即剧作家可能省略掉某一部分），但时间上从不颠倒先后顺序。试看元杂剧《西厢记》第一本楔子中，故事女主角崔莺莺母亲的一段自报家门：

> （外扮老夫人上开）老身姓郑，夫主姓崔，官拜前朝相国，不幸因

病告殂。只生得个小姐，小字莺莺。年一十九岁，针织女工，诗词书算，无不能者。老相公在日，曾许下老身之侄——乃郑尚书之长子郑恒——为妻。因俺孩儿父丧未满，未得成合。又有个小妮子，是自幼服侍孩儿的，唤作红娘。一个小厮儿，唤作欢郎。先夫弃世之后，老身与女孩儿扶柩至博陵安葬；因路途有阻，不能得去，来到河中府，将这灵柩寄在普救寺内。这寺是先夫相国修造的，是则天娘娘香火院，况兼法本长老又是俺相公剃度的和尚；因此俺就这西厢下一座宅子安下。一壁写书附京师去，唤郑恒来相扶回博陵去。我想先夫在日，食前方丈，从者数百；今日至亲则这三四口，好生伤感人也呵！①

这段开场白所叙述的主要内容，无疑包括上述四个基本部分。第一是叙述家世：包括老夫人自己、夫主、女儿、女仆等；第二是过去发生的一些事情：已将女儿许配侄儿郑恒、先夫修造普救寺且剃度法本长老、先夫弃世、安葬亡夫途中受阻、暂且寄住普救寺，等等。第三是当前所做的事情：传信吩咐郑恒前来。第四是老夫人下一步要做以及将来准备做的事情：先等侄子郑恒赶来，由其陪伴莺莺母女"相扶回博陵"，这件事情是明摆着的（亡夫灵柩总不能永远寄存于寺庙）；再者是老夫人嘴上没有道出，但心里会盘算思量的——待莺莺父丧服孝期满，即可与侄子郑恒"成合"（即正式操办婚礼）！我们所说的"预叙"，指的便是对上述开场白四个基本内容里的第四部分的预先说明（或者暗示），这种"预叙"所制造出的戏剧悬念乃为观众怀着期待心情观赏剧情的发展：郑恒是否能尽快赶来寺庙，何时陪伴莺莺母女将姑父大人的灵柩护送到博陵？他能否在"未婚妻"莺莺服期满后与之"成合"（即结婚）？当然，该剧随后的故事情节发展走向，并未遵循观众上述的猜测路径。

古希腊悲剧家索福克勒斯的剧作《俄狄浦斯在科洛诺斯》②，其剧情开场则是已经沦为瞎子和流放者的前忒拜国王俄狄浦斯，由女儿安提戈涅陪

---

① 王实甫. 西厢记 [M]//王季思. 全元戏曲（第二卷）[M]. 北京：人民文学出版社，1999：216—217.
② 埃斯库罗斯，等. 古希腊悲剧喜剧全集（2）[M]. 张竹明，王焕生，译. 南京：译林出版社，2007：122.

伴，一路流浪漂泊，来到雅典城内科洛诺斯圣林附近。在与女儿以及一位过路的当地人攀谈之后，俄狄浦斯向女儿道出了一个牵系自己未来命运的秘密——太阳神阿波罗曾经对他预言过，当他走到女神的圣地时，便可以得到自己生命的归宿：

> 样子可怕的女神们啊，既然我一到这地方
> 就坐在了你们的圣所，
> 请别对福波斯（即阿波罗）和我不高兴，为了他
> 在预言了我命中的众多灾难之后告诉我：
> 这个地方是我多年后的安息之处，
> 在我达到这里——我生命的终点时，
> 能从三位可敬的女神这儿得到坐处和栖身之所，
> 在这里结束我可难的生命；
> 我住在这里能给收留我的人造福，
> 能给驱逐我的人带来厄运；
> 他还说，在我面前会有奇异的信号出现，
> 或是地震，或是雷声，或是宙斯的闪电。①

随后的主要剧情便是俄狄浦斯为雅典城邦接受，告别了女儿安提戈涅，平静安详地听从死神的召唤和引导，死于科洛诺斯圣林。其间剧情发展中还穿插许多事件：诸如雅典国王忒修斯打听流浪者俄狄浦斯的身份；公民大会通过表决，决定接受俄狄浦斯的避难申请；忒拜国王克瑞翁前来，欲将俄狄浦斯抓捕回国而未遂；小女儿伊斯墨涅赶来看望父亲，并告知两个哥哥手足相残的近况；被弟弟埃特奥克勒斯驱逐而流亡的长子波吕涅克斯前来，以"乞援者"身份央求俄狄浦斯随其返回忒拜；等等。显然，戏剧开场中是可以运用"预叙"，以便向观众事先告知或提前披露将来可能要发生的某些事件的。

---

① 埃斯库罗斯，等. 古希腊悲剧喜剧全集（2）[M]. 张竹明，王焕生，译. 南京：译林出版社，2007：122.

其二，剧情发展过程中对预叙的使用。

这一类使用"预叙"的情形，无论在中国还是西方古典戏剧中，都是最为常见的。例如，古希腊"悲剧之父"埃斯库罗斯在《被缚的普罗米修斯》"第三场"（属于全剧剧情的后半部分）里，在听完伊俄的痛苦申诉之后，普罗米修斯便采用了"预言"方式的预叙（这种方式倒是非常符合其"先知"的身份和特点），既是向当事人伊俄，也是向观众们，提前描述了伊俄未来的命运。这种预叙，甚至其中还牵涉预言者普罗米修斯的自身命运与未来归宿——他将会被伊俄的后代（即第十代以后的第三代后人）解救，从而摆脱来自宙斯的疯狂迫害。又如，上述索福克勒斯的悲剧《俄狄浦斯在科洛诺斯》"（九）第四场"里，俄狄浦斯严词拒绝了波吕涅克斯希望父亲随其一同返回忒拜的央求——当初正是这位握有王杖和王位的长子，冷酷无情地向父亲下达驱逐令，使其变成"有国难投的流亡者"。不仅如此，俄狄浦斯还送给儿子愤怒的诅咒——从另外一种视角而论，这种诅咒其实构成对儿子未来命运（甚至包括未出场人物次子埃特奥克勒斯的归宿）的一种预叙：

> 滚开吧，我憎恨你，我不认你为我的儿子，
> 你这坏透了的畜生，带着我对你
> 发出的这些诅咒滚开吧，
> 你永远不能用武力征服你祖国的土地，
> 也永远回不了群山环绕的阿尔戈斯。
> 你将死在亲人的手里，
> 也将杀死那个驱逐你的人。①

其三，剧末或者戏剧收场的结局处使用预叙。

希腊先哲亚里士多德曾在《诗学》中强调，"事件如何安排"是"悲剧艺术中首要之事，而且是最重要的事"，进而指出"所谓'完整'，指事之有头、有身、有尾。所谓'头'，指事之不必然上承他事，但自然引起他事发

---

① 埃斯库罗斯，等. 古希腊悲剧喜剧全集（2）[M]. 张竹明，王焕生，译. 南京：译林出版社，2007：213—214.

生者；所谓'尾'，恰与此相反，指事之按照必然律或常规自然的上承某事者，但无他事继其后"①。然而，如果我们细细观赏古希腊悲剧，却能明显见出其中不少剧作在剧末或者戏剧收场的结局处使用预叙的情形。既然对未来某事有某种"预叙"，显然也就谈不上"但无他事继其后"，而实乃"有他事继其后"了。这反映出理论家的批评与戏剧家创作实践产生的某种悖逆或者说"误读"。如欧里庇得斯的《伊昂》中，太阳神阿波罗强暴所生的儿子伊昂，在经历了一番曲折坎坷的磨难之后，与克瑞乌萨母子相认。但此母子相认结局来临之后，智慧女神雅典娜出场，替代阿波罗向伊昂预言了其（甚至包括其子孙）将来的命运：

克瑞乌萨，你携这孩子（指伊昂）离开这里
去克克罗普斯的国土，把他扶上
国王宝座；因为，他出自埃瑞克透斯的
血统，有权利统治我的国土。
他的名声将传遍全希腊，因为，
他的儿子们，一根分出四支，
他们的名字将被用来称呼各自的地区
和住在我的山丘上的各自的人民。
…………
他们的子孙到时候
还将在昔克拉底斯群岛和沿海陆地上
建立城邦，以加强雅典的力量。
他们还将殖民海峡两边
亚细亚和欧罗巴两大陆的
平原上；为了纪念"伊昂"这名字，
他们将被称作伊奥尼亚人，并声名远扬。②

---

① 亚里士多德. 诗学［M］. 罗念生，译. 北京：人民文学出版社 1962：25.
② 埃斯库罗斯，等. 古希腊悲剧喜剧全集（3）［M］. 张竹明，王焕生，译. 南京：译林出版社，2007：433—434.

相比之下，在诸如神仙道化题材之类的元杂剧中，虽然同样会出现某些神灵，并且也有在剧情结尾之处，出现面对人物和事件予以点评性质的判词断语。但那仅仅属于对已经发生事件的概括，而不是发出导向未来事件的某种预言。例如，马致远的神仙道化剧《任风子》第四折末尾，亦即全剧剧情的结局，便仅仅道出事件中相关人物的"今日"之境况，至于未来如何却是丝毫未予顾及的：

（丹阳上云）任屠，你见了么，那六个人是你身边六贼，那小孩儿是你菜园中摔死的小的。今日见了酒色财气，人我是非，你今日功成行满。你听者。（诗云）为你有始终，救你无生死。贫道马丹阳，三度任风子。（众仙各执乐器迎科）（正末唱）

[尾] 众神仙都来到，把任屠摄赴蓬莱岛。今日个得道成仙，到大来无是无非快活到老。①

再比如，李寿卿的神仙道化剧《度柳翠》剧末，同样只有对于柳翠为月明和尚度脱、最终省悟而皈依佛门的"过去已经发生的事件"的概括，以及"功成行满"之"今日"现状的描述而已，至于柳翠未来之踪影则不得而知了：

（观音领善才上，云）我南海观世音菩萨。着月明尊者度脱柳翠去，这早晚敢待来也。（正末同旦儿上，云）菩萨，我月明尊者度脱的柳翠来了也。（观音云）柳翠，因为你枝叶触污微尘，罚往人世，填还宿债。今日月明尊者引度你归空了么？（旦儿云）菩萨稽首，弟子省悟了也。（正末云）柳也，听我佛的偈。（偈云）一切有为法，如梦幻泡影。如露亦如电，应作如是观。（唱）

[鸳鸯煞] 撇下这人相我相众生相，出离了生况死况别离况。驾一片祥云，放五色毫光。唱道是佛在西天，月临上方。才得你一缕阴凉，

---

① 马致远. 任风子 [M] // 王季思. 全元戏曲（第二卷）. 北京：人民文学出版社，1999：59.

和桂影长相向。伴着者宝盖香幢，再不许春日游人到来赏。（观音云）柳也，你听者。（偈云）出人寰脱离灾障，拜辞了风流情况。三十年坠落尘缘，忙追遣月明和尚。再休提舞依依袅娜轻盈，翠巍巍娇柔模样。毕罢了爱欲贪嗔，同共到灵山会上。（同下）①

神仙道化剧之外的其他题材类别的元杂剧中，常常出现某位剧中人物（以当事人或者知情者、旁观者的身份）或者某位清官甚至皇帝（有时或为皇帝代言人的使臣）出面，针对剧作演述的事件及其相关的人物进行点评式的断论。但这种断论同样属于对已经发生过的过去事件的总结概括，而没有那种对可能发生的未来事件的预叙。试以《秋胡戏妻》《魔合罗》《赵氏孤儿》三部剧作为例。

《秋胡戏妻》第四折剧末，是以男主角秋胡以当事人口吻概括剧情而结束全场的：

（秋胡云）天下喜事，无过子母完备，夫妇谐和。便当杀羊造酒，做个庆喜筵席。（词云）想当日刚赴佳期，被勾军蓦地分离。苦伤心抛妻弃母，早十年物换星移。幸时来得成功业，着锦衣脱去戎衣。荷君恩赐金一饼，为高堂供膳甘肥。到桑园慷慨相遇，强求欢假作痴迷。守贞烈端然无改，真堪与青史标题。至今人过巨野寻他故老，犹能说鲁秋胡调戏其妻。②

《魔合罗》第四折剧末，则以参与案件审理并握有生杀予夺大权的府尹论断案情来结束整个剧情：

（府尹上，云）张鼎，问的事如何？（正末云）问成了也。请相公下断。（府尹云）这桩事老夫已明知了也，一行人听我下断：本处官吏不

---

① 李寿卿. 度柳翠 [M] //王季思. 全元戏曲（第二卷）. 北京：人民文学出版社，1999：465—466.
② 石君宝. 秋胡戏妻 [M] //王季思. 全元戏曲（第三卷）. 北京：人民文学出版社，1999：546.

才,杖一百永不叙用。李彦实主家不正,杖八十,年老罚钞赎罪。刘玉娘屈受拷刑,请敕旌表门庭。李文道谋杀兄长,押赴市曹处斩。老夫分三个月俸钱,重赏张鼎。(词云)奉圣旨赐赏迁升,张孔目执掌刑名。刘玉娘供明无事,守家私旌表门庭。泼无徒败伦伤化,押市曹正法严刑。(旦拜谢科,云)感谢相公!①

《赵氏孤儿》第四折剧末,由上卿魏绛向程婴、程勃颁布圣旨(所谓"主公的命"),宣告了这场围绕"搜孤"与"救孤"而展开的旷日持久、充满腥风血雨、激烈的忠直与奸邪的对抗与斗争,最终以正义战胜邪恶而画上告慰死者、激励生者的句号:

(魏绛云)程婴、程勃,你两个望阙跪者,听主公的命。(词云)则为屠岸贾损害忠良,百般地扰乱朝纲;将赵盾满门良贱,都一朝无罪遭殃。那其间颇多仗义,岂真谓天道微茫;幸孤儿能偿积怨,把奸臣身首分张。可复姓赐名赵武,袭父祖列爵卿行。韩厥后仍为上将,给程婴十顷田庄。老公孙立碑造墓,弥明辈概与褒扬。普国内从今更始,同瞻仰主德无疆。②

有鉴于此,笔者认为,古希腊戏剧"收场"里某些剧中人物尤其多见于某位神灵针对某一人物或事件的预言,这种剧尾使用预言进行预叙的情形非常独特,为元杂剧所不曾有。对此我们不妨称之为"剧末预示"。

推究而论,古希腊戏剧形成"剧末预示"这一独特模式主要有两个原因:一是古希腊悲剧本身内容所决定,其一般取材于希腊神话与英雄传说,因此神灵的频频出现是很自然的事情;二是古希腊特有的表演体制及其"三部曲"的文本形式使然。

古希腊戏剧起源于希腊先民吟唱酒神狄奥尼索斯死亡与再生的属于古老

---

① 孟汉卿. 魔合罗 [M] //王季思. 全元戏曲(第三卷). 北京:人民文学出版社,1999:707.
② 纪君祥. 赵氏孤儿 [M] //王季思. 全元戏曲(第三卷). 北京:人民文学出版社,1999:633.

宗教仪式的酒神祭祀活动。古希腊悲剧自诞生之日起，便将其表现对象从歌颂酒神扩大到取自荷马史诗的，诸如俄林匹斯神系、特洛伊战争、七将攻忒拜、伊阿宋盗取金羊毛、赫拉克勒斯建立十二奇功、俄狄浦斯杀父娶母等神话与英雄传说。神话与英雄传说堪称希腊先民最古老的意识形态，融汇宗教、政治、经济、科学、哲学、道德、艺术等方方面面，其中既有鲜明的现实成分，同时亦不乏浓郁的幻想因素。古希腊神话最显著的特征，无疑在于神与人的同形同性，神的生活与人的生活如出一辙。希腊神话因此得以成为希腊后世文学艺术取之不尽、用之不竭的题材宝库与肥沃土壤。所以，诸多神灵在希腊戏剧的艺术世界里频频登台亮相，可谓古希腊戏剧舞台上的常客，甚至很多时候还成为占据希腊悲剧舞台中心的主要角色乃至主角。相比之下，以元代杂剧与明清传奇为代表的中国古典戏曲作品中，神灵形象作为戏剧角色而出现于舞台上的情形，集中见于神仙道化剧，其他类型的剧作中一般较为少见。

古希腊戏剧的产生与发展，与当时雅典城邦民主政体的兴盛密切相关。民主政治提倡集体生活，人民大众的思想感情需要以集体方式予以表达，戏剧恰恰属于适宜并能满足这种时代渴求的艺术形式。由此政府出资修建剧院，发放一定数额的津贴，举办戏剧竞赛节，出台各种积极有效的奖励措施，鼓励并要求广大民众踊跃到剧院观戏。戏剧演出成为当时人们社会政治活动与文化娱乐生活中的一件大事。观众进入剧院看戏，不仅为了娱乐，还应接受某些教育，所谓"寓教于乐"。剧场成为政治讲坛，而戏剧家（即所谓"戏剧诗人"）则是民众的教师。古希腊人的文明高度，在很大程度上得力于戏剧演出。

古雅典每年有三个戏剧节，勒奈亚节于一、二月之间举行，属于雅典人自己的狂欢节；酒神大节于三、四月之间举行，观众群中包括各个城邦友人以及外国人；乡村酒神节于十二月、一月之间在农村举行。此外，厄庇道洛斯、奥林匹亚、德尔斐、厄琉西斯、萨拉米岛等地的宗教节和运动会，均上演戏剧。准备参加戏剧竞赛的诗人（即戏剧家）须在勒奈亚节和酒神大节举行之前报名。每位悲剧诗人上交三部悲剧和一部萨提洛斯剧（或称羊人剧），每位喜剧诗人则上交一部喜剧，由执政官批准三位悲剧诗人、三个（或五个）喜剧诗人参加比赛。执政官以抽阄儿方式为入选的戏剧诗人配给一个演员(即"主角",其余两个演员再由"主角"去挑选)、一支歌队和一个乐师,并且指定一位富有的公民担任歌队司理,具体负担歌队和"额外演员"(即扮演不说话的演员)的服装费、歌队和额外演员以及乐师的工资,并且负责为歌队聘请一位教练员(上述费用有时高达数千希腊币,相当昂贵,为一般平民百姓所难以承担)。演员的演出服装费和工资则由政府负责调拨。雅典十个行政区各自推选出若干名候选评判员,执政官从每区呈报的候选者中抽取一名,这十个人在演出前组成竞赛评委会,当众宣誓将公正评判,于演出完毕时投票评定,最后由执政官从投票中随意抽取五张来决定胜负。这是民主评定,舞弊者将被处以死刑。评判如果不当,观众可以向评委提出质疑。行使评判权的评委们一般来说都是公正行事的,但有时可能因畏惧某些颇有权势的歌队司理而有所偏袒。奖赏分为头奖、次奖和第三奖,得第三奖实际上意味着竞赛的失败。得奖的诗人、歌队司理、装扮主角的演员进场,被授予佩戴常春藤冠。起初悲剧诗人的头奖是一头羊,喜剧诗人的头奖是一袋无花果以及一坛葡萄酒,后来均更换为现金奖励。雅典后来成立了戏剧同业公会,其会员包括剧作家、演员、歌队人员、歌队教练、乐师等。这些人被视为宗教的仆人与酒神的艺人,备受社会的尊崇。希腊联邦会议规定了这些献身戏剧演出事业的人的生命财产不可侵犯(无论是平时还是战时),演员与乐师免服兵役,能奔赴各地甚至战争期间的敌邦进行演出。有不少演员(尤其主角)的报酬相当丰厚,据说波罗斯在外邦演出两天戏,可以获得6000 希腊币。古希腊三大悲剧诗人之一的索福克勒斯因其剧作的成功上演(公元前 441 年),而于第二年(公元前 440 年)被推选为主持雅典城邦政务最高管理层的十将军之一。正因为戏剧家享有备受他人尊敬的崇高社会地位、名誉及生存境遇,才会出现显赫权贵希望借助戏剧创作博取功名的社会现象。如西西里岛叙拉古城邦的君主狄俄倪西俄斯,曾重金购买埃斯库罗斯的写字台和欧里庇得斯的写字板、笔与竖琴,希望从中汲取某些灵感。他几次参加雅典的戏剧比赛,可惜均未成功。直到公元前 367 年,他的悲剧《赫拉克勒斯的尸首的赎取》才在雅典获得头奖。据说风闻获胜的消息时,这位君主欢喜不已,竟狂醉而死。

三部悲剧加上一部萨提洛斯剧的戏剧竞赛规则,促使处于悲剧艺术形成阶段的"悲剧之父"埃斯库罗斯,独具匠心地创造性使用了"悲剧三部曲"

的形式。"三部曲"（亦译为"三联剧"）采用神话中连续发展的三个故事为题材，其结构安排有一定难度：既要顾及每部戏剧自身结构的完整性，又必须充分兼顾到三部戏剧之间承上启下、环环相扣的内在联系性。也就是，第一部须圆满解决自身的问题，同时又要提出新的问题，留待下一部解决；第二部同样如此，第三部则须归拢故事线索、收束情节演变，并最终得出作者的某一结论。据考证，埃斯库罗斯的剧作除了《波斯人》①和与该剧同时上演的两出悲剧《菲纽斯》与《格劳科斯》（均已失传）之外，均为"三部曲"。从其流传后世的剧作而言，即为《达那奥斯的女儿们》三部曲中的第一部《乞援人》（第二、三部分别为已失传的《埃及人》《达那奥斯的女儿们》）；《普罗米修斯》三部曲中的第一部《被缚的普罗米修斯》（第二、三部分别是已失传的《被释的普罗米修斯》和《带火的普罗米修斯》）②；《七将攻忒拜》三部曲中的第三部《七将攻忒拜》（第一、二部分别是已失传的《拉伊俄斯》和《俄狄浦斯》）；《俄瑞斯特斯》三部曲是埃斯库罗斯本人同时也是整个古希腊悲剧中唯一完整流传下来的"三部曲"，取材于阿特柔斯家族内部发生的血亲仇杀故事。第一部《阿伽门农》主要剧情为，身为希腊联军统帅的迈锡尼国王阿伽门农，从征讨地特洛亚凯旋，他的妻子克吕泰墨斯特拉王后伙同情夫埃葵斯托斯，以为女儿伊菲革涅亚复仇为由，将丈夫残忍地谋杀于浴缸里。第二部《奠酒人》主要剧情是，当年被悄悄送往国外得以逃生的阿伽门农之子俄瑞斯特斯，如今已经长大成人。为了替父复仇，隐姓埋名返回祖国，在留守母亲身边的姐姐厄勒克特拉的帮助下，成功杀死了母亲克吕泰墨斯特拉及其奸夫埃葵斯托斯。第三部《报仇神》主要剧情是，希腊神话中专司惩戒侵害女性权益者之职责的三位复仇女神，对"杀母凶犯"俄瑞斯特斯穷追不舍，太阳神阿波罗授意俄瑞斯特斯逃往雅典，向城邦保护神雅典娜寻求庇护。雅典娜设立由十二位法官组成的战神山法庭，公开

---

① 《波斯人》是埃斯库罗斯传世悲剧中唯一一部以现实生活为题材的剧作，主要写当时发生不久的希腊与波斯战争期间著名的萨米拉斯海战。与该剧一起作为参赛演出的另两部悲剧为《菲纽斯》与《格劳科斯》，这三部剧作在内容上没有任何关联，因此不属于严格意义上的"三部曲"模式。

② 有些古希腊悲剧研究者认为，《普罗米修斯》三部曲的顺序应当为《带火的普罗米修斯》《被缚的普罗米修斯》《被释的普罗米修斯》。

审判俄瑞斯特斯为父杀母之举究竟"有罪"还是"无罪"。评议结果是，六人投"有罪"票，另外六人则投"无罪"票。最后雅典娜投下关键的"赦免"票，宣判俄瑞斯特斯无罪释放。当然，雅典娜没有忘记对怨怒未消的复仇女神做一番耐心细致地劝慰工作，使其同支持俄瑞斯特斯为父杀母的太阳神阿波罗和解，放弃复仇行为，成为民众拥戴的雅典城邦保护神。剧作家埃斯库罗斯由此血亲复仇的故事而得出的结论是：民主法制的法律裁判取代了冤冤相报的血腥仇杀，人类社会从此由野蛮步入文明。这一深刻的社会意义，正如恩格斯在称赞巴霍芬透视历史之敏锐眼光时所强调的那样："根据这一点，巴霍芬指出，埃斯库罗斯的《俄瑞斯特斯》三部曲是用戏剧的形式，来描写没落的母权制跟发生于英雄时代并获得胜利的父权制之间的斗争。"① 值得我们特别留意的问题是，该三部曲中第一部《阿伽门农》和第二部《奠酒人》的收场，均为立场对立的正反两方面某些人物发生激烈争执甚至几乎大打出手的紧张情节，其原因说来很简单：作为三部曲中的前两部，必须承担启下与承上的串联构合职能，并巧妙自然地留下悬而未决的某些问题，交由三部曲中的下一部或者最后一部来解决。如第一部《阿伽门农》剧末，阿伽门农被妻子克吕泰墨斯特拉伙同情夫埃葵斯托斯，残忍地谋杀于浴缸后，受到身份为长老的歌队长的严厉谴责，埃葵斯托斯恼羞成怒，叫来一群卫兵围住歌队长及其歌队，意欲使用武力弹压。歌队长毫无惧色，吩咐歌队队员们拔剑准备以死相搏。最终因谋杀丈夫而心虚的王后克吕泰墨斯特拉出面调停，总算将一场可能爆发的冲突平息下来。不妨看歌队长与埃葵斯托斯的几句对话，诸如"只要神把俄瑞斯特斯引来，你就惩治不成（这是长老对埃葵斯托斯'总有一天我要惩治你'之威胁的反驳）""啊，俄瑞斯特斯是不是还看得见阳光，能趁顺利的机会回来杀死这一对人（指克吕泰墨斯特拉与埃葵斯托斯），获得胜利"。② 上述几句话既是剧尾剧作家借助人物之口提出的关键性问题，同时此一问题无疑又构成为第二部曲《奠酒人》的故事情节核心及中心主题。而在第二部《奠酒人》的剧末，杀死母亲之后的俄

---

① 恩格斯. 家庭、私有制和国家的起源 [M] //马克思恩格斯选集（第四卷）. 北京：人民文学出版社，1968：6.

② 埃斯库罗斯，等. 古希腊悲剧喜剧全集（1）[M]. 张竹明，王焕生，译. 南京：译林出版社，2007：371—372.

瑞斯特斯被复仇女神们穷追不舍、无处安身躲藏，深怀同情心的歌队长对他说出几句祈祷与祝愿之词，诸如"愿你有好运，愿善预言的神明照看保护你，给你应得的幸运；今天是第三次拯救的风暴（指俄瑞斯特斯杀母事件），或者是灾难的结束？带来灾难的狂怒变平静，它将去何处？在哪里终结"① 这种祈祷与祝愿，同样属于对下一部剧作《报仇神》（即第三部）主要剧情的隐约预叙。

然而，古希腊悲剧发展到索福克勒斯、欧里庇得斯那里，三部曲形式并未被袭用。无论索福克勒斯还是欧里庇得斯的创作，均放弃了埃斯库罗斯开创的"三部曲"形式。他们将悲剧写成一部部独立而完整的作品，擅长在一部剧作中完整表现激烈尖锐的戏剧冲突；故事情节复杂而紧凑，不枝蔓不脱节，并且结构完整严谨而又富有某种灵活性的变化。比如，索福克勒斯流传至今的七部悲剧，按照演出时间的先后依次为：《埃阿斯》（公元前442年前后）、《安提戈涅》（公元前441年）、《俄狄浦斯王》（公元前431年，亦说公元前429—公元前426年）、《厄勒克特拉》（公元前419—公元前415年）、《特拉基斯少女》（公元前413年）、《菲罗克忒忒斯》（公元前409年）、《俄狄浦斯在科洛诺斯》（遗作，写于公元前411年，索福克勒斯死后由其孙子拿出，于公元前401年上演）。这七部剧作均属于各自独立存在的悲剧②。那么，饶有趣味的一个问题由此而产生出来：在这两位悲剧家所创作的非"三部曲"形式的悲剧作品中，是否同样也存在于剧末收场部分使用"预叙"的情形呢？

在索福克勒斯的七部传世悲剧中，《俄狄浦斯王》、《俄狄浦斯在科洛诺斯》和《菲罗克忒忒斯》三部剧作结尾部分，均明显使用了"预叙"。《俄狄浦斯王》剧末"退场"里，体现为主人公俄狄浦斯对两个女儿将要遭遇的未来命运的预叙："一想起你们日后辛酸的生活——人们会使你们过的——我就难受。……'你们的父亲杀了他的父亲，把种子撒在生身母亲那里，从

---

① 埃斯库罗斯，等. 古希腊悲剧喜剧全集（1）[M]. 张竹明，王焕生，译. 南京：译林出版社，2007：446.
② 《俄狄浦斯在科洛诺斯》尽管在故事情节与人物方面与《俄狄浦斯王》有一定的衔接关系，但这两部剧作写作时间不同，尤其演出时间分别是在剧作家生前与死后，显然与埃斯库罗斯的三部曲形式有天壤之别。

自己出生的地方生了你们。'你们会挨这样的骂。谁还会娶你们呢？啊，孩子们，没有人会的。你们显然只有不结婚，不生育，枯萎而死了。"①《俄狄浦斯在科洛诺斯》剧末"退场"中，陪伴父亲俄狄浦斯流浪的安提戈涅，在离开父亲死后安息地雅典科洛诺斯圣林而即将返回忒拜时，对自己两个哥哥将会发生手足相残的未来事件，发出几句模糊其词的朦胧预叙："请你把我们送回古老的忒拜去，或许我们还能设法阻止面临的一场亲人之间的屠杀。"②《菲罗克忒忒斯》剧末"收场"里，死后升为神灵的古希腊英雄大力士赫拉克勒斯在空中显形，向剧中主人公菲罗克忒忒斯传达众神之王宙斯的旨意。这种旨意，其实便是神灵对人物未来命运的一种未卜先知的明确预叙："为了你，我从天庭降临这里，传达宙斯的意图……你应该和这个人③一起去特洛伊城下，在那里，首先解除疾病的痛苦，然后你将被评为全军的最勇者，用我的弓箭杀死帕里斯——这么多灾难的罪魁祸首。你还将攻陷特洛伊城。我们的战士将奖给你一份战利品，酬谢你的勇敢。你将装载它们回到奥塔的故土，献赠父亲波阿斯。"④ 该剧中由某位神灵于剧情末尾出现，宣告关于将来必定会发生的某些事件或者某些人物的命运归宿。这种"预叙"的模式，早在埃斯库罗斯多部悲剧中屡试不爽了。

根据笔者的统计，在欧里庇得斯流传至今的 17 部悲剧中，在剧末"退场"里使用预叙的剧作竟然多达 14 部。其中具体可分为两类情形：其一，剧中人物对自己或他人未来命运的预叙。具体包括：《赫拉克勒斯的儿女》（剧中人物欧律斯透斯预叙了自己即将面临的命运安排），《疯狂的赫拉克勒斯》（主人公赫拉克勒斯对自我命运归宿的透露），《腓尼基妇女》（剧中俄狄浦斯向女儿安提戈涅预叙了对自己的死亡之所——雅典的科洛诺斯），《美

---

① 埃斯库罗斯，等. 古希腊悲剧喜剧全集（2）[M]. 张竹明，王焕生，译. 南京：译林出版社，2007：107.
② 埃斯库罗斯，等. 古希腊悲剧喜剧全集（2）[M]. 张竹明，王焕生，译. 南京：译林出版社，2007：240.（埃斯库罗斯的《七将攻忒拜》和欧里庇得斯的《腓尼基妇女》均对安提戈涅两个哥哥之间为争夺王位而决斗，两败俱亡的悲惨事件有生动详细的描述。）
③ 指前来劝说菲罗克忒忒斯离开孤岛去特洛伊作战的希腊将领，阿喀琉斯的儿子涅奥普托勒摩斯。
④ 埃斯库罗斯，等. 古希腊悲剧喜剧全集（1）[M]. 张竹明，王焕生，译. 南京：译林出版社，2007：714.

狄亚》(剧中女主人公美狄亚透露了自己以及负心郎伊阿宋或生存或死亡的不同命运结局),《赫卡柏》(剧中人物波吕墨斯托尔对被俘的特洛伊王后赫卡柏未来结局的透露),共有五部。其二,某位神灵于剧末"退场"阶段出现,对将来可能发生之事件或者某些人物的未来命运给予未卜先知的明确预叙。具体包括:《俄瑞斯特斯》(太阳神阿波罗出场预叙俄瑞斯特斯等人的命运),《伊菲革涅亚在陶里克人中》(智慧女神雅典娜出面预叙伊菲革涅亚等人的未来命运),《海伦》(死后由人升为神灵的狄奥斯库里出场宣告海伦及其丈夫墨涅拉俄斯的命运归宿),《厄勒克特拉》(死后成神的卡斯托尔与波吕杜克斯兄弟预言了杀母者俄瑞斯特斯与厄勒克特拉的未来归宿),《请愿妇女》(城邦保护神雅典娜预言了阵亡将士后代的多难兴邦的命运轨迹),《希波吕托斯》(狩猎女神阿尔忒弥斯向奄奄一息的蒙冤者希波吕托斯告知其死后在黑暗冥府的境遇),《瑞索斯》(女神缪斯对惨遭奥德修斯偷袭而死去的儿子瑞索斯未来命运的预言),《酒神的伴侣》(酒神狄奥尼索斯预言了卡德摩登斯未来的命运归宿),《安德洛玛克》(海洋女神忒提斯对身为剧中人物的丈夫佩琉斯死后成为神灵之命运的预言),共有九部。根据上述情形,我们可以得出这样一个结论:无论埃斯库罗斯的"三部曲"形式,还是索福克勒斯和欧里庇得斯独立完整的非"三部曲"形式,使用剧末预叙,堪称古希腊悲剧一个十分显著而重要的叙事特征。推究索福克勒斯和欧里庇得斯悲剧中重视使用剧末预叙的叙事技巧,主要原因仍在于前述第一条缘由,即古希腊悲剧本身多取材于神话的题材内容所决定的。神灵的频频出现是很自然的事情,尤其这些神灵被剧作家赋予了特定的"预言者"身份,获得了强大的叙事功能之时。反观中国古典戏剧,元杂剧中没有这种三部曲形制的剧作。由此而论,古希腊悲剧于剧情收尾阶段的"预叙"——所谓"剧末预叙"颇具特色而令人称奇,值得我们特别关注并给予深入探究。

# 第四章

## 元杂剧与古希腊戏剧中的"发现"与"突转"

"发现"与"突转",是源自西方戏剧美学范畴的两个重要概念术语。中西古典戏剧艺术尽管特色纷呈,各有千秋,然其在戏剧创作的基本理念与叙事技巧诸方面,却又每每存在着颇多相似、相通、相同之处。如果浏览一番中西古典戏剧作品,我们将不难看出,"发现"与"突转"确乎是普遍存在于中西古典戏剧创作实践中的,为大多数剧作家惯常用以安排情节、结构布局的客观事实。有鉴于此,本章尝试以亚里士多德《诗学》中有关"发现"与"突转"的理论为依据,以古希腊戏剧为参照,以元杂剧为审察对象,从比较研究的视角切入,拟就元杂剧与古希腊戏剧运用"发现"与"突转"之问题略陈管见。

### 一、"发现"与"突转"界说

《诗学》是希腊先哲亚里士多德针对业已高度繁盛的古希腊戏剧(主要是悲剧)艺术成就与创作经验,给予系统化梳理总结的一部理论巨著。它所总结和概括出的许多理论原则,对后世西方戏剧创作产生重要指导、借鉴作用与深远影响力。其中,"发现"与"突转"便是亚氏对古希腊戏剧家在结构布局、安排情节方面成功使用的独特叙事技法的准确把握与精辟阐释。作为深入探究有关问题的前提与基础,我们很有必要首先对"发现"与"突转"这两个关键词语,予以一番追根溯源的诠释、梳理、廓清与阐发。

何谓"发现"?亚里士多德以索福克勒斯的《俄狄浦斯王》和欧里庇得

斯的《伊菲革涅亚在陶洛人里》两部悲剧为例证，在《诗学》第十一章里指出："'发现'，如字义所表示，指从不知到知的转变，使那些处于顺境或逆境的人物发现他们和对方有亲属关系或仇敌关系。"①

《俄狄浦斯王》讲述忒拜国王夫妇拉伊俄斯与伊俄卡斯忒慑于"杀父娶母"之神谕，将襁褓中的儿子交由牧羊人扔到山里喂狼。出于怜悯，牧羊人违令将婴儿托付给邻国科林斯国王的牧羊人。尚无子嗣的科林斯国王玻吕玻斯夫妇将"弃婴"立为王子收养，取名俄狄浦斯。成年后的俄狄浦斯得知了"杀父娶母"的神谕，为躲避这一可怕厄运而离家出走。他在边境先是失手打死周游巡视的拉伊俄斯，随后因消除祸害忒拜的妖怪斯芬克斯而被拥戴为新国王，按惯例娶了寡后伊俄卡斯忒为新王后。至此俄狄浦斯的厄运，在不知不觉中早已应验。上述"杀父娶母"这一核心事件被剧作家隐藏于幕后做了"暗场"处理，悲剧故事开始于俄狄浦斯登基 16 年后，中心情节是俄狄浦斯调查先王凶杀案。剧情中至为关键的环节在于报信人——科林斯国王的牧羊人乙，他是前来向俄狄浦斯通告科林斯国王玻吕玻斯驾崩噩耗、请求俄狄浦斯回国继位的信使。为打消俄狄浦斯对"娶母"（自己返回科任托斯必须娶寡后为新王后）的担忧，向他坦言科林斯国王夫妇并非其生身父母。这番无意之中说出的劝慰话可谓石破天惊，经由当年"弃婴"事件的另一位当事人忒拜前国王牧羊人甲的举证，恰恰披露出俄狄浦斯的身世，导致"忒拜老王被杀"血案真相大白。由此，俄狄浦斯与忒拜国王拉伊俄斯夫妇之间的父（母）子血缘关系及其"杀父娶母"内幕昭然若揭，无情地将悲剧主人公——那位万民拥戴的贤明国君俄狄浦斯，推至毁灭的绝境。《伊菲革涅亚在陶里克人中》则讲述迈锡尼国王阿伽门农儿女瑞斯特斯与伊菲革涅亚的故事。当年为平息海神之怒而使希腊战船顺利出海，联军统帅阿伽门农被迫将女儿伊菲革涅亚作为祭品宰杀。行刑之际，狩猎女神阿尔忒弥斯用一只母鹿偷偷替换下伊菲革涅亚，并将她送到黑海北边的异域他乡陶里克安身。阿伽门农远征特洛亚凯旋的当夜，妻子克吕泰墨斯特拉伙同奸夫埃葵斯托斯，以

---

① 亚里士多德. 诗学 [M]. 罗念生，译. 北京：人民文学出版社，1962：34.（陈中梅译本将这段话译为："发现，如该词本身所示，指从不知到知的转变，即使置身于顺达之境或败逆之境中的人物认识到对方原来是自己的亲人或仇敌。"参见亚里士多德. 诗学 [M]. 陈中梅，译. 北京：商务印书馆，1996：89.）

"为无辜的女儿伊菲革涅亚报仇"为由,将丈夫残忍地谋杀于浴缸内。该剧主要情节是俄瑞斯特斯为父复仇而杀死母亲,为躲避复仇女神的迫害而逃到陶里克海边的阿尔忒弥斯神庙前栖身。身为神庙祭司的伊菲革涅亚不知他的底细,筹划将这个"外乡人"当作供奉神庙的祭品杀掉。后来经过正面接触与询问对证,方得悉其真实身份——原来竟是自己的亲弟弟。"姐姐与弟弟"这一特定人物关系的"发现",遂使一场流血悲剧得以及时避免。

在亚里士多德那里着意强调"发现"的实质,在于某种特定人物关系(此人物关系往往又与人物具有某种特殊身世、身份密不可分):"'发现'乃人物的被'发现',有时只是一个人物被另一个人物'发现',如果前者已经识破后者;有时双方须相互'发现',例如送信一事使俄瑞斯特斯'发现'伊菲革涅亚是他姐姐,而俄瑞斯特斯之被伊菲革涅亚承认,则须靠另一个'发现'。"① 也就是说,特定人物关系的发现存在着"单向性"与"双向性"两种类型。前者属于一方对另一方的发现,即人物甲知晓人物乙与自身所具有的或亲属或仇敌等关系,反之亦然。它以某一单方知晓对方与自身具有亲属或仇敌之特定人物关系为前提。后者属于双方事先互不知晓各自底细,而以一定的机缘为条件,最终得以彼此间知晓或亲属或仇敌的特定人物关系。

埃斯库罗斯的《奠酒人》、索福克勒斯的《埃勒克特拉》、欧里庇得斯的《埃勒克特拉》等,均以俄瑞斯特斯为了给父亲阿伽门农复仇而杀死母亲的故事为题材。三部剧作中俄瑞斯特斯复仇目标明确——躲在暗处的他知道克吕泰墨斯特拉及其奸夫埃葵斯托斯的底细,但由于他的巧妙伪装和故意隐瞒,对方根本无法知晓他的底细。等到"发现"俄瑞斯特斯真实身份之际,她(他)们随即倒在死亡的血泊中了。大概由于上述三剧里这种"单向性的发现"在古希腊悲剧中较为常见,所以亚里士多德没有论及。但针对"双向性的发现",亚里士多德则列举欧里庇得斯的悲剧《伊菲革涅亚在陶洛人里》

---

① 亚里士多德. 诗学 [M]. 罗念生,译. 北京:人民文学出版社,1962:35. (陈中梅译本将这段话译为:"既然发现是对人的发现,这里就有两种情况。有时,一方的身份是明确的,因此发现实际上只是另一方的事;有时,双方则需互相发现。例如,通过伊菲革涅亚托人送信一事,俄瑞斯忒斯认出了她,而伊菲革涅亚则需另一次发现才能认出奥瑞斯特斯。"参见亚里士多德. 诗学 [M]. 陈中梅,译. 北京:商务印书馆,1996:89.)

予以说明。该剧女主人公伊菲革涅亚生活于黑海北边的陶里克，其身份是当地狩猎女神阿尔忒弥斯寺庙的女祭司。陶里克国王抓住两个来自异乡的希腊人，按照以异邦人为祭品的宗教习俗交由她杀献祭神。伊菲革涅亚决定杀掉其中一位俘虏（即俄瑞斯特斯），释放另一个俘虏回希腊替她送信，告知弟弟俄瑞斯特斯设法速来救她回归故土。由于担心送信人可能会将信遗失，她特地将信的内容念给他听。在一旁等候被宰杀的俄瑞斯特斯因此偶然机遇，恍然得知女祭司正是自己尚在人世的姐姐伊菲革涅亚。不过随后剧情里伊菲革涅亚认出俄瑞斯特斯，颇费了一番周折。俄瑞斯特斯依次说出许多确凿的物证，诸如伊菲革涅亚当年织布上的图案特征、放在闺房里的古矛等，伊菲革涅亚据此得以确认：对方正是自己朝思暮盼的弟弟俄瑞斯特斯。

人物行动与人物关系之间存在怎样的关联以及会产生怎样的戏剧效果呢？亚里士多德在《诗学》第十四章里分析指出："现在让我们研究一下，哪些行动是可怕的或可怜的。这样的行动一定发生在亲属之间、仇敌之间或非亲属非仇敌的人们之间（即戏剧行动的发生不外乎三种人物关系）。如果是仇敌杀害仇敌，这个行动和企图，都不能引起我们的怜悯之情，只是被杀者的痛苦有些使人难受罢了；如果双方是非亲属非仇敌的人，也不行；只有当亲属之间发生苦难事件时才行，例如弟兄对弟兄、儿子对父亲、母亲对儿子或儿子对母亲施行杀害或企图杀害，或做这类的事——这些事件才是诗人所应追求的。"①

遵循上述原则，亚里士多德深入细致地辨析了戏剧家取材流传故事或者自行虚构故事时，可能出现的人物行动三种方式的适宜度与优劣性。

最糟的是知道对方是谁，企图杀他而又没有杀——这样只能使人厌恶（即明知对方是自己的亲属而企图杀他，会让人起反感），而且因为没有苦难事件发生，不能产生悲剧的效果；因此没有什么人这样写作，只是偶尔有人采用，如《安提戈涅》剧中海蒙之企图杀克瑞翁。次糟的是事情终于做了出来（明知对方是亲属而把他杀了）较好的是不知对方是谁而把他杀了，事后方才"发现"——这样既不使人厌恶，而这种"发现"又很惊人。……最好的是最后一种（即不知对方是谁而把他杀了的所谓"较好"的第三种），如

---

① 亚里士多德. 诗学 [M]. 罗念生，译. 北京：人民文学出版社，1962：44.

在《克瑞斯丰忒斯》（已经失传）剧中，墨洛珀企图杀她的儿子，即使"发现"是自己儿子而没有杀；又如在《伊菲革涅亚在陶洛人里》剧中，姐姐及时"发现"她的弟弟（而终止欲将弟弟杀死祭神的行动）；再如在《赫勒》（已经失传）剧中，儿子企图把母亲交给仇人，却及时"发现"是他的母亲。①

那么，"发现"有哪些种类呢？亚里士多德在《诗学》第十六章中作出了具体划分。

第一种是由标记引起的"发现"。这种方式最缺乏艺术性，无才的诗人常使用。标记有生来就有的，也有后来才有的，包括身体上的标记（如伤痕）和身外之物（如项圈，又如《堤洛》剧中的摇篮，剧中的"发现"便依靠这摇篮）。

第二种是诗人拼凑的"发现"。由于是拼凑的，因此也缺乏艺术性。例如在《伊菲革涅亚在陶洛人里》剧中，俄瑞斯特斯是他自己透露他是谁；至于伊菲革涅亚是谁，是由一封信而暴露的；而俄瑞斯特斯是谁则由他自己讲出来，他所讲的话是诗人要他讲的，不是布局要他讲的。

第三种是由回忆引起的"发现"。由一个人看见什么，或听见什么时有所领悟而引起的。如狄开俄革涅斯的悲剧《库普里俄人》剧中的透克洛斯是他自己看见那幅画而哭泣，在阿尔喀诺俄斯故事中，俄底修斯听见竖琴师唱歌，因此回忆往事而流泪，他们两人因此被"发现"。

第四种是由推断而来的"发现"。如《奠酒人》剧中的推断："一个像我的人来了，除俄瑞斯特斯而外，没有人像我，所以是他来了。"

此外，还有一种复杂的"发现"，由观众的似是而非的推断造成的。如在《俄底修斯伪装报信人》（已经失传）剧中，俄底修斯说，他能认出那把弓——实际上他并没有见过那把弓，观众以为俄底修斯会这样暴露他是谁，但这是错误的推断。

一切"发现"中最好的是从情节本身产生的，通过合乎可然律的事件而引起观众的惊奇的"发现"。如索福克勒斯的悲剧《俄狄浦斯王》和《伊菲革涅亚在陶洛人里》中的"发现"：伊菲革涅亚想送信回家，是一桩合乎可

---

① 亚里士多德. 诗学 [M]. 罗念生，译. 北京：人民文学出版社，1962：45—46.

然律的事。唯有这种"发现"不需要预先拼凑的标记或项圈。次好的是由推断而来的"发现"。①

概言之,亚里士多德认为上述各种"发现"中,最好的"发现"乃是"从情节本身产生的"(即第五种),极其赞赏这种尽量摒弃纯粹偶然性(第一种)或主观随意性(第二种)等因素,在情节的发展进程中依循可然律而自然产生出来的"发现",就像《俄狄浦斯王》中"杀父娶母"内幕的"发现"那样,"通过合乎可然律的情节引起观众的惊奇"。同时亚氏又从有机联系的视角出发,强调这种最好的"发现"应当与"突转"紧密契合:"发现"如与"突转"同时出现②,为最好的"发现"。它属于与情节,亦即行动最密切相关的"发现",因为那种"发现"与"突转"同时出现的时候,能引起怜悯或恐惧之情。按照我们的定义,悲剧所模仿的正是能产生这种效果的行动,而人物的幸福与不幸也是由于这种行动。次好的"发现"则属于那种由推断而来(即第四种)的"发现"。③

依据亚里士多德的论述,我们可以力求完整准确地来界定"发现"的含义及其特征:"发现"系指戏剧中尚未被人们(剧中人物或观众;相对而言主要针对剧中人物而言)知晓的某些特定人物关系,以及某些事件内幕的披露与挑明。人物关系与事件内幕比较之下侧重于前者,换言之,"发现"主要针对某些特定、特殊人物关系而言。正如《俄狄浦斯王》中"杀父娶母"内幕的披露,须首先依赖于俄狄浦斯真实身份(即身世)的暴露。因为若无俄狄浦斯与先王及王后血缘亲情之人物关系的彰显,其"杀父娶母"内幕仍将潜形匿影,可能永远不会为人知晓。

那么,何谓"突转"呢?

亚里士多德仍以《俄狄浦斯王》为例,在《诗学》第十一章中将"突转"解释为:指行动按照我们所说的原则转向相反的方面,这种"突转",并且如我们所说,是按照我们刚才说的方式,即按照可然律或必然律而发生的。如在《俄狄浦斯王》剧中,那前来的报信人在他道破俄狄浦斯的身世,以安慰俄狄浦斯,解除他害怕娶母为妻的恐惧心理的时候,造成相反的结果;又如在《林

---

① 亚里士多德. 诗学 [M]. 罗念生,译. 北京:人民文学出版社,1962:51—54.
② 例如《俄狄浦斯王》剧中的"发现。"
③ 亚里士多德. 诗学 [M]. 罗念生,译. 北京:人民文学出版社,1962:51—54.

叩斯》剧中，林叩斯被人带去处死，达那俄斯跟在他后面去执行死刑，但后者被杀，前者反而得救——这都是前事的结果。① 这里仅对亚里士多德引以为证的《俄狄浦斯王》稍予解读。剧中报信人——前来传达科林斯国王驾崩消息的牧羊人，正是当初直接从忒拜国王牧羊人手里收养"弃婴"的那位好心者。原本出于消除俄狄浦斯担忧犯下"杀父娶母"罪孽的恐惧心理而加以劝慰，孰料"事与愿违"：他无意之中所说的一番劝慰话，经由当年违令未将"弃婴"处死的知情者——忒拜国王拉伊俄斯牧羊人——的出面作证，恰恰披露出俄狄浦斯的真实身份。科林斯国王夫妇不过是俄狄浦斯的养父母，忒拜国王夫妇才是其生身父母！戏剧情势由此发生一百八十度的惊天大逆转：俄狄浦斯从处于主动追查杀害先王凶手的顺境，陡然跌入被动尴尬且无可逃遁的逆（绝）境中，不得不去承受因"杀父娶母"罪责而招致的严厉惩罚！

亚里士多德将悲剧中主人公从顺境到逆境或者从逆境到顺境的境遇转换，具体分为"渐变"式与"突转"式两种。

其一，"在简单的情节中，由顺境到逆境或者由逆境到顺境的转变是逐渐进行的，观众很早就感觉到这种转变"②。对此笔者试以埃斯库罗斯悲剧《阿伽门农》中阿伽门农命运的转变为例。该剧从开幕时守望烽火台哨兵忧郁心态的渲染，到长老们对不祥之兆的预感，再到王后克吕泰墨斯特拉表面奉承背后磨刀霍霍的计谋，再到身为女俘、具有未卜先知能力的特洛伊公主卡桑德拉，对自身及其主人阿伽门农即将遭遇卑鄙谋杀的悲惨命运的预言……可以说，凯旋的希腊英雄迈锡尼国王阿伽门农从踏上故土的那一刻起，便一步步向着死亡的陷阱滑行，对此观众早已心知肚明。于是，随后阿伽门农被谋害死于浴缸的结局，在如此一种循序渐进的"渐变"式剧情发展进程中水到渠成。这种"渐变"不属于"突转"的情形。

其二，值得我们格外关注的是下面另一种情形，即有一些转变是突然发生的。由顺境到逆境或者由逆境到顺境的转变是一种形式"突转"，在复杂的情节中，主人公一直处于顺境或者逆境中，但到某一"场"里情势突然转变，这种"突转"须合乎可然律或者必然律，即事件的发生须意外但彼此间

---

① 亚里士多德. 诗学［M］. 罗念生，译. 北京：人民文学出版社，1962：33—34.
② 亚里士多德. 诗学［M］. 罗念生，译. 北京：人民文学出版社，1962：33（注释①）.

又有因果关系。① 即如索福克勒斯的悲剧《俄狄浦斯王》中那样，导致俄狄浦斯从追查凶手的顺境陡然坠入沦落为凶手的逆境的"突转"，始于报信人科林斯国王牧羊人的一番劝慰话。这种"突转"非常出人意料，却又因符合因果律而合乎情理之中。即出于消除俄狄浦斯"娶母"之不必要顾虑的好心，牧羊人才会披露刚刚驾崩的科林斯国王玻吕玻斯只是俄狄浦斯养父的隐情。同时又由于这位牧羊人正是当年从忒拜老王拉伊俄斯牧羊人手中收养弃婴的当事人与知情者，为了验证自己所说劝慰话的真实性，报信人要求与忒拜国王牧羊人对质，自然引出后者无法回避的出面作证。两位当事人兼知情者的聚会，令俄狄浦斯的身世之谜不可避免地曝光了。

根据亚里士多德的上述阐释，我们同样可以力求完整准确地来界定"突转"。"突转"是指戏剧情节在其发展进程中依循可然律或必然律的因果逻辑，而产生的"从顺境到逆境"或者"从逆境到顺境"的突然变化与重大转折。因其着意于情节发展的那种突发性逆向变异，故主要限于情节范畴。

今天看来，亚里士多德关于"突转"运行轨迹的描述——"从顺境到逆境"（一般指悲剧）或者其"从逆境到顺境"（一般指喜剧），显然是不够完备的。当然主要原因在于客观历史的局限性，因为当时还没有悲喜剧、正剧等悲剧、喜剧之外其他类型戏剧正式出现，所以不应对亚里士多德求全责备。笔者以为，"突转"至少应包含三种运行轨迹：一是"从顺境到逆境"的悲剧性突转，多见于悲剧；二是"从逆境到顺境"的喜剧性突转，多见于喜剧；三是"从顺境到逆境"与"从逆境到顺境"交互发生的"悲喜交错性"突转，多见于悲喜剧、正剧等。同时，"突转"无论是"从逆境到顺境"或者"从顺境到逆境"，其运行轨迹在亚里士多德那里仅为总体模式的泛泛而谈，未能就"突转"的具体运行过程展开更详尽的论述。"突转"的实际运行过程无疑应是相当复杂而微妙的，其间会融含着许多大小不等的更趋细微具体的环节。尤其在那种根本性的逆转即"突转"发生之前，一定还存在着某些分量不等、起到铺垫过渡、推波助澜作用的转变。相对于一百八十度转折、突变的"大逆转"或"大顺转"而言，我们不妨可称其为"小逆转"或"小顺转"。由此我们对

---

① 亚里士多德. 诗学 [M]. 罗念生，译. 北京：人民文学出版社，1962：33（注释①）.

"突转"的运行轨迹作如下描绘,也许更完善齐备:

其一,顺境—小逆境—大逆境(即突转性的逆境);

其二,逆境—小顺境—大顺境(即突转性的顺境)。

另外,关于"突转"一词的译名,笔者亦感到尚有规范化的必要性。鉴于"突转"造成的情节发展往往与观众的预料猜测相反,所以称"逆转"未尝不可。还有些学者采用"转变""突变"之类的名称,因不违背亚里士多德原文中的基本含义,自然亦不无道理。但推敲之下,笔者以为仍以"突转"一词最为准确妥当。因为它既能彰显"突发性、突然性"的那层含义("逆转"或"转变"一词明显缺乏此层含义),又强调突出了某种"变化":"转"中必然有"变",而"变"中未必一定有"转"(尤其是"大转"),就像某些无碍大局的细微变化那样。因此较之"突变"一词更胜一筹。

## 二、"发现"与"突转"在古希腊戏剧中的运用

在视"情节"为戏剧核心要素的亚里士多德那里,"发现"与"突转"的问题与"情节"须臾不能脱离。由此他能够敏锐地从对"情节"之简单或复杂的分类中,深入探讨"情节"与"发现"或"突转"的关系。即如其在《诗学》第十章里所指出的:"情节有简单的,有复杂的;因为情节所模仿的行动显然有简单与复杂之分。所谓'简单的行动',指按照我们所规定的限度连续进行,整一不变,不通过'突转'与'发现'而到达结局(指由逆境转入顺境,或者由顺境转入逆境的结局)的行动;所谓'复杂的行动',指通过'发现'或'突转',或通过此二者而到达结局的行动。但'发现'与'突转'必须由情节的结构中产生出来,成为前事的必然的或可然的结果。两桩事是此先彼后,还是互为因果,这是大有区别的。"① 笔者以为,亚里士多德在这里其实已经道出了"发现"或"突转"与"情节"之间的三种构建模式:其一是只有"发现"而无"突转",亦即没有引起"突转";其二是只有"突转"而无"发现",亦即引起"突转"的原因并不在

---

① 亚里士多德. 诗学 [M]. 罗念生,译. 北京: 人民文学出版社,1962: 32.

于"发现";其三则为既有"发现"又有"突转"。

亚里士多德在《诗学》第十八章里将悲剧划分为复杂剧、苦难剧、性格剧和穿插剧四种类型时,亦同样关注到"发现"与"突转"的问题。他强调指出,复杂剧完全靠"突转"与"发现"构成(笔者对此理解为"突转"与"发现"构成"复杂剧"),但"复杂剧"中可能还有其他"成分"。比如,最重要的成分首先即为"发现与突转"(亚里士多德这里将两者合为一个成分),其次是"苦难",再次是"性格",最后是"穿插"。"穿插"最不重要,但"穿插"若挑选、安排得当,也可以构成一出不错的戏剧。如欧里庇得斯悲剧《特洛亚妇女》中的"穿插",均与王后赫卡柏的"苦难"有密切关系。一部戏剧里可能运用上述四个成分,或者只利用四个成分中的两三个。如,《伊菲革涅亚在陶洛人里》中便运用了四种成分:它属于一出"复杂剧",其中有"发现"与"突转",但剧中也有"苦难"(指俄瑞斯特斯面临被杀献祭之危险),也有"性格"(俄瑞斯特斯选择死,即甘愿被杀献祭),还有"与主人公相结合"的"穿插"。①

根据亚里士多德上述关于"简单情节"(或"复杂情节")与"发现"(或"突转")之间存在多样化关系的论述,我们可以通过考察大量古希腊戏剧(尤其是悲剧),从中梳理归纳出运用"发现"或"突转"的几种主要类型。

其一,既没有"发现"也没有"突转",如埃斯库罗斯的悲剧《普罗米修斯》。该剧主要剧情为宙斯当初依赖普罗米修斯的帮助,推翻父亲克洛诺斯而获得王权。掌权后他变得专横暴虐,仇视并欲毁灭人类。同情人类的普罗米修斯盗取天火给人类,并偷偷传授人类各种生产与生活技能。其行为触怒了宙斯,宙斯派遣暴力神、强力神与匠神,将其缚于高加索山崖,让嗜血的苍鹰每天啄食其肝脏以示惩戒。匠神虽于心不忍,但慑于宙斯淫威而无奈从命。暴力神、强力神和匠神离去后,普罗米修斯不禁为自身招致宙斯的残酷迫害而长叹。河神的女儿们(她们组成该剧的歌队)闻声前来关切询问,普罗米修斯向她们讲述了遭受宙斯惩罚的缘由。懦弱的河神前来劝说普

---

① 亚里士多德. 诗学 [M]. 罗念生,译. 北京:人民文学出版社,1962:59—60,60—61(注释④).

罗米修斯屈服，甚至表示甘愿替他向宙斯求情，但被普罗米修斯坚决拒绝。疯癫的少女伊俄漂泊至此，应河神女儿们请求讲述了自己的不幸遭遇。宙斯爱上她并时常在她梦中显现，伊俄父亲按照神示将女儿变成一头母牛并驱逐出门。伊俄为躲避嫉妒成性的天后赫拉的迫害而四处漂泊。普罗米修斯告知伊俄未来的命运：她将忍受无数苦难地继续漂泊，到达并定居尼罗河边，届时宙斯会使她恢复理智并生下一子，那个儿子将会重返希腊成为一代贤明国王。普罗米修斯也道出了自身的命运：暂时不能摆脱苦难，除非宙斯结婚，那桩婚姻将会使宙斯得到一个远比自己强大的儿子而将他推翻；伊俄的第十三代子孙赫拉克勒斯将会来解救普罗米修斯。伊俄为躲避牛虻的蜇刺又匆匆离去。神使赫耳墨斯奉命前来强迫普罗米修斯讲出牵系宙斯未来命运的那个秘密：宙斯与哪位女神结合，将会被女神所生的儿子推翻？普罗米修斯宁愿忍受巨大痛苦绝不向宙斯低头屈服，于是被打入地狱。剧情中既没有什么"发现"（普罗米修斯没有向宙斯泄露危及其王权的那个"秘密"），也没有出现悲剧主人公普罗米修斯，从备受磨难的逆境（困境）转入自由解放的顺境的一次"突转"。

其二，只有"发现"而没有"突转"，如埃斯库罗斯的悲剧《奠酒人》（《俄瑞斯特斯》三部曲之二）。受太阳神阿波罗神示，当年因父亲阿伽门农被母亲克吕泰墨斯特拉谋杀而避祸逃亡在外，如今长大成人重返家乡阿耳戈斯的俄瑞斯特斯，在父亲坟头献祭自己的一绺头发。姐姐厄勒克特拉由父亲坟前的头发及脚印，猜测可能是弟弟俄瑞斯特斯来了。但并未凭此"标志"而断定弟弟还活着。她与俄瑞斯特斯相认的理由在于：俄瑞斯特斯自己先表明了身份，并提示"那绺头发"与厄勒克特拉头发完全吻合、自己身穿厄勒克特拉亲手织成的披篷，以及披篷上厄勒克特拉刺绣的动物图案。这些物件叠合起来可谓证据确凿，于是姐姐与弟弟的相认顺理成章。

其三，只有"突转"而没有"发现"，如米南德唯一完整流传的新喜剧《古怪人，或恨世者》。该剧剧情为高贵青年索斯特拉托斯对农民克涅蒙女儿一见钟情，但克涅蒙的怪异性格构成其爱情的最大障碍。作为一位内心忧郁、性情孤僻的老农民，克涅蒙认为世人皆只为自己活着的自私自利者，厌恶所有人而喜欢离群索居。其身上融合多种因素的怪异性格：自视清高、鄙视他人、粗鲁暴躁、贪婪吝啬、固执倔强、喜好猜忌。一个偶然性因素使得剧情发生"山重水复疑无路,柳暗花明又一村"式的"突转":第四幕里克涅蒙不慎落入水井,为戏剧冲突的化解带来了转机。继子戈尔吉阿斯不计前嫌,奋不顾身跳入井中搭救。此外,搭救者还有在井边负责拉绳的索斯特拉托斯。他们的真诚搭救令克涅蒙甚为触动,真切感受到人与人之间的关爱,克服了古怪偏执、孤僻离群的怪拗脾性,于是他同意将妻子和继子戈尔吉阿斯接回家中共同生活,同时爽快允诺患难相识的索斯特拉托斯与自己女儿的婚事。

其四,既有"发现"又有"突转",且两者之间构成可然律或必然律的因果性关联,如欧里庇得斯的悲剧《伊昂》。该剧主要剧情是阿开亚国王克苏托斯娶了雅典女王克瑞乌萨为妻。克瑞乌萨有一桩不为人知的秘密:年轻时曾被太阳神阿波罗强暴而生下一个男婴,遗弃山洞后的男婴被阿波罗神庙女祭司收养,成人后担任看管神庙的仆役。克苏托斯与克瑞乌萨婚后多年不育而来神庙求嗣。克苏托斯得到的神示是"出庙后碰到的第一个人将成为其子",克苏托斯祈祷后遇到的第一个人便是这个仆役,因而认其为子,并为其取名"伊昂(意思是'他走出来的时候遇着的')"。克瑞乌萨所得神示则为"无法生育"。出于对丈夫的嫉妒她想杀掉伊昂,但其酒里下毒之事败露,遭到追捕并被判处死刑。克瑞乌萨无奈之下躲避于神庙祭坛,伊昂追来欲杀克瑞乌萨。此时收养伊昂的女祭司手持一只摇篮出现,向伊昂讲出当年捡到弃婴内情,交付摇篮里包裹伊昂的襁褓以作为寻母线索。一旁的克瑞乌萨意外发现"摇篮"正是自己当年弃婴时所用的摇篮,在伊昂"摇篮内装有什么"的询问下,讲出装有一件自己亲手织成的婴儿服等分毫不差的实物,证据确凿,原本处于仇杀矛盾冲突中的两人摒弃前怨,母子团聚。剧中情节发展的关键环节在于伊昂身份的"发现",即他正是克瑞乌萨所生的那个儿子弃婴。此"发现"遂使剧情陡然间发生相关人物从逆境到顺境的"突转"——从筹划杀掉对方的冤家变成失散重逢的母子,堪称由"发现"引致"突转"的一个成功范例。

## 三、"发现"与"突转"在元杂剧中的运用

中国古典戏剧(戏曲)历史悠久、源远流长,以其独具华夏民族特色、自

成一派体系的"戏曲"艺术著称于世。尽管这座博大精深、浩瀚深邃的文化宝库里，不乏诸如"生、旦、净、末、丑""当行、本色、冲场、吊场、砌末、收煞"等形形色色的专用术语，但若要搜寻有关"发现"与"突转"的阐述，结果未免不尽如人意。我们很难找出相关专门术语，仅仅能从某些戏剧理论家的散言碎语中，约略窥见"发现"与"突转"朦胧、模糊的面影。

推究而论，"发现"与"突转"在以元杂剧为代表的中国古典戏剧（戏曲）中的这种无其"名"而又有其"实"现象，或许并非仅仅属于中国古典戏剧（戏曲）所特有的一种艺术景观。现实生活中常见这样一类饶有趣味的事情：一个孩子呱呱降生，其父母由于望子成龙或望女成凤之心切，搜肠刮肚地要为他（她）起一个响亮动听的名字而未得，于是很可能把"命名"事宜暂时搁置一段时间。但人们显然不能因这个婴儿暂时无"名"，便断然否定其作为一个鲜活生命个体的客观存在。纵观中外文学史亦不乏此类无"名"而有"实"的典例。如19世纪30—90年代兴盛于欧洲文坛、成就斐然的批判现实主义文学思潮流派，其时并未有一个正式"名称"，只是到了20世纪初才由苏联文学奠基人高尔基提出，为大家普遍接受并约定俗成下来。当然，中国古典戏剧（戏曲）中存在着的许多无"名"而有"实"现象，主要又是与古典戏曲艺术自身发展的历史，尤其是古典戏曲艺术的发展同作为其升华的戏剧美学理论的发展之间不合常规的"非协调性"倏然相关。众所周知，中国古典戏剧（戏曲）的产生较之于欧洲要晚许多：欧洲早在古希腊时代就迎来了一个戏剧艺术高度成熟并空前繁盛的壮观景象，而中国古典戏剧（戏曲）的真正成熟是直到元代，以元杂剧为显著标志。作为戏剧艺术之升华的戏剧美学理论的产生及其发展亦然：欧洲在其第一次戏剧艺术高潮之后不久，就诞生了对其创作实践进行及时总结、精辟概括且富有创新性和体系性，能够对后世戏剧艺术发展产生持久深远影响力的戏剧论著——亚里士多德的《诗学》；而中国戏剧（戏曲）美学理论的初步成熟，已是在元杂剧衰落许久的明清时代。

一般来说，在一种成熟的戏剧艺术形态产生之后，通常总会伴随而来有关的理论性研究，并出现与之相应的较为成熟的戏剧美学理论。但中国古典戏剧（戏曲）艺术与戏剧理论研究之间的发展却呈现出一种整体上不合常规的"非协调性"——成熟形态的戏剧艺术，在中国并未能出现与之相应的理论性研究及其戏剧美学理论。作为成熟形态的中国戏剧所经历的元代杂剧、明代传奇、清代地方戏三个阶段，仅仅在其中间阶段出现过局部性的接轨贴合，此即明代传奇时期戏曲创作同戏曲理论批评得到较为密切的结合。中国传统的戏剧（戏曲）理论研究，多散见于各式各样的笔记、诗歌、文章、序、跋之中，专门性的论著甚少。即使到了属于中国戏剧（戏曲）理论较为繁盛的明清时代，出现了徐渭探讨南戏源流与发展的《南词叙录》、王骥德的全面阐述戏曲音律问题的《曲律》等。这些戏剧理论成果尽管不乏真知灼见，依旧如散金碎玉般不成体系，仍未摆脱评点式的稚嫩状态。真正改变中国戏剧美学理论稚嫩状态的，当推李渔的集中国古代戏剧（戏曲）理论之大成的《闲情偶寄》的问世。

　　作为一位具有丰富戏剧创作实践和舞台演出经验的清代戏剧家，李渔广泛汲取了前人的理论成果，联系当时戏曲艺术的创作现状，并紧密结合自身的实践经验，在"词曲部"和"演习部"里对戏曲理论予以较全面系统的总结和阐述。《闲情偶寄》由此得以成为中国古代戏剧（戏曲）理论发展史上最富有概括性、体系性的著作，代表着中国古典戏剧（戏曲）美学理论的最高成就。尽管李渔探索建树中国古典戏剧（戏曲）理论体系的开拓之功不容低估，但他的相当一部分见解与观点，仍旧属于因事而发、就事论事的随笔、偶感与心得，因而显得较为凌乱、重复；有时难免蜻蜓点水，仅仅看到外表现象，未及深入更本质性的探究。李渔对"发现"与"突转"问题的认识及其阐述便是如此——即使是在《闲情偶寄》这样一部集中国古典戏剧（戏曲）理论之大成的论著中，李渔令人遗憾地未能就"发现"与"突转"问题，展开比之以往更清晰准确地阐释。它所能给予人们的，充其量还是"犹抱琵琶半遮面"式的暗示。具体来说，"发现"一词可参见李渔《闲情偶寄》"词曲部·小收煞"里的一段论述："宜作郑五歇后，令人揣摩下文，不知此事如何结果。……戏法无真假，戏文无工拙，只是使人想不到、猜不着，便是好戏法、好戏文。猜破而后出之，则观者索然，作者赧然，不如藏拙之为妙矣。"[1] 虽然李渔主要针对戏剧的"悬念"而论，但这里提及的对

---

[1] 李渔. 闲情偶寄［M］//中国戏曲研究院. 中国古典戏曲论著集成（7）. 北京：中国戏剧出版社，1959：68.

"想不到、猜不着"的"下文"的"猜破",在语言形式上与"发现"还是大致存在着某种对应性——当然其含义却大相径庭:李渔所言含义乃指观众对事件内幕的预先知晓。此大概是我们在中国古典戏剧理论中所能够找到的、与亚里士多德所谓"发现"关系似乎最贴近的一个对应性概念术语了。涉及"突转"的相关论述,则散见于明清时期祁彪佳、毛纶等某些戏剧理论家的偶感与点评,诸如"水穷山尽之后,偏宜突起波澜"①"格局之妙,令人且惊且疑"②"一转再转,每于想穷意尽之后见奇"③"迩来词人(指撰写曲词的剧作家),每喜多其转折,以见顿挫抑扬之趣。不知太多,领观者再索一解未尽,更索一解,便不得自然之致矣"④"愈转愈妙,愈出愈奇,斯其才大手敏,诚有不可及者"⑤。一言以蔽之,中国古典戏剧(戏曲)理论的相对滞后,造成"发现"与"突转"以及其他许多戏剧概念术语,在中国古典戏剧(戏曲)中的无"名"而有"实"现象。

尽管中国古典戏剧(戏曲)理论中缺乏"发现"与"突转"的专门术语,但其作为中国古典戏剧(戏曲)家惯常运用的结构布局、安排情节的重要叙事技巧,却是一种无可辩驳的客观存在。换言之,"发现"与"突转"虽然不直接存在于中国古典戏剧(戏曲)理论中;但倘若就具体创作实践而论,可以说中国古典戏剧(戏曲)家们实际上早已经在自觉或者不自觉地运用此叙事技巧,并且业已取得相当良好的艺术效果。这一特点,在随后我们将列举出的成功运用"发现"与"突转"的大量元杂剧作品便是最好佐证。

纵览以元杂剧为代表的中国古典戏剧(戏曲)宝库,我们能够看到并且应当承认,元杂剧中首先同样也存在着既无"发现"也无"突转"的一类剧作。如关汉卿的历史剧《单刀会》,该剧故事背景为赤壁之战后魏、蜀、吴

---

① 李渔. 闲情偶寄[M]//中国戏曲研究院. 中国古典戏曲论著集成(7). 北京:中国戏剧出版社,1959:69.
② 祁彪佳. 远山堂曲品·檀扇[M]//中国戏曲研究院. 中国古典戏曲论著集成(6). 北京:中国戏剧出版社,1959:43.
③ 祁彪佳. 远山堂曲品·轩辕[M]//中国戏曲研究院. 中国古典戏曲论著集成(6). 北京:中国戏剧出版社,1959:58.
④ 祁彪佳. 远山堂曲品·翡翠钿[M]//中国戏曲研究院. 中国古典戏曲论著集成(6). 北京:中国戏剧出版社,1959:58.
⑤ 隗芾,吴毓华. 古典戏曲美学资料集[M]. 北京:文化艺术出版社,1992:306.

三国各据一方，东吴鲁肃做保将荆州借与刘备，以图共拒曹操之大业。刘备以荆州为根据地，占领西川，形成三国鼎足之势，委派关羽镇守荆州。鲁肃为讨回荆州设下三条计策，以邀请关羽过江赴宴为名，欲采取软硬兼施手段迫使关羽交还荆州。隐士司马徽和国公乔玄得知此事后极力反对，但鲁肃不听劝告而依旧按计行事。关羽早已猜出鲁肃的醉翁之意，在做好充分的应对之策后，身背青龙偃月刀，率领几个随从，驾一叶小舟过江赴会。宴席之上关羽义正词严、据理力争、英勇果断、先发制人，挫败鲁肃的阴谋凯旋。从主人公关羽的视角来看，没有什么"发现"（双方对这场宴会的"鸿门宴"性质均心知肚明），亦未发生"突转"——尽管鲁肃的自我构想很好，但其可行性甚微，剧中前两折通过乔国老与司马徽之口，已经对其计策给出否定性答案，鲁肃自己恐怕也不敢抱有太大希望，更多出于某种侥幸心理罢了。而事件发展的结果更在关羽的预料与掌控之中，没有且也不可能发生让关羽由胸有成竹、气宇轩昂的顺境跌入束手就擒、交还荆州的尴尬狼狈之逆境的"突转"。

以下就让我们来全面扫描一番，"发现"与"突转"大量运用于元杂剧中的各种情形。

其一，只有"发现"而没有"突转"。如关汉卿的《哭存孝》、郑光祖的《倩女离魂》、石君宝的《秋胡戏妻》、无名氏的《认父归朝》等。

《哭存孝》剧情为后唐君主李克用的养子李存孝遭受奸佞李存信、康君立谗害蒙冤屈死的一段史实。李存信、康君立趁李克用酒醉时阿谀奉承，将邢州推给李存孝镇守，而把李存孝攻克的潞州窃为己有。李存孝偕夫人邓氏前往邢州后，李存信与康君立为免除后患设下毒计：先假传圣旨让李存孝恢复原名"安敬思"，随后向李克用告发李存孝恢复原姓乃出于心怀不满、图谋叛乱。李存孝为辨明真相前来求见父王。李存信趁李克用酒醉说出"我五裂莨迭"（蒙古语"我醉了"）之言时，假传圣旨将李存孝五马分尸。李克用酒醒后传唤存孝，方知其已遭虐杀。于是一面向前来哭诉的儿媳邓夫人赔礼道歉，一面查明真相，斩杀李存信、康君立。剧中李存孝处于从顺境向逆境（即遭受谗言而一步步走向他人设计下的死亡陷阱）的发展进程中，即使父王酒醒后"发现"其冤情，却早已无济于事（父王酒醉之际他已被假圣旨问斩），也没有发生扭转其朝着避免屈死成鬼的相反情势发展的"突转"。

《倩女离魂》剧情为张倩女与书生王文举由父母指腹为婚。张母嫌弃王生没有功名，让倩女以"兄妹"相称，待王生科举及第再行完婚。王生启程赴京，倩女魂魄离开躯体而半道追上并一路相伴。留在家中的倩女躯体则恹恹成疾、病入膏肓。一举及第的王生携倩女魂魄衣锦还乡后，倩女的魂魄与躯体合而为一。剧中的"发现"发生于衣锦还乡后的王生意外知晓，赴京途中与入京以来一直陪伴自己的竟然是一个鬼魂。但此"发现"并未导致剧情发生一次改变他与倩女一世姻缘的"突转"。

《秋胡戏妻》剧情为罗大户女儿罗梅英嫁给寡妇刘氏之子秋胡为妻。新婚三日秋胡被征从军，梅英在家侍奉婆婆、艰难度日。财主李大户胁迫无力偿还粮债的罗大户同意将女儿改嫁于他，其上门逼婚遭到梅英严词拒绝。从军十年、因屡立战功升任中大夫的秋胡"给假还家省亲"，途经桑园邂逅正在采桑的梅英。阔别十年的夫妻之间彼此互不相识，秋胡百般调戏遭到梅英横眉痛斥。回到家中的梅英发现朝思暮盼的丈夫，竟然正是刚才在桑园碰见的无耻之徒，于是坚决要求与之断绝夫妻关系（一再讨要休书而欲离开秋胡）。最终拗不过婆婆以死苦劝而勉强与秋胡相认。剧中无疑有双方夫妻关系的一次"发现"，但并没有剧情发展走向夫妻分裂（只能说险些造成）的"突转"结局。

《认父归朝》剧情为二十年前北番定阳王刘武周手下大将尉迟敬德降唐，撇下三岁儿子尉迟保林由院公宇文庆抚养。刘武周之子刘季真收养保林为子，取名刘无敌，学成十八般武艺。刘季真命无敌领十万雄兵攻唐，临行前养父宇文庆告知隐情，交给他其父敬德当年留下的一条水磨鞭以为凭证。老将军敬德奉旨与无敌对阵厮杀，无敌佯败至僻静处讲明实情并拿出物证，父子相认，随后无敌返回敌营擒拿番将刘季真归顺唐朝。剧情中最关键的环节在于刘无敌真实身份的"发现"，但此"发现"没有引起剧情向相反（背离无敌认父意愿）的情势发展的"突转"。

其二，只有"突转"而没有"发现"。如白朴的历史剧《梧桐雨》，该剧主要剧情为"安史之乱"前后唐明皇与杨贵妃悲欢离合的爱情故事。安禄山因未能完成平叛任务，幽州节度使张守圭本欲将他斩首，惜其骁勇而押至京城问罪。明皇召见并授之渔阳节度使，镇守边廷。天宝十四年（755年）七月七日贵妃与明皇举杯欢宴、对天盟誓。此时安禄山叛乱并逼近京城，明皇携贵妃仓皇入蜀。军队驻扎马嵬坡时发生骚乱，龙武将军陈玄礼奏请明皇诛杀祸国殃民的杨国忠以泄民愤，明皇依言而行。军队仍不肯前行，陈玄礼又奏请诛杀媚惑君王的杨贵妃。明皇在哗变军队重压之下只能忍痛割爱，令高力士将杨贵妃带到佛堂自尽。肃宗收复京都后，太上皇（明皇）闲居西宫，悬挂贵妃画像朝夕追思。一天夜里明皇梦中与贵妃相见，却被梧桐雨惊醒。追忆往日与贵妃欢爱的情景而不禁惆怅万分。剧中"安史之乱"这一意外事件的发生，导致了唐明皇与杨贵妃之间的帝妃之恋发生由厮守恩爱到生离死别的"突转"，但其中并无"发现"的缘故使然。

其三，既有"发现"又有"突转"，且两者之间构成可然律或必然律的因果性关联。此类剧作在元杂剧中为数颇多，诸如关汉卿的喜剧《救风尘》、马致远的历史剧《汉宫秋》、白朴的爱情喜剧《墙头马上》、郑廷玉的讽刺喜剧《看钱奴》、孟汉卿的公案剧《魔合罗》等。

《救风尘》剧情为汴梁妓女宋引章原本与穷秀才安秀实倾心相爱，来自郑州官宦门第（其父官居"同知"）的纨绔子弟商人周舍，以虚情假意骗取宋引章欢心。安秀才求助热心肠的妓女赵盼儿苦口劝阻，但宋引章仍旧执迷不悟地嫁给周舍。结果一到郑州周舍家里，便遭周舍百般虐待。宋引章后悔不迭，捎信向母亲及赵盼儿火速求援。出于对同门姊妹的真切同情和乐于助人的侠义热肠，赵盼儿决心"以其人之道还治其人之身"，即抓住周舍好色且贪财的致命弱点，定下以风月手段（即卖弄风情）智斗周舍的锦囊妙计，并捎信告知宋引章配合策应。赶来郑州的赵盼儿使出风月场上惯用解数，又是醋意大发（指对周舍娶宋引章而未娶她嫉妒不满），又是山盟海誓要嫁与周舍，甚至甘愿将自行带来的美酒、熟羊和红罗（这些通常都是谈婚论嫁的新郎准备的订婚礼物）一并献上。赵盼儿宁可赔本也要嫁给周舍的许婚，诱使头脑发热、神魂颠倒的周舍当场写下丢弃宋引章的一纸休书。脱离虎口的宋引章跟随赵盼儿火速返回汴梁，但途中被省悟过来的周舍追上。诡计多端的周舍一把撕毁从宋引章手中骗来的休书而企图抵赖。然而再狡猾的狐狸也斗不过好猎手：赵盼儿对此早有防范，交给宋引章的不过是她事先备下的一张假休书。历经劫难的宋引章与憨厚忠实的安秀实幸福结合。因鸡飞蛋打恼羞成怒的周舍，强词夺理地状告赵盼儿"设计混赖我媳妇"。安秀才按照赵盼儿事先吩咐，状告周舍"强夺他人之妻"，赵盼儿则以保亲人身份出面作证。郑州守李公弼主持公道，判定宋引章与安秀才"夫妻完聚"，周舍则落得杖打服役的惩罚。显然，该剧中甚为关键的"发现"，在于周舍意识到写下休书乃中计上当，而骗得休书为宋引章的脱离虎口提供了最有力的法律保障，宋引章的个人命运由此发生了一次从惨遭蹂躏的绝境（"逆境"）转为喜结良缘、开始爱情生活的顺境之转危为安的"突转"。

《汉宫秋》剧情为平民出身的绝色女子王昭君被选入宫，因其当初家贫而不肯贿赂中大夫毛延寿，被其故意点破图形而打入冷宫，不得近幸。汉元帝一天夜晚巡宫，为昭君幽怨琵琶声吸引而一见倾心，召入后宫封为明妃。畏罪潜逃的毛延寿向匈奴呼韩邪单于献上昭君图，单于大兵压境索要昭君。满朝文武不能与汉元帝分忧解难，昭君无奈请求和亲以息边患。灞陵桥上汉元帝恋恋不舍为之送行，昭君行至番汉交界处投江而死。单于见昭君既死，不愿与汉朝结怨，派人押解毛延寿回汉。元帝于凄清秋夜听声声雁叫，思念明妃，浮想联翩，情不能已。该剧中关键性的"发现"，乃毛延寿隐瞒实情（故意点破美人图）的内幕之败露，与此发生关联的两次"发现"，则是昭君绝代佳人的庐山面目先后为汉元帝和单于所知晓。这些"发现"引起昭君两次人生命运的"突转"：第一次是由逆境转向顺境，即从冷宫失宠到得宠封妃；第二次则是由顺境转入逆境，即被迫无奈地离开恩爱有加的元帝而和番拟嫁单于，于番汉交界处投江自杀。

《墙头马上》剧情是唐高宗即位仪凤三年，颁旨工部尚书裴行俭去洛阳"挑选奇花异卉，和买花栽子（官府向百姓平价购买花苗），趁时栽接"。年事已高的裴尚书奏请由儿子少俊代办。李千金父亲李世杰当年任京兆留守时，曾与裴尚书议结儿女婚姻，后因讽谏皇后武则天谪贬洛阳总管，致使亲事搁置下来。三月初八这天，李千金透过自家后花园墙头观赏花景之际，碰巧遇见策马经过的少俊，彼此一见钟情。借助仆人张千与丫鬟梅香互传诗简，约定当夜后花园里幽会。少俊逾墙赴约来至李千金闺房时被嬷嬷发现，嬷嬷提出两人出走、留待日后少俊得官认亲的权宜之计，李千金遂当夜跟少俊私奔去了长安。少俊瞒着父母让李千金隐居裴府后花园书房，过了七年夫妻生活，生下一双儿女（儿子端端和女儿重阳）。清明时节少俊与母亲祭祖，公差颇多而居家甚少的裴尚书因"心中闷倦"去后花园散心，顺便想到书房了解一下儿子学业近况的功课，因撞见端端与重阳而发现儿子私自成婚的隐情,俨然以道学家面目斥责千金乃淫奔倡优。他以玉簪磨针和银瓶汲水相刁难,以瓶坠簪折为由,逼迫儿子将其休弃(少俊瞒着父亲偷偷将李千金送回洛阳李府),一对儿女被尚书留下,少俊则被父亲逼迫当日上朝应举求官。一个原本和谐美满、充满融融亲情的恩爱家庭,就这样被道貌岸然的裴尚书所拆散。状元及第就任洛阳县尹的少俊,找到父母双亡孤寂落寞的李千金,李千金抱怨其休妻之无情而一时不肯相认。随后尚书以"得知千金乃李世杰之女,属于暗合姻缘"为由登门道歉,最后由儿女劝谏,无奈之下的李千金才勉强与公婆及少俊相认(可她心中满含酸楚郁闷,因此破碎家庭虽得团圆,但"有甚心情笑欢娱"?)。剧中有三次"发现":其一,少俊与李千金幽会被嬷嬷察觉,但引致的后果却不是"突转"性质的,因为嬷嬷起到的反倒是推动这桩自由爱情向前发展的撮合剂作用;其二,裴尚书意外得知儿子与李千金私合的隐情,此一"发现"导致二人自由爱情陡然滑向毁灭性打击的"突转"式逆境中,自由爱情构筑起来的爱巢轰然坍塌,妻离子散两相隔;其三,尚书得悉李千金的身份乃洛阳总管李世杰之女,碰巧两家当初曾有议亲,虽然因世事多变而被搁置,但毕竟有那么回事,所以属于合乎情理的一桩"暗合姻缘"。如此说来是名正言顺的事情,换言之,尚书最终愿意接纳李千金为儿媳的理由,恰恰在于契合"父母之命、媒妁之言"的封建婚姻法则。此种"发现"对剧情朝着家庭团圆的向前发展而言,并未起到推动作用——仅仅改变了尚书本人对李千金的个人偏见(原来并非"优人娼女",系出官宦人家),及其对儿子婚姻的评判态度(由拒斥到认可);因为最终迫使李千金与公婆及丈夫少俊相认的决定性因素,乃缘自她对一对儿女日夜牵挂、难以割舍的拳拳母爱亲情。她其实并没有原谅丈夫的懦弱薄情,从根本上讲更不会亦不可能与专横虚伪、冷酷无情的裴尚书握手言和。正是儿女端端与重阳的一番哭诉,方才撼动了李千金那颗倔强不屈之心,改变和扭转了双方争执不下的僵局。循此而论,李千金与公婆相认除却母爱力量的强大牵引外,更有几分难以言说、徒唤奈何的无奈与酸楚。

讽刺喜剧《看钱奴》主要剧情是,为上朝应试而举家外出、穷途潦倒的秀才周荣祖,在酒店避寒时由账房先生陈德甫做保人,将儿子长寿卖给贪婪吝啬的暴发户贾仁。十年后的一天,同在东岳庙歇息的周荣祖夫妻与长寿之间发生冲突,周荣祖妻子忽患心口疼而来至药铺,巧遇身为药铺老板的陈德甫。知情人陈德甫挑明真相，长寿的真实身份得以彰显，失散多年的周家父子终得团圆。剧中第四折里长寿真实身份的"发现"，依据剧情发展的线索与逻辑而言，无疑是周荣祖夫妻于药铺巧遇知情人陈德甫。而此"发现"直接引致坎坷多难的周家一次命运的"突转"：由当年穷途潦倒、卖子分离到如今的父子相认、破镜重圆。即如剧尾灵派侯强调的："若不是陈德甫仔细说分明，怎能勾周奉记父子重相会。"

公案剧《魔合罗》主要剧情是，李德昌为避祸外出南昌经商，返家途中避雨城外将军庙时染风寒病倒，托付同来庙里避雨的高山（卖泥塑魔合罗的货郎）捎话给妻子刘玉娘。高山问路时先遇到李德昌堂弟李文道，道出李德昌经商赢利且染病滞留将军庙的事情。李文道一向行为不端，屡次调戏嫂子刘玉娘未果。出于霸占嫂子与贪图钱财的歹心赶往庙里，以探望治病为由让李德昌服下毒药。高山找到刘玉娘时，送给孩子一个泥塑魔合罗（泥塑底座下有"高山塑"三个字）以作为自己曾来传信的见证。刘四娘将已昏迷无法言语的丈夫接回家不久，李德昌便七窍流血死去。李文道以刘四娘犯有奸情、与奸夫合谋毒死丈夫为由，逼迫其私了（即不向官府告发，但要刘四娘改嫁于他）。刘四娘坚决不从，被李文道状告法庭。贪官污吏草菅人命，刘四娘屈打成招，被判死罪而打入死牢。新任河南府尹王大人复审后维持原判，吩咐押送刑场斩首。六案都孔目张鼎遇见不住流泪、戴着枷锁的刘四娘，隐约感觉其中"必然冤枉"，遂拦住询问情由。张鼎提出五大疑点：第一，死者经商所带的十锭银没有着落（被谁收了）；第二，寄信人没有着落（谁是送信者）；第三，奸夫没有着落（谁与被告刘四娘私通）；第四，合毒药人没有着落（死者所服毒药是谁下的）；第五，合谋人没有着落（谁是合谋人）。府尹限张鼎三日内破案。张鼎审问刘四娘时，询问张千"明日是甚日"，张千答复"明日是七月七"，由此提醒了刘四娘，记起"当（去）年正是七月七，有一个卖魔合罗的寄信来；又与了我一个魔合罗"。张鼎发现泥塑底下的"高山塑"，传信人由此浮出水面。提审高山时，张鼎得知其见刘四娘前先遇到一个兽医。刘四娘道出兽医乃小叔子李文道且叔嫂不和的内情。至此，张鼎对案情真相已胸有成竹，定下勘案妙计——诈称"老相公夫人"喝下李文道所开药方后中毒身亡，抓住李文道急于为自己开脱罪责的心理，诱使他答应将罪责栽赃到自己父亲身上，随后传唤李文道父亲李彦实，告知其子李文道状告他犯有杀人罪。气愤不过的李父无意中泄露了儿子李文道药杀哥哥李德昌的秘密。案情真相水落石出，刘四娘得以昭雪平反，李文道死罪处斩。剧中有两次重要的"发现"：一是寄信人高山被查询到，直接导致真正凶犯李文道的浮出水面；二是张鼎以相公夫人服药身死为幌子，抓住李文道开拓罪责心理，导演了李家父子的一场"窝里斗"，诱使李父道出儿子药杀哥哥的隐情，凶手身份及血案真相由此大白于天下。这一"发现"使刘四娘发生从屈打成招、险些问斩的绝境（逆境），陡然转入申冤昭雪、化险为夷的顺境中的"突转"。这里，剧作家对于"发现"与"突转"的处理，符合情节发展与人物思想性格的内在逻辑。

关汉卿乃元代最杰出戏曲家，钟嗣成《录鬼簿》将其列为群英之首，贾仲明补作挽词而进一步首肯其"梨园领袖、编修师首、杂剧班头"的至尊地位。其《窦娥冤》《望江亭》等剧作脍炙人口，历来被公认为代表元杂剧最高成就的珍品。纪君祥《赵氏孤儿》的显赫地位亦无须多言：孟称舜在《古今名剧合选·酹江集》中曾慨叹此剧"非大作手，不易办也"；日本近代学者青木正儿则称许："此剧其事既佳，而结构亦紧密不懈，曲词遒劲，又能适合其内容，总该把它列为杰作之一。"王国维更是在其《宋元戏曲史》里盛赞道："元则有悲剧在其中……其最有悲剧性质者，则如关汉卿之《窦娥冤》，纪君祥之《赵氏孤儿》，剧中虽有恶人交构其间，而其蹈汤赴火者，仍出于其主人翁之意志，即列之于世界大悲剧中，亦无愧色也。"① 而王实甫的《西厢记》，通过铺叙青年书生张君瑞和相国小姐崔莺莺"待月西厢下"所衍生出的一段情事，吟唱出"愿天下有情人皆成了眷属"的伟大爱情主题，成为"天下夺魁"的不朽爱情喜剧。我们这里再精心滤取《赵氏孤儿》《窦娥冤》《望江亭》《西厢记》四部剧作为例证，其对于元杂剧以及中国古典戏曲的代表性无须赘言。

《赵氏孤儿》故事背景是春秋时期晋国权佞屠岸贾陷害忠良，将老臣赵盾满门抄斩，唯有襁褓中的孙儿（"赵氏孤儿"）一脉尚存。剧中以意欲斩草除根的屠岸贾为一方，不惜身家性命保护孤儿的程婴、公孙杵臼、韩厥等忠

---

① 王国维. 宋元戏曲考［M］//王国维戏曲论文选. 北京：中国戏剧出版社，1984：85.

臣义士为另一方，展开了一场曲折惊险、摄魂夺魄的"搜孤"与"救孤"的殊死较量。剧中牵一发而动全身的关键环节聚焦于"孤儿"真实身份的"保密"——针对屠岸贾及孤儿而言，若屠岸贾早已发现此秘密并杀掉孤儿，也就不会有这出名扬中外的大悲剧了！该秘密一直拖延到孤儿长大成人的二十年后，才由程婴以图卷形式吐露出来。这一人物关系的"发现"敲响了权佞屠岸贾的丧钟，也为那场腥风血雨的忠奸斗争最终画上了一个完满的句号：得悉内情的"孤儿"遂奏明主公并奉令擒拿奸贼，报仇雪冤！

《望江亭》主要剧情是写花花太岁杨衙内觊觎寡妇谭记儿的美色，风闻她与秀才白士中（后中状元，赴任潭州县令）缔结良缘，便欲加害。皇帝偏听偏信其诬告而颁下"标取白士中首级"的敕书与势剑金牌，杨衙内奉旨一路赶来问罪。值此危急关头，谭记儿于中秋之夜巧扮风流渔妇"张二嫂"，在望江亭上将好色贪杯的杨衙内及其走卒拨弄得神魂颠倒，趁势智赚（"调包"）势剑金牌与敕书。次日杨衙内闯入县衙欲拿白士中治罪，不料发现手中武器——势剑金牌和敕书，早已不翼而飞。此"发现"使威风凛凛、不可一世的钦差陡然间沦为尴尬狼狈的被告，不得不摇尾乞怜，而白、谭夫妇则转危为安、化险为夷。

由上述已经列举的元杂剧作品中，我们可以了解"发现"的种类及其使用的多样化特征。换言之，即使是在同一部戏剧中，剧作家可能会多次使用"发现"。如白朴的爱情喜剧《墙头马上》中有三次"发现"：裴、李幽会被嬷嬷察觉、裴尚书意外知晓儿子私自成婚的隐情、尚书得悉李千金乃洛阳总管李世杰之女的身份。《望江亭》中前后亦写了几次"发现"：杨衙内把假"渔妇"谭记儿的暗送秋波当成自己的"情场得意"，此属于一种错误的"发现"；杨衙内在公堂上意外"发现"手中武器（势剑金牌和敕书）不翼而飞；垂头丧气的"落汤鸡"杨衙内，最终"发现"风流"渔妇"正是县衙夫人谭记儿本人！导致剧情发生"突转性"效果的"发现"，我们不妨称为"大发现"，如亚里士多德所谓"能同时引起'突变'的那种'发现'"；其余那些"发现"则可称为"小发现"。如《望江亭》中前后两次"发现"属于"小发现"，中间那次"发现"堪称"大发现"。由此考究剧作家应在戏剧情节发展哪个环节上运用"发现"最为适宜的问题，便简单明晰多了。一般说来，那些"小发现"大都设置于戏剧开头、剧情发展中间阶段等，

"大发现"则更多安排于戏剧高潮阶段（往往与结局临近）。

《西厢记》中的"突转"，无疑应是"赖婚"，即已故相国之妻崔夫人悍然抵赖将女儿许配张生的承诺，突然改变口吻让崔莺莺对张生"以兄妹相称"。该场戏发生在第二本第四折，属于全剧中的第八折。就崔莺莺与张生二人爱情发展而言，"赖婚"之前的七折剧情里尽管屡有波澜，但总体上属于上升阶段（即"顺境"）。而此"突转"，给早已彼此互有情意的一对恋人不啻当头泼了一桶凉水，使之顿然惊慌失措、一筹莫展，也委实令观众瞠目结舌、始料不及。

《窦娥冤》中窦娥的短暂一生，可谓深陷于痛苦与不幸的无底深渊：三岁丧母，七岁被父亲卖给蔡婆婆当童养媳，十五六岁成婚后不久夫亡守寡；继而受到流氓无赖张驴儿的无耻纠缠，被其诬陷为毒死张父的杀人犯；公堂之上遇到的偏偏又是贪赃枉法的昏庸法官桃杌，无人为她主持公道，其结果只能是屈打成招、含冤问斩。至此，窦娥的生活遵循着苦上加苦的轨迹（属于逆境）。而"突转"发生于她死后的最后一折戏里：她以超自然的"冤魂显灵"的特殊告状模式，提醒了中举及第而荣任提刑肃政廉访使，身兼"随处审囚刷卷，体察滥官污吏"并可"先斩后奏"之职责权利的父亲窦天章重审案卷，最终澄清事实，为自己昭雪申冤（属于顺境）。如果换一位西方古典戏剧家来写，其套路肯定会止于窦娥赴刑问斩的第三折，不大可能为死后的窦娥专门安排如此一种鬼魂显灵、清官重审、冤案昭雪的喜剧式收场。此即普遍存在于中国古典悲剧作品中的所谓"大团圆"式结局。出现这种"大团圆"式结局的原因固然很多，其利弊优劣亦见仁见智，在此不另赘述。但这里须强调的一点是，如果说这种独特结局，赋予了包括元杂剧在内的古典戏曲（尤其悲剧）独具中国特色的一种"突转"模式，恐怕并非言过其实。

通过观瞻成功运用"突转"的元杂剧，我们大致可以总结出剧作家运用"突转"时应遵循的基本规律与适用性原则。

其一，"突转"的设置即在剧情中的"位置"问题。"突转"究竟应该用于情节发展哪一个阶段最为适宜，不能一概而论、强求一律；而应根据每部剧作情节发展的具体情况予以不同设置。如《西厢记》是在中间稍后（第四折"赖婚"），《窦娥冤》则将"突转"推迟至结尾，即窦娥蒙冤屈死的三年之后。

其二,"突转"应当既出人意料之外而又合乎情理之中。因为一方面,"突转"如不能超出人们的通常意料之外,恐会落入平庸无奇之俗套而难以动人心魄、引人入胜;另一方面,"突转"若悖逆情理,则可能蹈滑稽荒诞之覆辙而不足以令观众信服。这里要想做到合乎情理,关键点在于"突转"须牢牢地以人物性格为依托。如果说人物性格的发展逻辑是"土壤","突转"便是生长于这片沃土之上的一株奇花异草。剧作家如果脱离人物性格发展的内在逻辑,仅仅为求"突转"而故意兜圈子绕弯子,结果只能是弄巧成拙,背离生活真实与艺术真实,缺乏经得起推敲的艺术生命力。

其三,应恰当处理"突转"与"铺垫"之间顺承嬗递的关系。任何一种类型戏剧,其情节发展"由顺境至逆境"或者"从逆境到顺境"的转变,就其总体格局而言,均属于渐次进行即所谓"渐变"的节奏模式,剧情发展呈现为由量变到质变即从"渐变"至"突变"的嬗变轨迹。此"渐变(量变)"相对于"突转(质变)"而言,即人们通常强调的"铺垫"。没有"铺垫"难以有"突转","铺垫"是"突转"的前提与基础,"突转"则为"铺垫"合乎逻辑的发展结果。故而如何恰当处理"突转"与"铺垫"之间顺承嬗递之关系,尤其显得重要。正如李渔谆谆告诫的那样(属于其创作经验之谈):"每编一折,必须前顾数折、后顾数折。顾前者,欲其照应;欲后者,便于埋伏。"①《西厢记》则堪称中国古典戏曲中,巧妙处理"突转"与"铺垫"关系的一部典范性剧作。该剧中的"突转"无疑应是"赖婚"(当然此前还有一次"突转"为莺莺的"赖简"):即崔夫人悍然抵赖原先准允女儿许配张生的承诺,而突然改让莺莺对张生"以兄妹相称"。该场戏发生在第二本第四折,属于全剧中的第八折。在它之前七折的剧情,就二人爱情发展来看乃处于上升阶段(即"顺境"),但其间也小有波澜。而这些波澜,恰恰正是剧作家王实甫为"赖婚"一折的大波澜(即"突转")所做的必要而有力的铺垫。一是从老夫人的"贯串性动作"(指人物对某事物或问题的一贯态度与表现)来看。她对莺莺是暗遣女仆红娘"行监坐守",可谓时刻监视、处处防范,唯恐女儿做出什么不轨之事来。自然对女儿与张生的那种

---

① 李渔.闲情偶寄[M]//中国戏曲研究院.中国古典戏曲论著集成(七).北京:中国戏剧出版社,1959:16.

"自由恋爱",根本不放在眼里,反而嗤之以鼻、横加指斥。由此说来,老夫人的恪守封建礼教、看重出身门第,正是其后来翻脸赖账的思想根源所在。二是从"寺警"(即"白马解围")与"赖婚"的顺承关系来看。《寺警》一折写叛将孙飞虎兵围普救寺,欲强行霸占莺莺,否则将对寺庙内的所有人进行杀戮。莺莺提出如有人能退敌解围、情愿结秦晋之好的计策,无计可施的崔母无奈之下只能同意。这里,剧作家非常明确地在向观众表明,崔母的许婚极其勉强,完全是出于被迫无奈的(而非主动的)。因为堂堂相国府三代不招白衣女婿,怎能想象招赘个落魄秀才?仅仅因一场不期而至的大难临头,火烧眉毛,权且先保全性命要紧,其他的一切尚可暂容后图。正是在这种心理驱动下,老夫人遂降格以求。所以一俟贼兵退去大难消解,她就很快恃权仗势,自食其言,悍然赖婚(仅允许两人存在"以兄妹相称"的关系)。可见,老夫人的"赖婚"行为早已有所蓄意,是有着一定心理准备的;贴合其思想、情感发展的内在逻辑性,因此绝非出于那种一时心血来潮式的偶然举动。

## 四、元杂剧与古希腊戏剧重视运用"发现"与"突转"探因

以元杂剧家为代表的中国古典戏剧家在重视并使用"发现"与"突转"方面,为什么会与以希腊为代表的西方古典戏剧家不约而同、不谋而合?这种共同现象究竟属于神使鬼差般的偶然巧合,还是自有其现实生活渊源与戏剧艺术内在规律使然?

无论"发现"还是"突转",均不是作家的凭空杜撰,而是来源于生活,是对社会现实生活的真实反映。诸如失散多年的亲人之间,意外发现彼此间存在着特定血缘亲属关系而重逢团圆的生活事例,可谓司空见惯;或者先前不为人知的某些隐秘,在一定条件下得以浮出水面、真相大白。同样,"突

转"之类的事情在现实生活中亦不乏其例。① 日常生活中人们耳熟能详的一类成语、格言等，诸如"破釜沉舟，置之死地而后生""天无绝人之路""车到山前必有路""山重水复疑无路，柳暗花明又一村"等，均属于对人们身陷困境乃至绝境之际获得一线转机的"突转"的形象化表述。

我们再从戏剧艺术自身内在规律性视角，来简要解析元代杂剧家与古希腊戏剧家们重视运用"发现"与"突转"的根由。

先来谈一谈"发现"问题。以元杂剧与古希腊戏剧为代表的中西古典戏剧家们之所以在结构布局、安排情节时每每要使用"发现"这一叙事技巧，一言以蔽之，归因于剧中存在着为人们（剧中人或观众，以前者为主体）尚不知晓、但对剧作家而言必须选择合适的时机（即剧情发展进程中某一重要环节、关键点上）向人们披露与挑明的、某些特定人物关系以及事件内幕。亚里士多德在《诗学》中曾提出"结"与"解"这两个重要概念："一部悲剧由结和解组成。剧外事件，经常加上一些剧内事件，组成结，其余的剧内事件则构成解。所谓'结'，始于最初的部分，止于人物即将转入顺境或逆境的前一刻；所谓'解'，始于变化的开始，止于剧终。"② 笔者以为，剧中尚未被人们知晓的某些特定人物关系以及某些事件内幕，其实便堪称剧作家在剧情中精心设置下的最大且最重要的"结"，而"发现"正是此"结"被"解"不可或缺的中介与途径。

从叙事学视角而论，依据戏剧故事情节发展过程中的谋划者（如《窦娥冤》中筹划毒死蔡婆婆的市井无赖张驴儿，《伊菲革涅亚在陶洛里人中》里意欲将"外乡人"俄瑞斯特斯作为祭品杀掉的神庙女祭司伊菲革涅亚等）、当事人（如上述剧中主要人物甚至主人公——滞陷痛苦与不幸深渊的青年寡妇窦娥、险遭姐姐误杀的迈锡尼王子俄瑞斯特斯等）和观众三方对于"内

---

① 这里试以体育比赛为例，简要说明日常生活中屡见不鲜的"突转"情形。NBA赛场上常常出现两队打得难分难解，比分胶着上升，仅有一两分之差的激烈情形。就在裁判即将吹响终场哨声之际，忽然出现某位球员以高难度动作或者从超远距离投中一球，比赛胜负的天平刹那之间发生出人意料的"突转"：整个比赛进程中可能分数一直领先的球队，在比赛结束前最后几秒钟里遭遇对方球队的这种绝地大反击，无奈地将胜利拱手让出。这种时常出现的"压哨球"现象，正是NBA球场吸引观众观赏比赛、扣人心弦的魅力所在。
② 亚里士多德．诗学［M］．陈中梅，译．北京：商务印书馆．1996，131．

幕"的知晓程度，我们大致可划分出四种类型：第一种，谋划者知晓，观众也知晓，唯独当事人毫不知晓；第二种，谋划者知晓，观众并不知晓，当事人更不知晓；第三种，谋划者知晓，观众也知晓，当事人竟然同样知晓；第四种，谋划者不知晓，观众也无从知晓，当事人更不知晓。其中，第三种情形不复存在任何"秘密"可言，果真如此，值得观众不辞辛劳到剧院观赏的艺术吸引力将大打折扣；第四种情形仅有一定的理论参照价值，推敲之下其与剧情发展悖逆而显得不合情理，因为总得有人在谋划，使得总会有人（当事人）遭受蒙蔽欺瞒甚至伤害毁灭，所以从客观事实与情理逻辑上推断难以成立！简言之，第三、四种类型不适宜于戏剧艺术。

那么，剧作中的"结"在情节发展进程中"发现"来临之前，究竟是对剧中人物与观众暂且都"保密"好，还是仅仅对剧中人物暂且"保密"更妥当呢？应当说两种"保密"情形均存在。第一种所谓"对剧中人物与观众暂且都保密"，即将观众与剧中人物都蒙在鼓里，使之如坠迷雾之中茫然不知，暗中探索。如布瓦洛所言："要结得难解难分，把主题重重封裹，然后再说明真相，把秘密突然揭破，使一切顿改旧观，一切都出人意料，这样才能使观众热烈地惊奇叫好。"① 第二种所谓"仅仅对剧中人物暂且保密"，即让剧中人物之间在不知不觉中形成扭结（各种纠葛），而观众对此一目了然。如狄德罗所言："（对剧中人物而言）应该让他们在不知不觉中构成扭结；应当使他们对一切事情都猜测不透；使他们走向结局而毫未料及。……可以使所有角色互不相识，但须让观众认识所有的角色……对观众来说，应该让他们对一切都了如指掌。让他们作为剧中人的心腹，让他们知道发生了什么事情，正在发生什么事情，而在更多时候，最好把将要发生的事情也向他们明白交代。"② 两种做法孰最可取呢？亚氏肯定后者，如他在《诗学》中强调："当时不知情，事后才发现。如欧里庇得斯的《伊菲革涅亚在陶洛里人中》，伊菲革涅亚及时发现俄瑞斯特斯是她弟弟。"③ 狄德罗借助比较，更推崇后者："由于守密，剧作家为我安排片刻的惊讶；可是由于把内情透露给我，

---

① 布瓦洛. 诗的艺术（修订本）（第2版）[M]. 任典, 译. 北京：人民文学出版社，2009：34.
② 狄德罗. 狄德罗美学论文选 [M]. 北京：人民文学出版社，1984：171.
③ 亚里士多德. 诗学 [M]. 罗念生, 译. 北京：人民文学出版社，1962：46.

他却引起我长时间的焦虑……对刹那间遭受打击而表现颓废的人，我只能给以刹那间的怜悯，但假如打击不是立刻发生，假如我看到雷电在我或者别人头顶上聚集而长时间地停留于空际不击下来，我将会有怎样的感觉？"① 狄德罗的身感体同无疑十分正确而合理，因为它更符合一般人的观剧心理：希望剧作有清晰明了的情节、脉络分明的线索、环环相扣的悬念（所谓"结"），自始至终牵系他们欲知分晓的期待视野与"解谜"心理，直至帷幕落下。正因如此，古今中外的戏剧除专以追求惊险刺激、骇人听闻甚或离奇怪诞效果为能事——诸如西方近代的"巧凑剧"和当代的"荒诞派戏剧"，以及以案件破解为核心剧情的"公案剧"等少数几类戏剧形式外（多属于对观众同样保密的第二种类型），一般均采取只对剧中人"保密"的模式（即选择"当事人不知晓"的第一种类型）。

既然如上所述，剧中人多为剧作家蒙在鼓里，人物之间彼此不知底细（只有观众通晓内情），那么如何自然巧妙地使用"发现"，就成为衡量剧作家安排情节、结构布局之艺术性高低优劣的一个重要标尺！难怪元杂剧家与古希腊戏剧家们如此这般地重视与青睐"发现"了。

再来简要谈一谈"突转"问题。亚里士多德在《诗学》中，认为戏剧应具体包括六个成分：结构、性格、思想、文词、歌曲和布景。他将结构摆在第一的显赫位置，《诗学》中从第七章至第十八章均为专门探讨结构问题的，属于现存全书中分量最重、篇幅最多的部分。由此足以看出，亚氏对结构的推崇备至。亚氏还认为剧作结构之中尤以"突转"最为关键，由此我们又不难窥见亚氏对"突转"问题的极端重视。

"突转"之所以备受亚氏以及后来其他中西古典戏剧理论家，以及以元杂剧和古希腊戏剧为代表的中西古典戏剧家们不约而同的高度重视，推究而论，与其较之"发现"富有自身独具的艺术功能有很大关系。概括来说，"突转"主要具有以下两方面的独特艺术功能。

其一，有助于揭示、挖掘人物性格和表现、深化剧作的主题意蕴。因为适逢"突转"之际，往往便是戏剧矛盾冲突发展至激化喷发的高潮，而高潮恰恰总是人物性格得以最充分彰显、主题思想得以最集中展现的时机。

---

① 狄德罗. 狄德罗美学论文选［M］. 北京：人民文学出版社1984，171.

其二，可造成戏剧情节的曲折多变、跌宕起伏、一波三折，获得出奇制胜的戏剧性效果。常言道，斗转星移，始可见东方欲晓之奇景；风谲云诡，方显出波涌浪翻之壮观；抑扬顿挫，往往金声而玉振，山重水复，每每柳暗而花明。就戏剧而言，唯其有了"突转"，遂使戏剧情节的发展富有一种动态中的"曲线美"：时而像"山从人面起，云傍马头生"的奇峰凸显，时而又似"山随平野尽，江入大荒流"的幽谷蜿蜒。如此若石径穿云、盘桓迂行，于"山塞疑无路"之绝处，达"弯回别有天"之妙境。而每每为剧中人及观众始料不及的一百八十度逆向重大变异的那种"突转"，常常发生于矛盾冲突异常尖锐激烈的关节上，可谓雷声骤鸣、波澜突起，能造成观众"或先惊而后喜，或始疑而终信，或喜极、信极而反致惊疑"①，因而最富于那种出奇制胜、撼人心魄的强烈戏剧性效果。

本章笔者对"发现""突转"分别进行的探究，仅是出于行文论述的方便。实际上，两者之间有着难以分割的内在联系。正如亚里士多德推崇的那样，发现如同时引起突变（亚氏将此亦称为"发现与突转的拍合"），那是最好的形式，早已相当明确地指出了两者之间的内在逻辑性联系，即由于"发现"而引起"突转"，前者为因，后者为果，两者构成明显的因果嬗变关系。统究大量中西古典戏剧作品在艺术上的成功之处，可以说在很大程度上，往往与剧作家注意妥善处理并写出具有因果关联的"发现"与"突转"密不可分。这里不妨通过列举几个具体事例，再来简要审视一下"发现"与"突转"之间的内在因果性联系。古希腊悲剧《俄狄浦斯王》中，正是由于俄狄浦斯"身世"的发现，才使得这位贤明国君陡然由顺境跌入逆境，不得不为"杀父娶母"的罪责而承受毁灭性的惩罚：刺瞎双眼、放逐他乡。元杂剧《汉宫秋》中至为关键的一次"发现"，乃是毛延寿隐瞒实情（故意点破美人图）的隐情败露，与此发生关联的另外两次"发现"，则是昭君绝代佳人的庐山面目先后为汉元帝和单于的知晓。这些"发现"引起王昭君人生命运的两次"突转"。

此外，笔者深感尚有一个问题值得人们关注与思考："发现"与"突转"

---

① 李渔.闲情偶寄［M］//中国戏曲研究院.中国古典戏曲论著集成（7）.北京：中国戏剧出版社，1959：69.

在《诗学》中，虽然主要是被亚氏作为戏剧结构布局、安排情节的叙事技巧（亦即"形式"因素）予以探讨的，但又并非单纯属于形式方面的问题。亚里士多德在《诗学》第六章里，强调悲剧构成的六个成分（形象、性格、情节、言词、歌曲、思想）中，"最重要的是情节，即事件的安排；因为悲剧所模仿的不是人，而是人的行动、生活、幸福；悲剧的目的不在于模仿人的品质，而在于模仿某个行动；剧中人物的品质是由他们的'性格'决定的，而他们的幸福与不幸，则取决于他们的行动。他们不是为了表现'性格'而行动，而是在行动的时候附带表现'性格'。因此悲剧艺术的目的在于组织情节（亦即布局），在一切事物中，目的是至关重要的。悲剧中没有行动，则不成其为悲剧，但没有'性格'，仍然不失为悲剧。……一出悲剧，尽管不善于使用这些成分，只要有布局，即情节有安排，一定更能产生悲剧的效果。……此外，悲剧所以能使人惊心动魄，主要靠'突转'与'发现'，此二者是情节的成分。……因此，情节乃悲剧的基础，有似悲剧的灵魂"①。这里亚氏实际上在不知不觉中，又把"发现"与"突转"看作构成戏剧情节的某种内容因素来探讨。这种似乎彼此有些矛盾的见解，其实涵盖着某种深刻的辩证性内核，是很有一些道理的。事实上也常常的确如此，因为无论"发现"或"突转"，就全剧结构而言，它们乃为整个情节发展链条上必不可少的重要环节，堪称某某场面或细节；而若具体就剧中人物关系来看，它们往往是某一组外部或内心动作的总称，隶属于某种"行动"。如果我们将戏剧情节结构比喻为一个完整的圆，那么"发现"与"突转"，便是该圆环上不可分割的某段"圆弧"。这里"形式"本身便等同于"内容"。换言之，"发现"与"突转"其实已经成为戏剧内容（即故事情节）中无法剥离的一个有机组成部分。所以，我们在推崇主要作为结构布局、安排情节之重要叙事技巧的"发现"与"突转"的前提下，不妨也将其视为戏剧的某种内容因素，这样的认识或许能避免片面极端而更趋于全面辩证。

---

① 亚里士多德. 诗学 [M]. 罗念生，译. 北京：人民文学出版社，1962：21—22.

# 结 语

在"引论"中,笔者首先尝试对中西方叙事学理论进行一番追根溯源,详尽阐述了戏剧艺术兼容"代言体"与"叙述体"等多种因素的综合性特征,强调戏剧艺术并非只有"代言体","叙述体"亦为其不可或缺的重要组成部分,进而借助对元杂剧与古希腊戏剧文本体制的解析,具体考察与辨析了中西古典戏剧艺术中实际存在的叙述体及其叙事性的特征。本书通过梳理戏剧叙事学的发展历程,指出已有一些学者日益关注戏剧领域中的叙事问题,并且进行了卓有成效的研究。诸如郭英德、刘彦君、苏永旭等学者关于中国戏曲叙事性、早期东西方戏剧叙事的相近特性、戏剧叙事学等问题的一系列论文,周宁、陈建森、董上德等学者在探究戏剧话语模式、元杂剧演述形态、戏曲与小说叙事共通性等问题的一些论著。总体说来,诸多学者的相关研究对于戏剧叙事艺术的整体性把握可谓成就斐然,令人钦佩,但就戏剧叙事艺术中更为具体细化的叙事技巧问题则涉及较少。众所周知,叙事学试图探究和解决的核心问题,不在于"作品说了什么"(即故事内容的要素),而在于"作品怎样说"(即铺叙故事的形式要素)。从本质而言,叙事并非故事的一种静态的呈现和反映过程,而是故事的讲述者通过故事文本而与故事的接受者之间形成的一种动态的双向交流过程。必须依赖某种媒介作为载体,借助某些叙事技巧,才能实现故事的叙述和传播这一叙事目的及其叙事效果。因此单就戏剧艺术范畴来讲,叙事技巧作为铺叙故事的形式因素,对于戏剧艺术而言具有不可或缺的重要作用。笔者看到,尽管以往某些学者对叙事技巧问题有所关注,但大多限于对个别作家作品的零散化探究,针对中国以及中西方古典戏剧叙事技巧的专题性与比较性研究尚为缺乏。有鉴于此,笔者尝试借鉴、吸纳叙事学有关理论与当前戏剧叙事学的相关研究成果,运用比较的研究方法,注重整体把握之宏观研究与文本解读之微观研究两者的有机结合,遴选以元杂剧为代表的中国古典戏剧和与古希腊戏剧为代表的西方古典戏剧作为研究对象,从"停叙""幕后戏""预叙""发现与突转"四个论题切入,以解读戏剧文本为依据,就元杂剧与古希腊戏剧叙事技巧问题,展开专题性的比较研究。

纵观古今中外剧坛,哪一位富有艺术追求且心系观众的戏剧家,不曾为如何演述戏剧中的故事而煞费苦心呢?无论谁写戏剧,总是无法脱离、规避对一个或多个故事的演述——就在某时、某地、某人(或某些人)身上,发生了某一(或某些)事件!叙事对于戏剧何其重要,而承载并完成这一叙事重任的主要"角色"便是多种多样的叙事技巧。这是戏剧家们之所以必须依赖并使用叙事技巧的根本缘由。如果说中西方两种不同体系的戏剧艺术,在题材上的相同可能带有很大的巧合、暗合的偶然性因素,那么在戏剧叙事技巧方面的相似甚至类同(尽管可能在名称术语上未必相同一致),则绝非纯粹的偶然性所致。以元杂剧与古希腊戏剧为代表的中西方古典戏剧家们在使用许多叙事技巧上的不谋而合,揭示出的正是某些具有普遍性的戏剧创作规律。而大量运用某些叙事技巧的成功剧作,无疑是在向人们彰显这些技巧乃属于契合戏剧叙事规律的行之有效的宝贵经验,是促使戏剧艺术从稚嫩走向成熟的关键因素,体现出关汉卿、王实甫、纪君祥与埃斯库罗斯、索福克勒斯、欧里庇得斯等众多中西古典戏剧家在戏剧叙事学领域的可贵探索与重要实绩。

笔者探究的几种叙事技巧之间,并非彼此隔绝、各行其道,而往往具有一定的内在关联。比如,"发现"与"突转"之间多构成某种因果性联系(即因发现而引致突转);"幕后戏""预叙"之间则构成某种逻辑性联系:均属于对舞台空间与时间上截然有别的两种处理方式——"幕后戏"对于舞台空间的处理,是有意规避正面与直接的舞台展示,而是隐遁于舞台空间之外,仅仅借助剧中人物的叙述予以间接暗示;"预叙"则是在舞台时间处理上巧做文章，对未来某一时间内即将发生的事件给予预先披露。而若从虚拟性与逼真性（即写实性）的表演原则来看，"幕后戏"主要体现出虚拟性的特征——借助人物的叙述而间接暗示，对于观众而言乃是虽可以听到却无法直观的虚拟性的事物（如某些人物、事件、场景等）；而"停叙"与"预叙"、"发现"与"突转"等叙事技巧，则主要体现出逼真性（即写实性）的特征：它们涉及的是需要呈现于舞台之上的直接展示的剧情内容，而且往往也正是吸引观众观赏兴趣的最具有"戏剧性"的那些人物动作、事件、场景等的"当场"搬演，因此从实际构成"幕后戏"之反面的这一角度而论，我们不妨将"停叙""预叙""发现""突转"这些叙事技巧，笼统称为"幕前戏"。所以运用这些叙事技巧的背后，其实正是戏剧家对于舞台时空的灵活驾驭和对于戏剧表演虚实原则的适度调控。

笔者在"引论"部分从文本体制视角解读了元杂剧中存在叙述体尤其叙事性的问题，解读目的旨在辨析并说明戏剧并非只有"独此一家"式的纯粹代言体，代言体之外还融合叙述体（含有明显的叙事性）以及抒情性等多种构成要素。我们应当充分意识到这样一点，戏剧艺术无法完全脱离叙述体以及叙事性成分，然而叙述体以及叙事性成分毕竟不属于戏剧艺术的主体形态。对于元杂剧而言，这种叙述体以及叙事性的成分较为突出，甚至在剧中占有很大比重，其既是一种"特点"，但同时也是一种值得深思的"缺点"。因为刨根问底，这种"缺点"或者更确切地说是"稚拙"，其背后所折射出的，恰恰正是作为戏剧艺术本质特征之一与审美追求核心的"戏剧性"① 的

---

① "戏剧性"是一个众说纷纭、迄今尚难有定论的重要戏剧论题。一般说来，人们对戏剧性的理解有两层含义。其一是指那些由独特的艺术媒介手段所决定的使戏剧区别于其他艺术种类的特性，其二是指能引起戏剧冲突，调动观众观赏兴趣的叙事动力。可以说，戏剧性是评价一部戏剧"有戏"或"无戏"的重要标尺：凡是充分发挥了戏剧特性的戏剧作品，通常说来便具有较强戏剧性（亦即"有戏"）。"戏剧性"的具体表现，诸如规定性戏剧情境、场面的铺设，激烈尖锐的矛盾冲突的设置，情节线索上的环环相扣与因果关联，故事情节的新颖奇特、曲折生动、峰回路转、引人入胜，戏剧悬念的巧妙构设，各种戏剧叙事技巧的成功使用，人物对话的自足性（这里意思是指人物代自己立言，语肖其口，而不应沦为剧作家随意使唤的传声筒，亦即人物被剧作家变成替剧作家"代言"而丧失自身独立性与主体性的傀儡式人物角色）。

某种弱化、消解乃至缺失。戏剧艺术中兼容并蓄的代言性、叙事性、抒情性，与戏剧性之间具有疏密、契合关系各不相同的显著区别。从总体而言，戏剧中的抒情性更多带有"言为心声"的诗词（尤其是抒情诗）传统，这种抒情性越强、在戏剧故事情节中所占比重越大，对"戏剧性"的消解性也就越强。因此，抒情性与戏剧性的关系较为疏远。叙事性则是说唱文学"说书人"（诸如古希腊的游吟诗人荷马、中国古代话本的"说书艺人"等）连说带唱并辅以某些动作表演的叙事模式，在戏剧艺术中的影响痕迹及其变换形式。舞台时空的有限性，决定了戏剧艺术无法做到对现实生活事无巨细、一览无余般全方位、全景式的直观呈现，必须有所取舍，所"取"者置于幕前做"明场"展示，所"舍"者则藏于幕后做"暗场"处理。由此戏剧家对于那些既十分重要，但因种种原因而无法直接在舞台上搬演的某些事件、场景等，只能借助于戏剧人物的叙述予以间接披露。所以，叙事性是很有必要且不可缺少的。但借助人物之口间接暗示，而非由舞台直观展示的这种叙事性手段，在具体使用时需要一种适可而止的分寸与限度，而不能过多甚至滥用。因此，叙事性与戏剧性之间具有了较为直接紧密的对应关系。代言性的装扮，最能充分彰显戏剧艺术以活人（指演员）当场展示给活人看（指观众）的舞台表演的本质特性。因此，以人物的动作（或行动）、对话为主体的代言性扮演，最暗合戏剧艺术的"戏剧性"要求，往往也是剧情中最富有"戏剧性"的"戏眼"和"戏核"部分。所以，代言性与戏剧性之间关系最为直接密切。戏剧艺术的发展规律，正在于遵循日益强化"戏剧性"，而逐渐淡化、削弱甚或消解叙事性以及抒情性的"双向"要求，从稚拙而走向成熟。所以，这种"叙事性"以及"抒情性"很强，尤其强烈到喧宾夺主式地压倒戏剧舞台上人物"代言性"扮演的"戏剧性"的特点，在中西方现代戏剧中则非常少见，也就不难解释了。

根据这一原理不难类推出，本书着力探究的多种戏剧叙事技巧，与代言性、叙事性、抒情性，尤其是与戏剧性之间疏密有别的对应关系了。"停叙"重在抒情言志，尤其某些篇幅很长的人物内心独白时常出现游离规定性戏剧情境之外，挣脱言说者自身的地位身份、生活阅历、文化教养、思想性格等内在逻辑性的"越界"现象。这一特点无疑使得"停叙"与抒情性关系密切，与戏剧性的联系相应较为疏远。"幕后戏"因为采取对某些事件、场景、人物等隐遁幕后，仅仅借助人物之口间接叙述出来的暗场模式，所以与叙事性的关系十分密切，但同时也与戏剧性发生似无实有的一定关联。"预叙""发现"与"突转"，因其均采用将所欲表现对象推置幕前予以直接展示的"明场"模式，与代言性表演如影随形般契合一致，故而它们与吸引观众兴趣、产生扣人心弦、引人入胜的表演与观赏效果之戏剧性关系颇为密切。

本书是笔者数年前曾主持承担的山东省文化厅艺术科学规划项目《中西戏剧创作比较研究》的课题成果之一。

本书撰写过程中，导师吴国钦先生始终给予了学生悉心赐教，师恩难忘；同时亦有幸得到陈建森、左鹏军、吴晟等诸位学长的点拨与指正，在此谨致以最由衷的感谢！

本书的创新性主要体现为：

1. 以往关于叙事技巧的研究，多局限于中国或西方单一层面作家作品的探究，而针对元杂剧与古希腊戏剧叙事技巧的专题性比较研究，在国内学界尚属少见。

2. 对"停叙"的探究富有原创性。"停叙"一词最早出自西方叙述学家论著，但对此概念术语的解释与使用一直语焉不详、模糊混乱。笔者率先撰文在国内学界阐释"停叙"问题，从叙述学角度考察了西方戏剧创作的某种嬗变轨迹。"停叙"论题的提出产生了一定学术影响，除当年被《戏剧·戏曲研究》全文转载外，还可见于：杨国政《试论法国古典戏剧中的显在叙事》曾引用拙文为例证；周靖波在《影视叙事文本特性初探》中则将拙文视为近年来国内展开的戏剧叙事学研究的代表性成果之一。笔者以前期研究成果为基础，在本书中就"停叙"问题予以更全面、深入而缜密的阐释与探究。

3. 就目前学界缺乏或者尚未展开充分探究的某些叙事技巧，诸如"发现""突转""幕后戏""预叙"等，给予富有一定见地的有益探究。

收尾之际尚需说明一点的是，戏剧叙事技巧多种多样，即使是在元杂剧与古希腊戏剧中，其所实际运用到的叙事技巧，肯定亦不止限于本书涉及的这几种。笔者由于学识所限，加之本书篇幅上一定的限制，故此不求面面俱到，而着力就"停叙""幕后戏""预叙""发现"与"突转"问题展开一番探究。这种探究只能算是初步的尝试，更为深入全面的相关研究尚待日后。在此，笔者诚恳地期望能够得到方家学者与广大读者的不吝指教。

# 附 录

## 表一 古希腊戏剧运用"三一律"情况统计表

| 剧目/作者 | 戏剧结构 | 情节（事件） | 时间 | 地点 |
|---|---|---|---|---|
| 《乞援人》（埃斯库罗斯） | 一、进场场；二、第一悲歌；三、第一合唱场；四、第二场；五、第二悲歌；六、第二合唱场；七、第三场；八、第三合唱场；九、退场 | 埃及国王达那奥斯女儿们为躲避逼婚，逃至阿尔戈斯乞援，获得国王佩拉斯戈斯及公民民主表决获得庇护 | 史前时期时间未确指，从剧情看事件发生与持续时间紧凑，不应太长 | 阿尔戈斯海边，岸边有阿波罗等神像，神像前有一祭坛（地点始终未变） |

续表

| 剧目/作者 | 戏剧结构 | 情节（事件） | 时间 | 地点 |
| --- | --- | --- | --- | --- |
| 《波斯人》（埃斯库罗斯） | 一，进场；二，三，第一合唱歌；四，第一场；五，第二合唱歌；六，第二场；七，第三合唱歌；八，第三场；九，退场 | 萨拉米斯战役中入侵者波斯军队惨败而归。剧情主要是作为逃兵及信使的老臣人向波斯王太后报禀惨败情景 | 公元前480年萨拉米斯战役后时间未确指，从剧情看事件不会时间太长 | 波斯都城苏萨王宫前，王宫附近有一座波斯前国王大流士坟墓（地点始终未变） |
| 《普罗米修斯》（埃斯库罗斯） | 一，开场；二，三，进场歌；四，第一场；五，第一合唱歌；六，第二场；七，第二合唱歌；八，第三场；九，第三合唱歌；十，退场 | 普罗米修斯因盗天火给人类，被宙斯派威力神、暴力神和匠神捆绑，高加索山崖受惩，最终被打入地狱 | 神话时代时间未确指，从剧情事件本身诸如被绑、伊奥对话、河神与神使先后劝诱看，时间不会太长 | 高加索山崖（地点始终未变） |
| 《七将攻忒拜》（埃斯库罗斯） | 一，开场；二，第一悲歌；三，进场歌；四，第一场；五，第一合唱歌；六，第二场；七，第二悲歌；八，第三场；九，第二合唱歌；十，第三悲歌；十一，第三合唱歌；十二，退场 | 阿尔戈斯七位将领攻打忒拜的故事 | 史前时期时间未确指，从剧情中事件看时间不会太长 | 忒拜卫城广场，广场上有众神雕像和祭坛（地点始终未变） |

续表

| 剧目/作者 | 戏剧结构 | 情节（事件） | 时间 | 地点 |
|---|---|---|---|---|
| 《阿伽门农》（埃斯库罗斯） | 一、开场；二、进场歌；三、第一场；四、第一合唱歌；五、第二场；六、第二合唱歌；七、第三场；八、第三合唱歌；九、第四场；十、抒情歌；十一、第五场；十二、哀歌；十三、退场 | 希腊联军统帅阿伽门农凯旋当日，被妻子谋杀于浴缸的故事 | 英雄时代，时间未确指，但剧情事件即谋杀本身涉及的时间不会太长 | 阿尔戈斯阿伽门农宫殿前，空场上设有神像和祭坛（地点未变，但有一定灵活性）|
| 《奠酒人》（埃斯库罗斯） | 一、开场；二、进场歌；三、第一场；四、第一合唱歌；五、第二场；六、第二合唱歌；七、第三场；八、第三合唱歌；九、第四场；十、退场 | 奥瑞斯特斯为父亲阿伽门农复仇而杀死母亲及其奸夫埃吉斯托斯 | 史前时期，《阿伽门农》剧后数年时间未确指，从奥来到王宫会合姐姐并成功谋杀母的核心事件本身涉及的时间不长 | 阿尔戈斯阿伽门农墓前，远处靠立着王宫（王宫可出人）（地点未有变化）|
| 《报仇神》（埃斯库罗斯） | 一、开场；二、进场歌；三、第一场；四、第二进场歌；五、第二场；六、第一合唱歌；七、第三场；八、第二合唱歌；九、第四场；十、第一悲歌；十一、第二悲歌；十二、欢送曲 | 杀母后的奥瑞斯特斯被复仇女神追逐而从德尔斐逃至雅典，由雅典娜主持的公民大会审判赦免无罪 | 史前时期，《奠酒人》剧后数年时间未确指，从剧情事件看时间不太长 | （开场至第一场）：德尔斐阿波罗神庙前（可出入神庙）（第二场到最后）：雅典的雅典娜神庙前（地点有明显改变）（德尔斐一雅典）|

续表

| 剧目/作者 | 戏剧结构 | 情节（事件） | 时间 | 地点 |
|---|---|---|---|---|
| 《俄狄浦斯王》（索福克勒斯） | 一、开场；二、进场歌；三、第一合唱歌；四、第一场；五、第二合唱歌；六、第二场；七、第三合唱歌；八、第三场；九、第四合唱歌；十、第四场；十一、退场 | 俄狄浦斯国为消除瘟疫而调查凶手，真相大白而自行惩处 | 英雄传说时代时间未确指，从剧情事件即调查凶上看时间不会太长 | 忒拜王宫前（宫殿可出入）（地点未有变化） |
| 《俄狄浦斯在科洛诺斯》（索福克勒斯） | 一、开场；二、进场歌；三、第一合唱歌；四、第一场；五、第二合唱歌；六、第二场；七、第三合唱歌；八、第三场；九、第四合唱歌；十、第四场；十一、退场 | 忒拜国王克瑞翁企图将遭放逐的俄狄浦斯抓回国，得到雅典国王提修斯庇护的俄狄浦斯在流落地科洛诺斯平静死去 | 英雄传说时代时间未确指，从俄氏流落至科洛诺斯并最终死去，其间有克氏欲抓和雅典王庇护等剧情，以此来看，时间不会太长 | 雅典郊区科洛诺斯圣林前（地点未有变化） |

续表

| 剧目/作者 | 戏剧结构 | 情节（事件） | 时间 | 地点 |
|---|---|---|---|---|
| 《安提戈涅》（索福克勒斯） | 一、开场；二、第一进场歌；三、第一场；四、第一合唱歌；五、第二场；六、第二进场歌；七、第三场；八、第二合唱歌；九、第四场；十、第四合唱歌；十一、第五场；十二、第五合唱歌；十三、退场 | 俄狄浦斯女儿安提戈涅违抗克瑞翁禁令并安葬兄，被抓捕最终自杀 | 英雄传说时代时间未确指，从安氏抗禁令到因自杀剧情看时间不太长 | 忒拜王宫前（人物可出入）（地点未有变化） |
| 《埃阿斯》（索福克勒斯） | 第一幕 一、开场；二、第一进场歌；三、第一合唱歌；四、第二场；五、第二进场歌；六、第二合唱歌；第二幕 七、第三场；八、后开场歌；九、第四进场歌；十、第十一、第三合唱歌；十二、退场 | 希腊联军猛将埃阿斯激之下欲谋害阿伽门侬和奥德修斯而在雅典娜干扰下未果（实际杀死的是一群羊），醒悟后悔过自杀 | 特洛伊战争末期从剧情情事件所持续的过程看，时间不应太长 | 第一幕"开场"至"第三场"特洛伊海岸埃阿斯营帐前 第二幕"后开场"到第四场 荒凉海岸一个偏僻处（地点有明显变化） |

续表

| 剧目/作者 | 戏剧结构 | 情节（事件） | 时间 | 地点 |
|---|---|---|---|---|
| 《厄勒克特拉》（索福克勒斯） | 一、开场；二、进场歌；三、第一合唱歌；四、第一场；五、哀歌；六、第二合唱歌；七、第二场；八、第三合唱歌；九、第三场；十、第四合唱歌；十一、退场 | 奥瑞斯特斯回到故乡与姐姐会合，为父复仇而杀死母亲及其奸夫 | 英雄传说时代，特洛伊战争结束后时间未确指，从奥前来与奥中姐姐会合而杀及其奸夫的剧情事件看，时间不会太长 | 阿伽门农王宫前（人物可出入）（地点未有变化） |
| 《特拉基斯少女》（索福克勒斯） | 一、开场；二、进场歌；三、第一合唱歌；四、第一场；五、第二合唱歌；六、第二场；七、第三合唱歌；八、第三场；九、第四合唱歌；十、第四场；十一、退场 | 妻子得阿涅拉担忧因侍妾伊奥勒斯而失去丈夫赫拉克勒斯之爱而送给丈夫马人涅苏斯血液涂抹的衬袍，赫因此中毒身亡，妻子悔疚自尽 | 英雄传说时代，从剧情中妻子获悉丈夫安然而派人送去衣物，到悔疚人血沾染马人血液，自尽，事件发生时间不会太长 | 特拉基斯赫拉克勒斯家（地点未有变化） |
| 《菲罗克忒忒斯》（索福克勒斯） | 一、开场；二、进场歌；三、第一场；四、第一合唱歌；五、哀歌；六、第二场；七、第二合唱歌；八、第三场；九、退场 | 当年因蛇咬伤被遗弃利姆诺斯岛的希腊将领菲罗克忒斯于战争第十年，被阿基琉斯儿子及赫拉克勒斯劝说返回军中 | 特洛伊战争第十年，从剧情奥德修斯让阿基琉斯儿子涅奥普托勒摩斯出面，又由赫氏劝说菲氏同意返回希腊军中的事件看，发生时间不太长 | 利姆诺斯岛一处崖岸附近有一山洞（人物可出入山洞，主角隐居之所）（地点未有变化） |

续表

| 剧目/作者 | 戏剧结构 | 情节（事件） | 时间 | 地点 |
|---|---|---|---|---|
| 《伊菲革涅亚在奥利斯》（欧里庇得斯） | 一、开场；二、进场歌；三、第一场；四、第一合唱歌；五、第二场；六、第二合唱歌；七、第三场；八、第三合唱歌；九、退场 | 希腊统帅阿伽门农为远征，以骗给阿基琉斯为由骗未女儿，欲作为祭品宰杀献祭神，最终女儿伊被狩猎女神搭救 | 特洛伊战争初期，从剧情看事件发生时间不太长 | 奥利斯海岸希腊军营，阿伽门农营帐外（人物可以出入营帐）（地点未有变化） |
| 《奥瑞斯特斯》（欧里庇得斯） | 一、开场；二、进场歌；三、第一场；四、第一合唱歌；五、第二场；六、第二进场歌；七、第三场；八、第三合唱歌；九、第四场；十、第四合唱歌；十一、第五场；十二、第五合唱歌；十三、退场 | 因杀母而疯癫的奥瑞斯特斯，为反抗公民死刑判决而与女儿海伦及女儿赫尔弥俄涅，到最终奥波罗出面平息奥与墨涅拉俄斯的冲突 | 特洛伊战后若干年从剧情开始于因杀母而疯癫的奥瑞斯特斯，反抗公民死刑判决及与海伦姐姐劫劫持奥涅，到奥及面平息奥与墨涅拉俄斯冲突，时间不长 | 阿尔戈斯王宫（人物可出入），开场奥在舞台后方床上熟睡，为王宫内景，"退场"，里奥及劫持人质在王宫屋顶（地点未变，但有一定灵活性） |

续表

| 剧目/作者 | 戏剧结构 | 情节（事件） | 时间 | 地点 |
|---|---|---|---|---|
| 《赫卡柏》（欧里庇得斯） | 一、开场；二、进场歌；三、合唱歌；四、第一场；五、第二场；六、第二合唱歌；七、第三场；八、退场歌；九、第三合唱歌 | 特洛伊城池沦陷后王后赫卡柏及其子女惨遭宰割或沦落为奴的遭遇 | 特洛伊战争结束时，从剧情涉及的王后赫卡柏及其子女被任意宰割的事件看，时间不会太长 | 色雷斯的克尔松尼西亚海岸希腊兵营里阿伽门农营帐前（人物可以出入营帐）（地点未有变化） |
| 《伊昂》（欧里庇得斯） | 一、开场；二、进场歌；三、合唱歌；四、第一场；五、第二场；六、第二合唱歌；七、第三场；八、第三合唱歌；九、第四场；十、第四合唱歌；十一、退场 | 克瑞乌萨当年为阿波罗所爱而将私生子遗弃，多年后因嫉妒而欲杀丈夫得到的儿子伊昂，最终凭信物认出伊昂是自己儿子，母子得以团圆 | 神话传说时代，从剧情涉及失散多年的母亲克瑞乌萨与儿子伊昂相认的团圆事件来看，发生的时间不太长 | 得尔斐的阿波罗神庙前院，庙前设有一个祭坛（地点未有变化） |
| 《伊菲革涅亚在陶里克人中》（欧里庇得斯） | 一、开场；二、进场歌；三、合唱歌；四、第一场；五、第二场；六、第二合唱歌；七、第三场；八、第三合唱歌；九、退场 | 因避难逃至陶里克的奥瑞斯特斯被抓，险些被身为女祭司的姐姐伊菲革涅亚当作祭品宰杀，最终姐弟相认并设计成功逃走 | 特洛伊战争结束后若干年，从奥瑞斯忒斯险些被品宰菲革涅亚作为祭品宰杀，最终姐弟相认，发生的时间不会太长 | 陶里克海边狩猎女神神庙前院（人物出入庙宇）（地点未有变化） |

续表

| 剧目/作者 | 戏剧结构 | 情节（事件） | 时间 | 地点 |
|---|---|---|---|---|
| 《海伦》（欧里庇得斯） | 一、开场；二、进场歌；三、第一合唱歌；四、第二场；五、第二合唱歌；六、第三场；七、第三合唱歌；八、第四场；九、第四合唱歌；十、第五场；十一、退场 | 帕里斯拐走的是海伦幻影，由此引发战争。真正的海伦被神摄取到埃及，她与战争结束七年后流落到埃及国王墨涅拉俄斯遭遇，设计成功逃离 | 特洛伊战后七年，从剧情海伦与流落至埃及的丈夫墨涅拉俄斯邂逅，设计摆脱埃及国王纠缠而成功逃离的事件而言，发生的时间不会太长 | 尼罗河口埃及王宫前，附近有埃及国王普罗透斯吕墨诺斯父亲之墓（地点未有变化） |
| 《赫拉克勒斯的儿女》（欧里庇得斯） | 一、开场；二、进场歌；三、第一合唱歌；四、第二场；五、第二合唱歌；六、第三场；七、第三合唱歌；八、第四场；九、第四合唱歌；十、第五场；十一、退场 | 伊奥拉奥斯为避欧律斯秀斯迫害，带赫女儿玛卡利亚等逃至雅典，得国王德摩丰庇护。伊奥拉奥斯参加雅典人抗击阿尔戈斯人战斗并获胜 | 英雄传说时代，时间未确指，从剧情计的事件来看，发生的时间不长 | 马拉松的宙斯神庙前，院中立有大祭坛（人物可以出入神庙）（地点未有变化） |

续表

| 剧目/作者 | 戏剧结构 | 情节（事件） | 时间 | 地点 |
|---|---|---|---|---|
| 《厄勒克特拉》（欧里庇得斯） | 一、开场；二、进场歌；三、第一场；四、第一合唱歌；五、第二场；六、第二合唱歌；七、第三场；八、第三合唱歌；九、退场 | 奥瑞斯特斯回到阿尔戈斯找到已婚配阿尔戈夫的姐姐，设计合力杀母及奸夫埃吉斯托斯，完成替父亲复仇重任 | 特洛伊战争结束后若干年，时间未确指，复仇事件应为当天，开场厄勒克特拉说："昨夜我到了父亲的墓。" | 阿尔戈斯边境一所农舍前（厄勒克特拉家，人物可出入农舍）（地点未出现变化） |
| 《请愿妇女》（欧里庇得斯） | 一、开场；二、进场歌；三、第一场；四、第一合唱歌；五、第二场；六、第二合唱歌；七、第三场；八、第三合唱歌；九、第四场；十、第四合唱歌；十一、退场 | 阿尔戈斯七位阵亡将领的母亲来们携子女以及侍女。向国王提修斯请愿，要求安葬亡灵，最终获准 | 英雄传说时代，时间未确指，从剧情涉及国王女请愿到安葬阵亡七将士、事件发生的时间不会太长 | 埃琉西斯的得墨忒尔母女庙宇前，中央有祭坛 1. 第4场队伍走向火葬地 2. 退场欧阿德涅站在丈夫火葬堆上方一块悬岩上 （地点有明显更换） |

续表

| 剧目/作者 | 戏剧结构 | 情节（事件） | 时间 | 地点 |
|---|---|---|---|---|
| 《疯狂的赫拉克勒斯》（欧里庇得斯） | 一、开场；二、进场歌；三、第一合唱歌；四、第一场；五、第二合唱歌；六、第二场；七、第三合唱歌；八、第三场；九、退场 | 英雄大力士赫拉克勒斯陷入一时疯癫而虐杀了妻儿，醒悟后勇敢自救 | 英雄传说时代时间未确指，从剧情赫氏发疯虐杀妻儿，醒悟后自救事件看，发生时间不太长 | 忒拜王宫前，宫殿前有一座带有阶的宙斯祭坛（地点带有阶的有改变） |
| 《腓尼基妇女》（欧里庇得斯） | 一、开场；二、进场歌；三、第一合唱歌；四、第一场；五、第二合唱歌；六、第二场；七、第三合唱歌；八、第三场；九、第四合唱歌；十、第四场；十一、退场 | 俄狄浦斯两个儿子血拼，母亲在前任欲加劝止，见到儿子两败俱亡后痛苦自尽，俄则被国王克瑞翁驱逐 | 英雄传说时代时间未确指从剧情两子血拼、母亲自尽，及俄遭克瑞翁驱逐事件看，发生时间不会太长 | 忒拜王宫前（地点未有改变） |

续表

| 剧目/作者 | 戏剧结构 | 情节（事件） | 时间 | 地点 |
|---|---|---|---|---|
| 《美狄亚》（欧里庇得斯） | 一、开场；二、进场歌；三、第一场；四、第一合唱歌；五、第二场；六、第二合唱歌；七、第三场；八、第三合唱歌；九、第四场；十、第四合唱歌；十一、第五场；十二、第五合唱歌；十三、退场 | 美狄亚被丈夫遗弃，国王驱逐之下备起抗争，设计报复情敌、国王及丈夫，杀死两个儿子而驾马车逃离 | 英雄传说时代，时间未确指，从剧情美狄亚在驱逐绝境下复仇事件看，国王面临丈夫遗弃，发生时间不太长 | 美狄亚住宅前（人物可出入）（地点未有改变） |
| 《希波吕托斯》（欧里庇得斯） | 一、开场；二、进场歌；三、第一场；四、第一合唱歌；五、第二场；六、第二合唱歌；七、第三场；八、第三合唱歌；九、退场 | 希波吕托斯被继母暗恋，表白后遭到拒绝，以自杀制造羞受辱的假象诬陷希波逗继母，这种报复导致希氏被父冤枉而屈死 | 英雄传说时代，时间未确指，从剧情继母向继子示爱遭拒，自尽施以诬陷报复，导致其蒙冤屈死事件看发生时间不会太长 | 特罗曾王宫前（人物可出入）（宫门可打开，展示王宫内景）（地点未有改变） |

续表

| 剧目/作者 | 戏剧结构 | 情节（事件） | 时间 | 地点 |
| --- | --- | --- | --- | --- |
| 《瑞索斯》（欧里庇得斯） | 一、进场歌；二、第一场；三、第一合唱歌；四、第二场；五、第二合唱歌；六、第三场；七、第三合唱歌；八、第四场；九、第四合唱歌；十、退场 | 色雷斯国王瑞索斯驰援特洛伊，驻扎赫克托尔营帐附近，雅典娜吩咐希腊军师奥德修斯当夜偷袭杀死他 | 特洛伊战争期间时间未确指，从剧情瑞索斯驰援特洛伊、被奥德修斯当夜偷袭而身亡时间看，发生时间不长 | 特洛伊人军营中赫克托尔营帐前（人物可出入）（地点未有改变） |
| 《特洛伊妇女》（欧里庇得斯） | 一、开场；二、进场歌；三、第一场；四、第一合唱歌；五、第二场；六、第二合唱歌；七、第三场；八、第三合唱歌；九、退场 | 战后特洛伊遭遇人牵割遭遇（集中写海伦将被丈夫押回海伦、王后赫卡柏孙被杀，赫卡柏和特洛伊妇女们为奴将被带离故土 | 特洛伊战争结束后时间未确指，从剧情看，后赫卡柏又特洛伊妇女任由希腊人宰割事件看，发生的时间不太长 | 特洛伊城下希腊军营（人物可出入营帐）（地点未有改变） |
| 《独目巨人》（欧里庇得斯） | 一、开场；二、进场歌；三、第一场；四、第一合唱歌；五、第二场；六、第二合唱歌；七、第三场；八、第三合唱歌；九、退场 | 奥德修斯在战争结束后返乡途中流落至西西里岛，被巨人囚禁山洞，最终设计烧瞎巨人眼睛而成功逃离 | 特洛伊战争结束后数年时间未确指，从剧情流落被巨人抓进山洞，设计烧瞎巨人眼睛事件看，发生的时间不太长 | 西西里埃特纳山脚一个岩洞外（人物可出入山洞）（地点未有改变） |

续表

| 剧目/作者 | 戏剧结构 | 情节（事件） | 时间 | 地点 |
|---|---|---|---|---|
| 《酒神的伴侣》（欧里庇得斯） | 一、开场；二、进场歌；三、第一场；四、第一合唱歌；五、第二场；六、第二合唱歌；七、第三场；八、第三合唱歌；九、第四场；十、第四合唱歌；十一、第五场；十二、抒情歌；十三、退场 | 酒神借助化装成外邦人士，遭安菟禁令其监禁，对敬奉他的人们施以报复性的惩罚，最终赢得人们的俯首称臣 | 英雄传说时代时间未确指，从剧情化装外邦人士的酒神遭监禁，对不敬酒神的人们施以惩罚性报复，令信徒臣服的事件来看，发生的时间不会太长 | 忒拜王宫前，旁边有塞墨勒之墓（人物可出入，酒神甚至可出现于屋顶）（地点未有改变） |
| 《安德洛玛刻》（欧里庇得斯） | 一、开场；二、进场歌；三、第一场；四、第一合唱歌；五、第二场；六、第二合唱歌；七、第三场；八、第三合唱歌；九、第四场；十、第四合唱歌；十一、退场 | 安沦为涅奥普托勒摩斯之妾，涅妻赫尔弥奥害杀安母子未果。涅妻与奥父欲杀瑞带走涅妻。涅妻借得奥援助，特斯逃走，尔斐人力量在神庙杀死涅 | 特洛伊战争结束后时间未确指，从剧情奥瑞带走涅妻，涅妻遭遇谋杀，佩琉斯哀挽孙事件来看，发生时间不会很长 | 特萨利亚的佛提斯，涅奥普托勒摩斯王宫旁，忒提斯庙前（庙与祭坛，带合阶祭坛，祭坛乃安氏避难处）（地点未有改变） |

续表

| 剧目/作者 | 戏剧结构 | 情节（事件） | 时间 | 地点 |
|---|---|---|---|---|
| 《阿尔克斯提斯》（欧里庇得斯） | 一、开场；二、进场歌；三、第一场；四、第一合唱歌；五、第二场；六、第二合唱歌；七、第三场；八、第三合唱歌；九、退场 | 国王阿德墨托斯寻找替死者，唯妻子甘愿，这一行为感动赫拉克勒斯，出面战胜死神而救回阿氏，使其夫妻团圆 | 英雄传说时代 从剧情死神催逼、阿氏痛苦死去、阿氏神救赫氏战胜死神救回阳间事件看，发生时间不长 | 斐赖城国王阿德墨托斯王宫前（人物可出入）（地点未有改变） |
| 《阿卡奈人》（阿里斯托芬） | 一、开场；二、进场；三、第一场；四、第二场；五、第三场（对驳）；六、插曲；七、第四场；八、第一合唱歌；九、第五场；十、第二合唱歌；十一、第六场；十二、第三合唱歌；十三、退场 | 阿卡奈农民狄凯奥波利斯参加公民大会辩论，与主战派拉马科斯争执，与斯巴达人单独媾和，去自由市场买卖，高兴而归，而拉马科斯吃了败仗落荒而回 | 时间未明确标示 从剧情涉及的诸事件看，有一定的时间过程，不应太短，难以一天或更短来判定 | 舞台背景三所房子，中为狄家，左为欧家，右为拉家三所房子代表不同地点，前台是雅典公民大会场，开场时的会场转为第四场时的市场（地点有明显变化） |

续表

| 剧目/作者 | 戏剧结构 | 情节（事件） | 时间 | 地点 |
|---|---|---|---|---|
| 《骑士》（阿里斯托芬） | 一、开场；二、进场；三、第一场（第一次对驳）；四、第二次对驳）；五、第二场；六、第三场（第一插曲）；七、第四场；八、第一合唱歌；九、第五场；十、第二合唱歌；十一、第六场；十二、第二插曲；十三、退场 | 由欺骗主人、压迫仆人的管家克里昂暴嘴脸；代表人民化身的假民主人德谟斯，被腊肠贩置于锅里煮后返老还童，歌颂民主政体 | 时间未明确标示，从剧情涉及的诸事件看，有一定的时间过程，一天或更短来判定 | 前台散放一些石头，代表雅典公民大会会场普倪克斯山岗；后台中间有一所房子，为德谟斯家（地点有明显改变） |
| 《云》（阿里斯托芬） | 一、开场；二、进场；三、第一场；四、第二场；五、第三场（第一次对驳）；六、第一插曲；七、第二插曲；八、第四场；九、合唱歌；十、第五场；十一、第六场（第二次对驳）；十二、退场 | 以苏格拉底训导公民斯特瑞普西阿得斯父子如何为抵赖债务找借口为事件，讥讽了诡辩派在对青年教育过程中或口舌，误人子弟的恶劣影响 | 时间未明确标示，从剧情涉及的诸事件看，有一定时间过程，不应太短，难以更短来判定（大约应超过一天） | 舞台背景有两所房子，左为斯特瑞普西阿得斯家，右为苏格拉底的"思想所"<br>1. 旋转平台展示斯住宅内景<br>2. "退场"斯爬屋顶，苏氏则从思想所窗户内出现<br>（地点未有变化） |

续表

| 剧目/作者 | 戏剧结构 | 情节（事件） | 时间 | 地点 |
|---|---|---|---|---|
| 《马蜂》（阿里斯托芬） | 一、开场；二、进场；三、第一场（对驳）；四、第一插曲；五、第二场；六、第二插曲；七、第三场；八、第三插曲；九、第四场；退场 | 抨击克里昂之类鲸吞国家税收，假借陪审和津贴等小恩小惠的贪官污吏 | 时间有变化，从拂晓到天亮；开场"两个奴隶在屋前守了一夜，天快亮了"，显示时间为拂晓 | 舞台布景为雅典某街道，菲洛克里昂家，屋顶罩一张网。（人物可出人于网上。房间，窗口能潜下人）（地点未变，但有一定灵活性） |
| 《和平》（阿里斯托芬） | 一、开场；二、进场；三、第一场；四、第二场；五、第一插曲；六、第三场；七、第二插曲；八、第四场；九、第五场；十、第六场；十一、退场 | 人们合力救出被战神囚禁于地牢的和平女神，农民欢天喜地要回家种地，指望战争发财的武器商们垂头丧气 | 时间未明确标示，从剧情涉及的诸事件看，有一定过程，不应太短，或更短来判定 | 舞台布景农民特律盖奥斯家外，家奴搅拌同料，蜣螂关于户外院内，院墙很高观众无法看见里面（地点未有变化） |
| 《鸟》（阿里斯托芬） | 一、开场；二、进场；三、第一场（对驳）；四、第二场；五、第一插曲；六、第三场；七、第二插曲；八、第四场；九、合唱歌；十、第五场；十一、退场 | 雅典两位公民厌诈诉讼成风，欺诈迷信盛行的城市生活，与鸟类构建一个没有剥削压迫，没有金钱财富之分的理想化社会 | 时间有明确标示"第二插曲"歌队道出"今天城里出一布告"，"第五场"佩答复"正午刚过一会"，但剧情涉及事件与人物繁杂，确切时间仍难判定 | 舞台布景为：荒山中，背景里有一棵树和一石崖（地点未有变化） |

续表

| 剧目/作者 | 戏剧结构 | 情节（事件） | 时间 | 地点 |
|---|---|---|---|---|
| 《蛙》（阿里斯托芬） | 一、开场；二、进场；三、第一场；四、第二场；五、第三场；六、插曲；七、第四场；八、第五场；九、第六场（对驳）；十、退场 | 批评欧里庇得斯的悲剧降低了悲剧的格调，描写妇女的激情，鼓吹无神论思想，产生不良社会影响 | 时间未有确指 从剧情两位悲剧家的辩论事件看，发生的时间不会太长，但难判定是否一天内 | 1. "开场"舞台背景赫拉克勒斯之庙 2. "第五场"换为冥府殿内 （地点有明显变化） |
| 《吕西斯特拉特》（阿里斯托芬） | 一、开场；二、进场；三、第一场；四、第二场（对驳）；五、第三场；六、插曲；七、第四场；八、第五场；九、合唱歌；十、第六场；十一、退场 | 以提洛同盟与伯罗奔尼撒同盟之间爆发的内战为背景，女主人公吕西斯特拉特发动全体希腊妇女，联合起来强迫男人议和 | 时间有确指 "开场"标明"黎明时分" "退场"标明"一群闲汉手持火把，试图闯入宴饮大厅"，从剧情看事件发生时间不长，或在当日内 | 1. "开场"舞台背景：雅典，近处为两民房，吕在家门口徘徊 2. "开场"后"进场"前舞台提示：前合雅典城门 3. "退场"换为宴饮大厅 （地点有明显改变） |
| 《地母节妇女》（阿里斯托芬） | 一、开场；二、插曲；三、第一场；四、舞蹈歌；五、第二场；六、合唱歌；七、八、退场 | 欧里庇得斯风闻妇女们在地母节大会上声讨并将判其死刑，劝说朋友或亲家扮冒充妇女去会场申辩，欧氏派到和解事件，最终和解 | 时间未有确指 从剧情地母大会讨论欧氏、派到和解和解事件看，发生时间难定一天之内 | 开场布景：雅典街道有一房子为阿伽同住宅，"进场"时更换为地母庙 （地点有明显改变） |

续表

| 剧目/作者 | 戏剧结构 | 情节（事件） | 时间 | 地点 |
|---|---|---|---|---|
| 《公民大会妇女》（阿里斯托芬） | 一、开场；二、进场；三、第一场；四、第二场；五、第三场（对驳）；六、第四场；七、第五场；八、退场 | 披露贫富分化现象，但认为贫富之分属一种社会必然 | 时间有确指"凌晨到晚上"（当日）1."开场""凌晨"2."退场"里歌队长说"赶紧去吃晚饭" | 开场布景：雅典街道上三所房子分属布、赫、妇女乙家第五场换为：街道上两栋住宅隔街相望（分属女青年、老妇甲）（地点有明显改变） |
| 《财神》（阿里斯托芬） | 一、开场；二、进场；三、第一场；四、第二场（对驳）；五、第三场；六、第四场；七、第五场；八、第六场；九、第七场；十、退场 | 剧作家为好人受穷人发财深表愤慨，将财神喻为一个瞎子 | 时间有确指第三场提示"这是第二天，卡里昂从天医庙回来，向歌队报告好消息" | 雅典街道上克昂的家，"开场""舞台罗神庙祭坛"主仆从阿波罗神和众女神祭坛回来（地点未有变化） |
| 《恨世者》（米南德） | 第一幕 第二幕 第三幕 第四幕 第五幕 | 一位孤僻古怪的老人因意外落井被救，而改变离群索居的习惯，与家人和解，同意女儿的婚事 | 开场第一幕标明"清晨"从剧情看事件过程肯定不止一个清晨，但也不会有太长时间 | 雅典郊外一山麓下，克与继子住房分立左右，中间一条通道通向背景山洞，洞内设潘神和众女神祭坛，洞内有一口水井。（地点未变，但有一定灵活性） |

为辨析古希腊戏剧与"三一律"之间的关系，以作为"引论"部分相关内容之佐证，笔者特地创编此统计表。从此统计表中我们不难看出：古希腊悲剧基本遵循基本较好地体现出"情节整一律"的特点；虽然不像中国古典戏剧因与"三一律"无涉而具有时空上极大的灵活自由性，但同样并无限于一天（或二十四小时）内的所谓"时间整一律"，与始终固定于某一处地方的所谓"地点整一律"的约束。

表二　元杂剧主唱人情况统计表

| 剧目/作者 | 位置 | 行当 | 角色 | 主唱者 |
|---|---|---|---|---|
| 《蝴蝶梦》<br>（关汉卿） | 楔子<br>第一折<br>第二折<br>第三折<br>第四折 | 正旦<br>正旦<br>正旦<br>正旦、丑<br>正旦 | 女主角<br>女主角<br>女主角<br>女主角、男配角<br>女主角 | 王母<br>王母<br>王母<br>王母、王三<br>王母 |
| 《鲁斋郎》<br>（关汉卿） | 楔子<br>第一折<br>第二折<br>第三折<br>第四折 | 正末<br>正末<br>正末<br>正末<br>正末 | 男主角<br>男主角<br>男主角<br>男主角<br>男主角 | 张珪<br>张珪<br>张珪<br>张珪<br>张珪 |
| 《裴度还带》<br>（关汉卿） | 第一折<br>第二折<br>第三折<br>楔子<br>第四折 | 正末<br>正末<br>正末<br>正末<br>正末 | 男主角<br>男主角<br>男主角<br>男主角<br>男主角 | 裴度<br>裴度<br>裴度<br>裴度<br>裴度 |

续表

| 剧目/作者 | 位置 | 行当 | 角色 | 主唱者 |
|---|---|---|---|---|
| 《五侯宴》<br>（关汉卿） | 楔子<br>第一折<br>第二折<br>第三折<br>第四折<br>第五折 | 正旦<br>正旦<br>正旦<br>正旦<br>正旦 | 女配角<br>女配角<br>女配角<br>女配角<br>女主角 | 李氏（王屠妻）<br>李氏（王屠妻）<br>李氏（王屠妻）<br>李氏（王屠妻）<br>刘夫人<br>李氏（王屠妻） |
| 《单鞭夺槊》<br>（关汉卿） | 楔子<br>第一折<br>第二折<br>第三折<br>第四折 | 正末<br>正末<br>正末<br>正末 | 男配角<br>男配角<br>男配角<br>男配角 | 李世民<br>李世民<br>李世民<br>探子 |
| 《窦娥冤》<br>（关汉卿） | 楔子<br>第一折<br>第二折<br>第三折<br>第四折 | 冲末<br>正旦<br>正旦<br>正旦<br>魂旦 | 男主角<br>女主角<br>女主角<br>女主角 | 窦天章<br>窦娥<br>窦娥<br>窦娥<br>窦娥鬼魂 |
| 《单刀会》<br>（关汉卿） | 第一折<br>第二折<br>第三折<br>第四折 | 正末<br>正末<br>正末<br>正末 | 男配角<br>男配角<br>男主角<br>男主角 | 乔国老<br>司马徽<br>关羽<br>关羽 |

续表

| 剧目/作者 | 位置 | 行当 | 角色 | 主唱者 |
|---|---|---|---|---|
| 《玉镜台》（关汉卿） | 第一折 | 正末 | 男主角 | 温峤 |
|  | 第二折 | 正末 | 男主角 | 温峤 |
|  | 第三折 | 正末 | 男主角 | 温峤 |
|  | 第四折 | 正末 | 男主角 | 温峤 |
| 《西蜀梦》（关汉卿） | 第一折 | 正末 | 男配角 | 使臣 |
|  | 第二折 | 正末 | 男配角 | 诸葛亮 |
|  | 第三折 | 正末 | 男主角 | 张飞鬼魂 |
|  | 第四折 | 正末 | 男主角 | 张飞鬼魂 |
| 《拜月亭》（关汉卿） | 楔子 | 正旦 | 女主角 | 王瑞兰 |
|  | 第一折 | 正旦 | 女主角 | 王瑞兰 |
|  | 第二折 | 正旦 | 女主角 | 王瑞兰 |
|  | 第三折 | 正旦 | 女主角 | 王瑞兰 |
|  | 第四折 | 正旦 | 女主角 | 王瑞兰 |
| 《陈母教子》（关汉卿） | 楔子 | 正旦 | 女主角 | 陈母 |
|  | 第一折 | 正旦 | 女主角 | 陈母 |
|  | 第二折 | 正旦 | 女主角 | 陈母 |
|  | 第三折 | 正旦 | 女主角 | 陈母 |
|  | 第四折 | 正旦 | 女主角 | 陈母 |

续表

| 剧目/作者 | 位置 | 行当 | 角色 | 主唱者 |
|---|---|---|---|---|
| 《调风月》（关汉卿） | 第一折<br>第二折<br>第三折<br>第四折 | 正旦<br>正旦<br>正旦<br>正旦 | 女主角<br>女主角<br>女主角<br>女主角 | 燕燕<br>燕燕<br>燕燕<br>燕燕 |
| 《救风尘》（关汉卿） | 第一折<br>第二折<br>第三折<br>第四折 | 正旦<br>正旦<br>正旦<br>正旦 | 女主角<br>女主角<br>女主角<br>女主角 | 赵盼儿<br>赵盼儿<br>赵盼儿<br>赵盼儿 |
| 《哭存孝》（关汉卿） | 第一折<br>第二折<br>第三折<br>第四折 | 正旦<br>正旦<br>正旦<br>正旦 | 女主角<br>女主角<br>女配角<br>女主角 | 邓夫人<br>邓夫人<br>莽古歹<br>邓夫人 |
| 《望江亭》（关汉卿） | 第一折<br>第二折<br>第三折<br>第四折 | 正旦<br>正旦<br>正旦<br>正旦 | 女主角<br>女主角<br>女主角<br>女主角 | 谭记儿<br>谭记儿<br>谭记儿<br>谭记儿 |

续表

| 剧目/作者 | 位置 | 行当 | 角色 | 主唱者 |
| --- | --- | --- | --- | --- |
| 《金钱池》（关汉卿） | 楔子 | 正旦 | 女主角 | 杜蕊娘 |
| | 第一折 | 正旦 | 女主角 | 杜蕊娘 |
| | 第二折 | 正旦 | 女主角 | 杜蕊娘 |
| | 第三折 | 正旦 | 女主角 | 杜蕊娘 |
| | 第四折 | 正旦 | 女主角 | 杜蕊娘 |
| 《谢天香》（关汉卿） | 楔子 | 正旦 | 女主角 | 谢天香 |
| | 第一折 | 正旦 | 女主角 | 谢天香 |
| | 第二折 | 正旦 | 女主角 | 谢天香 |
| | 第三折 | 正旦 | 女主角 | 谢天香 |
| | 第四折 | 正旦 | 女主角 | 谢天香 |
| 《绯衣梦》（关汉卿） | 第一折 | 正旦 | 女主角 | 王闰香 |
| | 第二折 | 正旦 | 女主角 | 王闰香 |
| | 第三折 | 正旦 | 女配角 | 柴三婆 |
| | 第四折 | 正旦 | 女主角 | 王闰香 |
| 《墙头马上》（白朴） | 第一折 | 正旦 | 女主角 | 李千斤 |
| | 第二折 | 正旦 | 女主角 | 李千斤 |
| | 第三折 | 正旦 | 女主角 | 李千斤 |
| | 第四折 | 正旦 | 女主角 | 李千斤 |

续表

| 剧目/作者 | 位置 | 行当 | 角色 | 主唱者 |
|---|---|---|---|---|
| 《梧桐雨》（白朴） | 楔子<br>第一折<br>第二折<br>第三折<br>第四折 | 正末<br>正末<br>正末<br>正末<br>正末 | 男主角<br>男主角<br>男主角<br>男主角<br>男主角 | 唐玄宗<br>唐玄宗<br>唐玄宗<br>唐玄宗<br>唐玄宗 |
| 《东墙记》（白朴） | 楔子<br>第一折<br>第二折<br>第三折<br>第四折<br>第五折 | 冲末<br>正旦<br>正旦、冲末、贴旦<br>正旦；贴旦<br>正旦<br>正旦；冲末 | 男主角<br>女主角<br>女主角；女配角<br>女主角、男主角、女配角<br>女主角<br>女主角；男主角 | 马彬<br>董秀英<br>董秀英；梅香<br>董秀英、马彬、梅香<br>董秀英<br>董秀英；马彬 |
| 《双献功》（高文秀） | 第一折<br>楔子<br>第二折<br>第三折<br>第四折 | 正末<br>正末<br>正末<br>正末<br>正末 | 男主角<br>男主角<br>男主角<br>男主角<br>男主角 | 李逵<br>李逵<br>李逵<br>李逵<br>李逵 |
| 《遇上皇》（高文秀） | 第一折<br>第二折<br>第三折<br>第四折 | 正末<br>正末<br>正末<br>正末 | 男主角<br>男主角<br>男主角<br>男主角 | 赵元<br>赵元<br>赵元<br>赵元 |

续表

| 剧目/作者 | 位置 | 行当 | 角色 | 主唱者 |
|---|---|---|---|---|
| 《襄阳会》（高文秀） | 第一折 | 正末 | 男配角 | 刘琪 |
| | 第二折 | 正末 | 男配角 | 王孙 |
| | 楔子 | 正末 | 男配角 | 徐庶 |
| | 第三折 | 正末 | 男配角 | 徐庶 |
| | 楔子 | 正末 | 男配角 | 徐庶 |
| | 第四折 | 正末 | 男配角 | 徐庶 |
| 《诈范叔》（高文秀） | 楔子 | 正末 | 男主角 | 范雎 |
| | 第一折 | 正末 | 男主角 | 范雎 |
| | 第二折 | 正末 | 男主角 | 范雎 |
| | 第三折 | 正末 | 男主角 | 范雎 |
| | 第四折 | 正末 | 男主角 | 范雎 |
| 《渑池会》（高文秀） | 楔子 | 正末 | 男主角 | 蔺相如 |
| | 第一折 | 正末 | 男主角 | 蔺相如 |
| | 第二折 | 正末 | 男主角 | 蔺相如 |
| | 楔子 | 正末 | 男主角 | 蔺相如 |
| | 第三折 | 正末 | 男主角 | 蔺相如 |
| | 第四折 | 正末 | 男主角 | 蔺相如 |
| 《楚昭公》（郑廷玉） | 第一折 | 正末 | 男主角 | 楚昭公 |
| | 第二折 | 正末 | 男主角 | 楚昭公 |
| | 第三折 | 正末 | 男主角 | 楚昭公 |
| | 第四折 | 正末 | 男主角 | 楚昭公 |

续表

| 剧目/作者 | 位置 | 行当 | 角色 | 主唱者 |
|---|---|---|---|---|
| 《忍字记》<br>（郑廷玉） | 楔子<br>第一折<br>第二折<br>第三折<br>第四折 | 正末<br>正末<br>正末<br>正末<br>正末 | 男主角<br>男主角<br>男主角<br>男主角<br>男主角 | 刘均佐<br>刘均佐<br>刘均佐<br>刘均佐<br>刘均佐 |
| 《金凤钗》<br>（郑廷玉） | 楔子<br>第一折<br>第二折<br>第三折<br>第四折 | 正末<br>正末<br>正末<br>正末<br>正末 | 男主角<br>男主角<br>男主角<br>男主角<br>男主角 | 赵鄂<br>赵鄂<br>赵鄂<br>赵鄂<br>赵鄂 |
| 《看钱奴》<br>（郑廷玉） | 楔子<br>第一折<br>第二折<br>第三折<br>第四折 | 正末<br>正末<br>正末<br>正末<br>正末 | 男配角<br>男配角<br>男配角<br>男配角<br>男配角 | 周荣祖<br>增福神<br>周荣祖<br>周荣祖<br>周荣祖 |
| 《冤家债主》<br>（郑廷玉） | 楔子<br>第一折<br>第二折<br>第三折<br>第四折 | 正末<br>正末<br>正末<br>正末<br>正末 | 男主角<br>男主角<br>男主角<br>男主角<br>男主角 | 张善友<br>张善友<br>张善友<br>张善友<br>张善友 |

续表

| 剧目/作者 | 位置 | 行当 | 角色 | 主唱者 |
|---|---|---|---|---|
| 《后庭花》（郑廷玉） | 第一折 | 正末 | 男配角 | 李顺 |
| | 第二折 | 正末 | 男配角 | 李顺 |
| | 第三折 | 正末 | 男配角 | 包拯 |
| | 第四折 | 正末 | 男配角 | 包拯 |
| 《破苻坚》（李文蔚） | 第一折 | 正末 | 男主角 | 王猛 |
| | 楔子 | 正末 | 男主角 | 谢玄 |
| | 第二折 | 正末 | 男主角 | 谢玄 |
| | 第三折 | 正末 | 男主角 | 谢玄 |
| | 第四折 | 正末 | 男主角 | 谢玄 |
| 《燕青博鱼》（李文蔚） | 楔子 | 正末 | 男主角 | 燕青 |
| | 第一折 | 正末 | 男主角 | 燕青 |
| | 第二折 | 正末 | 男主角 | 燕青 |
| | 第三折 | 正末 | 男主角 | 燕青 |
| | 第四折 | 正末 | 男主角 | 燕青 |
| 《圯桥进履》（李文蔚） | 第一折 | 外末、正末 | 男配角、男主角 | 乔仙、张良 |
| | 第二折 | 正末 | 男主角 | 张良 |
| | 楔子 | 正末 | 男主角 | 张良 |
| | 第三折 | 正末 | 男主角 | 张良 |
| | 第四折 | 正末 | 男主角 | 张良 |

续表

| 剧目/作者 | 位置 | 行当 | 角色 | 主唱者 |
|---|---|---|---|---|
| 《青衫泪》（马致远） | 第一折<br>楔子<br>第二折<br>第三折<br>第四折 | 正旦<br>正旦<br>正旦<br>正旦<br>正旦 | 女主角<br>女主角<br>女主角<br>女主角<br>女主角 | 裴兴奴<br>裴兴奴<br>裴兴奴<br>裴兴奴<br>裴兴奴 |
| 《荐福碑》（马致远） | 第一折<br>楔子<br>第二折<br>第三折<br>第四折 | 正末<br>正末<br>正末<br>正末<br>正末 | 男主角<br>男主角<br>男主角<br>男主角<br>男主角 | 张镐<br>张镐<br>张镐<br>张镐<br>张镐 |
| 《陈抟高卧》（马致远） | 第一折<br>第二折<br>第三折<br>第四折 | 正末<br>正末<br>正末<br>正末 | 男主角<br>男主角<br>男主角<br>男主角 | 陈抟<br>陈抟<br>陈抟<br>陈抟 |
| 《岳阳楼》（马致远） | 第一折<br>第二折<br>楔子<br>第三折<br>第四折 | 正末<br>正末<br>正末<br>正末<br>正末 | 男主角<br>男主角<br>男主角<br>男主角<br>男主角 | 吕洞宾<br>吕洞宾<br>吕洞宾<br>吕洞宾<br>吕洞宾 |

续表

| 剧目/作者 | 位置 | 行当 | 角色 | 主唱者 |
|---|---|---|---|---|
| 《黄粱梦》(马致远) | 第一折 | 正末 | 男配角 | 钟离 |
|  | 楔子 | 正末 | 男配角 | 高太尉 |
|  | 第二折 | 正末 | 男配角 | 院公 |
|  | 第三折 | 正末 | 男配角 | 樵夫 |
|  | 第四折 | 正末 | 男配角 | 李老,钟离 |
| 《任风子》(马致远) | 第一折 | 正末 | 男主角 | 任屠 |
|  | 第二折 | 正末 | 男主角 | 任屠 |
|  | 第三折 | 正末 | 男主角 | 任屠 |
|  | 第四折 | 正末 | 男主角 | 任屠 |
| 《汉宫秋》(马致远) | 楔子 | 正末 | 男主角 | 汉元帝 |
|  | 第一折 | 正末 | 男主角 | 汉元帝 |
|  | 第二折 | 正末 | 男主角 | 汉元帝 |
|  | 第三折 | 正末 | 男主角 | 汉元帝 |
|  | 第四折 | 正末 | 男主角 | 汉元帝 |
| 《虎头牌》(李直夫) | 第一折 | 正末 | 男主角 | 山寿马 |
|  | 第二折 | 正末 | 男配角 | 金住马 |
|  | 第三折 | 正末 | 男主角 | 山寿马 |
|  | 第四折 | 正末 | 男主角 | 山寿马 |

续表

| 剧目/作者 | 位置 | 行当 | 角色 | 主唱者 |
|---|---|---|---|---|
| 《张天师》<br>（吴昌龄） | 第一折<br>第二折<br>楔子<br>第三折<br>第四折 | 正旦<br>正旦<br>正末<br>正旦<br>正旦 | 女主角<br>女配角<br>男主角<br>女主角<br>女主角 | 桂花仙子<br>嬷嬷<br>陈世英<br>桂花仙子<br>桂花仙子 |
| 《东坡梦》<br>（吴昌龄） | 第一折<br>第二折<br>第三折<br>第四折 | 正末<br>正末、旦<br>正末<br>正末 | 男配角<br>男配角、女配角<br>男配角<br>男配角 | 佛印（僧人）<br>佛印、四位花仙<br>庐山松神<br>佛印 |
| 《丽春堂》<br>（王实甫） | 第一折<br>第二折<br>第三折<br>第四折 | 正末<br>正末<br>正末<br>正末 | 男主角<br>男主角<br>男主角<br>男主角 | 完颜乐善<br>（即四丞相）<br>完颜乐善<br>完颜乐善 |
| 《破窑记》<br>（王实甫） | 第一折<br>第二折<br>第三折<br>第四折 | 正旦<br>正旦<br>正旦<br>正旦 | 女主角<br>女主角<br>女主角<br>女主角 | 刘月娥<br>刘月娥<br>刘月娥<br>刘月娥 |

续表

| 剧目/作者 | 位置 | 行当 | 角色 | 主唱者 |
|---|---|---|---|---|
| 《西厢记》（王实甫）第一本：张君瑞闹道场 | 楔子 | 外、正旦 | 女配角、女主角 | 老夫人、崔莺莺 |
| | 第一折 | 正末 | 男主角 | 张君瑞 |
| | 第二折 | 正末 | 男主角 | 张君瑞 |
| | 第三折 | 正末 | 男主角 | 张君瑞 |
| | 第四折 | 正旦、正末、旦 | 女主角、男主角、女配角 | 崔莺莺、张君瑞、红娘 |
| 《西厢记》（王实甫）第二本：崔莺莺夜听琴 | 第一折 | 正旦 | 女主角 | 崔莺莺 |
| | 楔子 | 正末 | 男配角 | 惠明和尚 |
| | 第二折 | 旦 | 女配角 | 红娘 |
| | 第三折 | 正旦 | 女主角 | 崔莺莺 |
| | 第四折 | 正旦 | 女主角 | 崔莺莺 |
| 《西厢记》（王实甫）第三本：张君瑞害相思 | 楔子 | 旦 | 女配角 | 红娘 |
| | 第一折 | 旦 | 女配角 | 红娘 |
| | 第二折 | 旦 | 女配角 | 红娘 |
| | 第三折 | 旦 | 女配角 | 红娘 |
| | 第四折 | 旦 | 女配角 | 红娘 |
| 《西厢记》（王实甫）第四本：草桥店梦莺莺 | 楔子 | 旦 | 女配角 | 红娘 |
| | 第一折 | 正旦 | 男配角 | 张君瑞 |
| | 第二折 | 旦 | 女配角 | 红娘 |
| | 第三折 | 正旦 | 女主角 | 崔莺莺 |
| | 第四折 | 正末 | 男主角 | 张君瑞 |

续表

| 剧目/作者 | 位置 | 行当 | 角色 | 主唱者 |
|---|---|---|---|---|
| 《西厢记》（王实甫）第五本：张君瑞庆团圆 | 楔子<br>第一折<br>第二折<br>第三折<br>第四折 | 正末、正旦<br>旦<br>正末<br>旦、正旦 | 男主角、女主角<br>女主角<br>女配角<br>男主角、女主角<br>女配角、女主角 | 张君瑞、崔莺莺<br>张君瑞<br>红娘<br>张君瑞<br>红娘、崔莺莺 |
| 《老生儿》（武汉臣） | 楔子<br>第一折<br>第二折<br>第三折<br>第四折 | 正末<br>正末<br>正末<br>正末<br>正末 | 男主角<br>男主角<br>男主角<br>男主角<br>男主角 | 刘从善<br>刘从善<br>刘从善<br>刘从善<br>刘从善 |
| 《生金阁》（武汉臣） | 楔子<br>第一折<br>第二折<br>第三折<br>第四折 | 正末<br>正末<br>正旦<br>正末<br>正末 | 男主角<br>男主角<br>女配角<br>男配角<br>男配角 | 郭成<br>郭成<br>嬷嬷（正末改正旦，罕见）<br>包拯<br>包拯 |
| 《救孝子》（王仲文） | 第一折<br>楔子<br>第二折<br>第三折<br>第四折 | 正旦<br>正旦<br>正旦<br>正旦<br>正旦 | 女主角<br>女主角<br>女主角<br>女主角<br>女主角 | 杨母（李氏）<br>杨母（李氏）<br>杨母（李氏）<br>杨母（李氏）<br>杨母（李氏） |

续表

| 剧目/作者 | 位置 | 行当 | 角色 | 主唱者 |
|---|---|---|---|---|
| 《伍员吹箫》（李寿卿） | 第一折 | 正末 | 男主角 | 伍子胥 |
|  | 第二折 | 正末 | 男主角 | 伍子胥 |
|  | 第三折 | 正末 | 男主角 | 伍子胥 |
|  | 楔子 | 正末 | 男主角 | 伍子胥 |
|  | 第四折 | 正末 | 男主角 | 伍子胥 |
| 《度翠柳》（李寿卿） | 楔子 | 正末 | 男主角 | 月明和尚 |
|  | 第一折 | 正末 | 男主角 | 月明和尚 |
|  | 第二折 | 正末 | 男主角 | 月明和尚 |
|  | 第三折 | 正末 | 男主角 | 月明和尚 |
|  | 第四折 | 正末 | 男主角 | 月明和尚 |
| 《三夺槊》（尚仲贤） | 第一折 | 正末 | 男配角 | 刘文静 |
|  | 第二折 | 正末 | 男配角 | 秦琼 |
|  | 第三折 | 正末 | 男主角 | 尉迟恭 |
|  | 第四折 | 正末 | 男主角 | 尉迟恭 |
| 《柳毅传书》（尚仲贤） | 楔子 | 正旦 | 女主角 | 龙女三娘 |
|  | 第一折 | 正旦 | 女主角 | 龙女三娘 |
|  | 第二折 | 正旦 | 女配角 | 电母 |
|  | 第三折 | 正旦 | 女主角 | 龙女三娘 |
|  | 第四折 | 正旦 | 女主角 | 龙女三娘 |

续表

| 剧目/作者 | 位置 | 行当 | 角色 | 主唱者 |
|---|---|---|---|---|
| 《气英布》<br>（尚仲贤） | 第一折<br>第二折<br>第三折<br>第四折 | 正末<br>正末<br>正末<br>正末 | 男主角<br>男主角<br>男配角<br>男主角 | 英布<br>英布<br>探子<br>英布 |
| 《秋胡戏妻》<br>（石君宝） | 第一折<br>第二折<br>第三折<br>第四折 | 正旦<br>正旦<br>正旦<br>正旦 | 女主角<br>女主角<br>女主角<br>女主角 | 罗梅英<br>罗梅英<br>罗梅英<br>罗梅英 |
| 《曲江池》<br>（石君宝） | 楔子<br>第一折<br>第二折<br>第三折<br>第四折 | 末<br>正旦<br>正旦、末<br>正旦<br>正旦 | 男主角<br>女主角<br>女主角、男主角<br>女主角<br>女主角 | 郑元和<br>李亚仙<br>李亚仙、郑元和<br>李亚仙<br>李亚仙 |
| 《紫云亭》<br>（石君宝） | 楔子<br>第一折<br>第二折<br>第三折<br>第四折 | 正旦<br>正旦<br>正旦<br>正旦<br>正旦 | 女主角<br>女主角<br>女主角<br>女主角<br>女主角 | 韩楚兰<br>韩楚兰<br>韩楚兰<br>韩楚兰<br>韩楚兰 |

续表

| 剧目/作者 | 位置 | 行当 | 角色 | 主唱者 |
|---|---|---|---|---|
| 《潇湘雨》（杨显之） | 楔子 | 正旦 | 女主角 | 翠鸾 |
| | 第一折 | 正旦 | 女主角 | 翠鸾 |
| | 第二折 | 净、正旦 | 男配角、女主角 | 试官赵钱、翠鸾 |
| | 第三折 | 正旦 | 女主角 | 翠鸾 |
| | 第四折 | 正旦、搽旦 | 女主角、女配角 | 翠鸾、赵钱之女 |
| 《酷寒亭》（杨显之） | 楔子 | 正末 | 男配角 | 宋彬 |
| | 第一折 | 正末 | 男配角 | 赵用 |
| | 第二折 | 正末 | 男配角 | 赵用 |
| | 第三折 | 正末 | 男配角 | 张保 |
| | 第四折 | 正末 | 男配角 | 宋彬 |
| 《赵氏孤儿》（纪君祥） | 楔子 | 冲末 | 男配角 | 赵朔 |
| | 第一折 | 正末 | 男配角 | 韩厥 |
| | 第二折 | 正末 | 男配角 | 公孙杵臼 |
| | 第三折 | 正末 | 男配角 | 公孙杵臼 |
| | 第四折 | 正末 | 男主角 | 程勃 |
| | 第五折 | 正末 | 男主角 | 程勃 |
| 《风光好》（戴善甫） | 第一折 | 正旦 | 女主角 | 秦弱兰 |
| | 第二折 | 正旦 | 女主角 | 秦弱兰 |
| | 第三折 | 正旦 | 女主角 | 秦弱兰 |
| | 第四折 | 正旦 | 女主角 | 秦弱兰 |

续表

| 剧目/作者 | 位置 | 行当 | 角色 | 主唱者 |
|---|---|---|---|---|
| 《蝴蝶梦》（史九敬人） | 第一折<br>楔子<br>第二折<br>第三折<br>第四折 | 末<br>末<br>末、旦<br>末<br>末 | 男配角<br>男配角<br>男配角、女配角<br>男配角<br>男配角 | 太白金星<br>道士<br>李府尹、四位仙女<br>三曹官<br>太白金星 |
| 《张生煮海》（李好古） | 第一折<br>第二折<br>第三折<br>第四折 | 正旦<br>正旦<br>正末<br>正旦 | 女主角<br>女配角<br>男配角<br>女主角 | 龙女<br>仙姑<br>长老<br>龙女 |
| 《薛仁贵》（张国宾） | 楔子<br>第一折<br>第二折<br>第三折<br>第四折 | 正末（李老）<br>正末<br>正末<br>丑（禾旦）、正末<br>正末 | 男配角<br>男配角<br>男配角<br>女配角、男配角<br>男配角 | 薛大伯<br>杜如晦<br>薛大伯<br>乡姑、伴哥<br>薛大伯 |
| 《合汗衫》（张国宾） | 第一折<br>第二折<br>第三折<br>第四折 | 正末<br>正末<br>正末<br>正末 | 男配角<br>男配角<br>男配角<br>男配角 | 张义<br>张义<br>张义<br>张义 |

续表

| 剧目/作者 | 位置 | 行当 | 角色 | 主唱者 |
|---|---|---|---|---|
| 《黄粱梦》 | 红字李二作第四折 | 花李郎作第三折 | 李时中作第二折 | 详见马致远同名剧本 |
| 《贬夜郎》（王伯成） | 第一折 | 正末 | 男主角 | 李白 |
|  | 第二折 | 正末 | 男主角 | 李白 |
|  | 第三折 | 正末 | 男主角 | 李白 |
|  | 第四折 | 正末 | 男主角 | 李白 |
| 《勘头巾》（孙仲章） | 第一折 | 正末 | 男配角 | 刘员外 |
|  | 楔子 | 正末 | 男配角 | 刘员外 |
|  | 第二折 | 正末 | 男主角 | 张鼎 |
|  | 第三折 | 正末 | 男主角 | 张鼎 |
|  | 第四折 | 正末 | 男主角 | 张鼎 |
| 《铁拐李岳》（岳伯川） | 第一折 | 正末 | 男主角 | 岳孔目（岳寿） |
|  | 第二折 | 正末 | 男主角 | 岳孔目（岳寿） |
|  | 楔子 | 正末 | 男主角 | 岳孔目（鬼魂） |
|  | 第三折 | 正末 | 男主角 | 岳孔目（还魂） |
|  | 第四折 | 正末 | 男主角 | 岳孔目（岳寿） |
| 《李逵负荆》（康进之） | 第一折 | 正末 | 男主角 | 李逵 |
|  | 第二折 | 正末 | 男主角 | 李逵 |
|  | 第三折 | 正末 | 男主角 | 李逵 |
|  | 第四折 | 正末 | 男主角 | 李逵 |

续表

| 剧目/作者 | 位置 | 行当 | 角色 | 主唱者 |
|---|---|---|---|---|
| 《贬黄州》<br>(费唐臣) | 第一折<br>第二折<br>第三折<br>楔子<br>第四折 | 正末<br>正末<br>正末<br>正末<br>正末 | 男主角<br>男主角<br>男主角<br>男主角<br>男主角 | 苏轼<br>苏轼<br>苏轼<br>苏轼<br>苏轼 |
| 《竹坞听琴》<br>(石子章) | 楔子<br>第一折<br>第二折<br>第三折<br>第四折 | 正旦<br>正旦<br>正旦<br>正旦<br>正旦 | 女主角<br>女主角<br>女主角<br>女主角<br>女主角 | 郑彩鸾<br>郑彩鸾<br>郑彩鸾<br>郑彩鸾<br>郑彩鸾 |
| 《魔合罗》<br>(孟汉卿) | 楔子<br>第一折<br>第二折<br>第三折<br>第四折 | 正末<br>正末<br>正末<br>正末<br>正末 | 男主角<br>男主角<br>男配角<br>男配角<br>男主角 | 李德昌<br>李德昌<br>李德昌<br>张鼎<br>张鼎 |
| 《灰阑记》<br>(李行甫) | 楔子<br>第一折<br>第二折<br>第三折<br>第四折 | 正旦<br>正旦<br>正旦<br>正旦<br>正旦 | 女主角<br>女主角<br>女主角<br>女主角<br>女主角 | 张海棠<br>张海棠<br>张海棠<br>张海棠<br>张海棠 |

续表

| 剧目/作者 | 位置 | 行当 | 角色 | 主唱者 |
|---|---|---|---|---|
| 《介子推》（狄君厚） | 第一折 | 正末 | 男主角 | 介子推 |
| | 第二折 | 正末 | 男配角 | 阉官王安 |
| | 第三折 | 正末 | 男主角 | 介子推 |
| | 楔子 | | 男配角 | 介子推 |
| | 第四折 | 正末 | 男配角 | 樵夫 |
| 《东窗事犯》（孔文卿） | 楔子 | | 男主角 | 岳飞 |
| | 第一折 | 正末 | 男配角 | 岳飞 |
| | 第二折 | 正末 | 男配角 | 地藏神呆行者 |
| | 第三折 | 正末 | 男配角 | 岳飞魂子 |
| | 第四折 | 正末 | 男配角 | 何宗立 |
| 《红梨花》（张寿卿） | 第一折 | 正旦 | 女主角 | 谢金莲 |
| | 第二折 | 正旦 | 女配角 | 谢金莲 |
| | 第三折 | 正旦 | 女主角 | 卖花三婆 |
| | 第四折 | | 女主角 | 谢金莲 |
| 《七里滩》（宫天挺） | 第一折 | 正末 | 男主角 | 严子陵 |
| | 第二折 | 正末 | 男主角 | 严子陵 |
| | 第三折 | 正末 | 男配角 | 严子陵 |
| | 第四折 | 正末 | 男主角 | 严子陵 |

续表

| 剧目/作者 | 位置 | 行当 | 角色 | 主唱者 |
|---|---|---|---|---|
| 《降桑葚》（刘唐卿） | 第一折<br>第二折<br>第三折<br>第四折<br>第五折 | 正末<br>正末、正净、净<br>正末<br>正末<br>正末 | 男主角<br>男配角、男配角<br>男主角<br>男主角<br>男主角 | 蔡顺<br>蔡顺、宋大医、胡突虫<br>蔡顺<br>蔡顺<br>蔡顺 |
| 《范张鸡黍》（宫天挺） | 楔子<br>第一折<br>第二折<br>第三折<br>第四折 | 正末<br>正末<br>正末<br>正末<br>正末 | 男主角<br>男主角<br>男主角<br>男主角<br>男主角 | 范巨卿<br>范巨卿<br>范巨卿<br>范巨卿<br>范巨卿 |
| 《智勇定齐》（郑光祖） | 第一折<br>楔子<br>第二折<br>第三折<br>第四折 | 正旦<br>茶旦、正旦<br>正旦<br>正旦<br>正旦 | 女主角<br>女配角、女主角<br>女主角<br>女主角<br>女主角 | 钟离春<br>邹氏（钟嫂子）、钟离春<br>钟离春<br>钟离春<br>钟离春 |
| 《伊尹耕莘》（郑光祖） | 楔子<br>第一折<br>楔子<br>第三折<br>第四折 | 正末<br>正末<br>正末<br>正末<br>正末 | 男配角<br>男配角<br>男配角<br>男主角<br>男主角 | 文曲星（下凡为伊尹）<br>伊员外（致祥）<br>伊尹<br>伊尹<br>伊尹 |

续表

| 剧目/作者 | 位置 | 行当 | 角色 | 主唱者 |
|---|---|---|---|---|
| 《㑳梅香》（郑光祖） | 楔子<br>第一折<br>第二折<br>第三折<br>第四折 | 正旦<br>正旦<br>正旦<br>正旦<br>正旦 | 女主角<br>女主角<br>女主角<br>女主角<br>女主角 | 樊素<br>樊素<br>樊素<br>樊素<br>樊素 |
| 《王粲登楼》（郑光祖） | 楔子<br>第一折<br>第二折<br>第三折<br>第四折 | 正末<br>正末<br>正末<br>正末<br>正末 | 男主角<br>男主角<br>男主角<br>男主角<br>男主角 | 王粲<br>王粲<br>王粲<br>王粲<br>王粲 |
| 《周公摄政》（郑光祖） | 楔子<br>第一折<br>第二折<br>第三折<br>第四折 | 正末<br>正末<br>正末<br>正末<br>正末 | 男主角<br>男主角<br>男主角<br>男主角<br>男主角 | 周公旦（太师）<br>周公旦（太师）<br>周公旦（太师）<br>周公旦（太师）<br>周公旦（太师） |
| 《倩女离魂》（郑光祖） | 楔子<br>第一折<br>第二折<br>第三折<br>第四折 | 正旦<br>正旦（魂旦）<br>正旦<br>魂旦，正旦 | 女主角<br>女主角<br>女主角<br>女主角<br>女主角 | 张倩女<br>张倩女<br>倩女（离魂）<br>张倩女<br>倩女魂、张倩女 |

续表

| 剧目/作者 | 位置 | 行当 | 角色 | 主唱者 |
|---|---|---|---|---|
| 《三战吕布》<br>（郑光祖） | 第一折<br>第二折<br>楔子<br>第三折<br>楔子<br>第四折 | 正末<br>正末<br>正末<br>正末<br>正末 | 男主角<br>男主角<br>男主角<br>男主角<br>男主角 | 张飞<br>张飞<br>张飞<br>张飞<br>张飞 |
| 《老君堂》<br>（郑光祖） | 楔子<br>第一折<br>楔子<br>第三折<br>第四折 | 正末<br>正末<br>正末<br>正末 | 男主角<br>男主角<br>男主角<br>男主角 | 秦王李世民<br>秦王李世民<br>秦王李世民<br>秦王李世民 |
| 《追韩信》<br>（金仁杰） | 第一折<br>第二折<br>第三折<br>第四折 | 正末<br>正末<br>末 | 男主角<br>男主角<br>男配角 | 韩信<br>韩信<br>韩信<br>吕马童 |
| 《豫让吞炭》<br>（杨梓） | 第一折<br>第二折<br>第三折<br>第四折 | 正末<br>正末<br>正末 | 男主角<br>男配角<br>男主角<br>男主角 | 豫让<br>张孟谈<br>豫让<br>豫让 |

续表

| 剧目/作者 | 位置 | 行当 | 角色 | 主唱者 |
|---|---|---|---|---|
| 《霍光鬼谏》（杨梓） | 第一折 | 正末 | 男主角 | 霍光 |
| | 第二折 | 正末 | 男主角 | 霍光 |
| | 第三折 | 正末 | 男主角 | 霍光 |
| | 第四折 | 正末 | 男主角 | 霍光（鬼魂） |
| 《不伏老》（杨梓） | 第一折 | 正末 | 男主角 | 尉迟恭 |
| | 第二折 | 正末 | 男主角 | 尉迟恭 |
| | 第三折 | 正末 | 男主角 | 尉迟恭 |
| | 第四折 | 正末 | 男主角 | 尉迟恭 |
| 《竹叶舟》（范康） | 楔子 | 冲末 | 男配角 | 陈季卿 |
| | 第一折 | 正末 | 男配角 | 吕洞宾 |
| | 第二折 | 正末 | 男配角 | 渔翁 |
| | 第三折 | 外末 | 男配角 | 列御寇 |
| | 第四折 | 正末 | 男配角 | 吕洞宾 |
| 《扬州梦》（乔吉） | 楔子 | 正末 | 男主角 | 杜牧 |
| | 第一折 | 正末 | 男主角 | 杜牧 |
| | 第二折 | 正末 | 男主角 | 杜牧 |
| | 第三折 | 正末 | 男主角 | 杜牧 |
| | 第四折 | 正末 | 男主角 | 杜牧 |

续表

| 剧目/作者 | 位置 | 行当 | 角色 | 主唱者 |
|---|---|---|---|---|
| 《两世姻缘》(乔吉) | 第一折<br>第二折<br>第三折<br>第四折 | 正旦<br>正旦<br>正旦<br>正旦 | 女主角<br>女主角<br>女配角<br>女配角 | 韩玉箫<br>韩玉箫<br>张玉箫<br>张玉箫 |
| 《金钱记》(乔吉) | 第一折<br>第二折<br>第三折<br>第四折 | 正末<br>正末<br>正末<br>正末 | 男主角<br>男主角<br>男主角<br>男主角 | 韩正卿<br>韩正卿<br>韩正卿<br>韩正卿 |
| 《东堂老》(秦简夫) | 楔子<br>第一折<br>第二折<br>第三折<br>第四折 | 正末<br>正末<br>正末<br>正末<br>正末 | 男主角<br>男主角<br>男主角<br>男主角<br>男主角 | 李茂卿（即东堂老）<br>李茂卿<br>李茂卿<br>李茂卿<br>李茂卿 |
| 《赵礼让肥》(秦简夫) | 第一折<br>第二折<br>第三折<br>第四折 | 正末<br>正末<br>正末<br>正末 | 男主角<br>男主角<br>男主角<br>男主角 | 赵礼<br>赵礼<br>赵礼<br>赵礼 |

续表

| 剧目/作者 | 位置 | 行当 | 角色 | 主唱者 |
|---|---|---|---|---|
| 《剪发待宾》（秦简夫） | 第一折 | 正旦 | 女主角 | 陶母 |
| | 第二折 | 正旦 | 女主角 | 陶母 |
| | 第三折 | 正旦 | 女主角 | 陶母 |
| | 第四折 | 正旦 | 女主角 | 陶母 |
| 《杀狗劝夫》（萧德祥） | 楔子 | 正末 | 男主角 | 孙华 |
| | 第一折 | 正末 | 男主角 | 孙华 |
| | 第二折 | 正末 | 男主角 | 孙华 |
| | 第三折 | 正末 | 男主角 | 孙华 |
| | 第四折 | 正末 | 男主角 | 孙华 |
| 《孟良盗骨》（朱凯） | 第一折 | 正末 | 男配角 | 杨令公（鬼魂） |
| | 第二折 | 正末 | 男主角 | 孟良 |
| | 第三折 | 正末 | 男主角 | 孟良 |
| | 第四折 | 正末 | 男配角 | 杨和尚（王郎） |
| 《黄鹤楼》（朱凯） | 第一折 | 净（禾旦）；正末 | 男配角；男配角 女配角 | 赵云 村姑；村童（伴哥） |
| | 第二折 | 正旦 | 男配角 | 姜维 |
| | 第三折 | 正末 | 男配角 | 张飞 |
| | 第四折 | 正末 | | |

续表

| 剧目/作者 | 位置 | 行当 | 角色 | 主唱者 |
|---|---|---|---|---|
| 《桃花女》（王晔） | 楔子 | 正旦 | 女主角 | 桃花女 |
| | 第一折 | 正旦 | 女主角 | 桃花女 |
| | 第二折 | 正旦 | 女主角 | 桃花女 |
| | 第三折 | 正旦 | 女主角 | 桃花女 |
| | 第四折 | 正旦 | 女主角 | 桃花女 |
| 《风云会》（罗贯中） | 楔子 | 末 | 男配角 | 石守信 |
| | 第一折 | 正末 | 男主角 | 赵匡胤 |
| | 第二折 | 正末 | 男主角 | 赵匡胤 |
| | 第三折 | 正末 | 男主角 | 赵匡胤 |
| | 第四折 | 末；合唱（结尾） | 男配角；男配角 | 赵普；众将 |
| 《城南柳》（谷子敬） | 楔子 | 正末 | 男主角 | 吕洞宾 |
| | 第一折 | 正末 | 男主角 | 吕洞宾 |
| | 第二折 | 正末 | 男配角 | 吕洞宾 |
| | 第三折 | 末 | 男配角 | 渔翁 |
| | 第四折 | 正末 | 男主角 | 吕洞宾 |
| 《刘行首》（杨景贤） | 第一折 | 正末 | 男配角 | 王重阳 |
| | 第二折 | 正末 | 男主角 | 马丹阳 |
| | 第三折 | 正末 | 男主角 | 马丹阳 |
| | 第四折 | 正末 | 男主角 | 马丹阳 |

续表

| 剧目/作者 | 位置 | 行当 | 角色 | 主唱者 |
|---|---|---|---|---|
| 《西游记》（杨景贤）第一本 | 第一出<br>第二出<br>第三出<br>第四出 | 正旦<br>正旦<br>正旦<br>正旦 | 女主角<br>女主角<br>女主角<br>女主角 | 殷氏（即陈光蕊妻子）<br>殷氏<br>殷氏<br>殷氏 |
| 《西游记》（杨景贤）第二本 | 第五出<br>第六出<br>第七出<br>第八出 | 正末<br>禾旦<br>正末<br>正末 | 男配角<br>女配角<br>男配角<br>男配角 | 尉迟恭<br>胖姑<br>木叉行者<br>华光天王 |
| 《西游记》（杨景贤）第三本 | 第九出<br>第十出<br>第十一出<br>第十二出 | 正旦<br>正末<br>正末<br>正旦 | 女配角<br>男配角<br>男配角<br>女配角 | 金鼎国王女<br>花果山神<br>刘太公<br>鬼子母 |
| 《西游记》（杨景贤）第四本 | 第十三出<br>第十四出<br>第十五出<br>第十六出 | 正旦<br>正旦、末<br>正末 | 女配角<br>女配角<br>女配角、男配角<br>男配角 | 裴海棠<br>裴海棠<br>裴海棠、行者<br>二郎神 |

续表

| 剧目/作者 | 位置 | 行当 | 角色 | 主唱者 |
|---|---|---|---|---|
| 《西游记》（杨景贤）第五本 | 第十七出<br>第十八出<br>第十九出<br>第二十出 | 正旦、末<br>正末<br>正旦<br>正旦 | 女配角、男配角<br>男配角<br>女配角<br>女配角 | 女儿国国王、孙行者<br>采药仙人<br>铁扇公主<br>电母（电神） |
| 《西游记》（杨景贤）第六本 | 第二十一出<br>第二十二出<br>第二十三出<br>第二十四出 | 正旦、末<br>正末<br>正末 | 女配角、男配角<br>男配角<br>男配角 | 贫婆、给孤长者<br>成基<br>飞仙<br>佛（释迦牟尼） |
| 《梧桐叶》（李唐宾） | 楔子<br>第一折<br>第二折<br>第三折<br>第四折 | 正旦<br>正旦<br>正旦<br>正旦 | 女主角<br>女主角<br>女主角<br>女主角 | 李云英<br>李云英<br>李云英<br>李云英 |
| 《两团圆》（高茂卿） | 楔子<br>第一折<br>第二折<br>第三折<br>第四折 | 正末<br>正末<br>正末<br>正末 | 男主角<br>男主角<br>男配角<br>男主角 | 韩弘道<br>韩弘道<br>韩弘道<br>院公<br>韩弘道 |

续表

| 剧目/作者 | 位置 | 行当 | 角色 | 主唱者 |
|---|---|---|---|---|
| 《来生债》(刘君锡) | 楔子 | 正末 | 男主角 | 庞居士 |
| | 第一折 | 正末 | 男主角 | 庞居士 |
| | 第二折 | 正末 | 男主角 | 庞居士 |
| | 第三折 | 正末 | 男主角 | 庞居士 |
| | 第四折 | 正末 | 男主角 | 庞居士 |
| 《误入桃源》(王子一) | 第一折 | 正末 | 男主角 | 刘晨 |
| | 第二折 | 正末 | 男主角 | 刘晨 |
| | 楔子 | 正末 | 男主角 | 刘晨 |
| | 第三折 | 正末 | 男主角 | 刘晨 |
| | 第四折 | 正末 | 男主角 | 刘晨 |
| 《玉梳记》(贾仲明) | 第一折 | 正旦 | 女主角 | 顾玉香 |
| | 楔子 | 正旦 | 女主角 | 顾玉香 |
| | 第二折 | 正旦 | 女主角 | 顾玉香 |
| | 第三折 | 正旦 | 女主角 | 顾玉香 |
| | 第四折 | 正旦 | 女主角 | 顾玉香 |
| 《升仙梦》(贾仲明)(该剧每折出现旦、末同唱,较罕见) | 第一折 | 正末;正旦 | 男主角;女主角 | 翠柳(树仙);娇桃(树仙) |
| | 第二折 | 正末;正旦 | 男主角;女主角 | 柳春;陶氏 |
| | 第三折 | 正末;正旦 | 男主角;女主角 | 柳春;陶氏 |
| | 第四折 | 正末;正旦 | 男主角;女主角 | 柳春;陶氏 |

续表

| 剧目/作者 | 位置 | 行当 | 角色 | 主唱者 |
|---|---|---|---|---|
| 《玉壶春》<br>(贾仲明) | 楔子<br>第一折<br>第二折<br>第三折<br>第四折 | 正末<br>正末<br>正末<br>正末<br>正末 | 男主角<br>男主角<br>男主角<br>男主角<br>男主角 | 李文武<br>李文武<br>李文武<br>李文武<br>李文武 |
| 《金童玉女》<br>(贾仲明) | 第一折<br>第二折<br>第三折<br>第四折 | 正末<br>正末<br>正末<br>正末、旦、末 | 男主角<br>男主角<br>男主角<br>男主角；配角 | 金安寿<br>金安寿<br>金安寿<br>金安寿；八仙（合唱） |
| 《䉉萨蛮》<br>(贾仲明) | 第一折<br>第二折<br>第三折<br>第四折 | 正旦<br>正旦<br>正旦<br>正旦 | 女主角<br>女配角<br>女主角<br>女主角 | 萧淑兰<br>嬷嬷<br>萧淑兰<br>萧淑兰 |
| 《留鞋记》<br>(无名氏) | 楔子<br>第一折<br>第二折<br>第三折<br>第四折 | 正旦<br>正旦<br>正旦<br>正旦<br>正旦 | 女主角<br>女主角<br>女主角<br>女主角<br>女主角 | 王月英<br>王月英<br>王月英<br>王月英<br>王月英 |

续表

| 剧目/作者 | 位置 | 行当 | 角色 | 主唱者 |
|---|---|---|---|---|
| 《替杀妻》<br>(无名氏) | 楔子<br>第一折<br>第二折<br>第三折<br>第四折 | 正末<br>正末<br>正末<br>正末<br>正末 | 男主角<br>男主角<br>男主角<br>男主角<br>男主角 | 张千<br>张千<br>张千<br>张千<br>张千 |
| 《焚儿救母》<br>(无名氏) | 楔子<br>第一折<br>第二折<br>第三折<br>第四折 | 正末<br>正末<br>正末<br>正末<br>正末 | 男主角<br>男主角<br>男主角<br>男配角<br>男主角 | 张屠<br>张屠<br>张屠<br>李能（鬼急脚）<br>张屠 |
| 《博望烧屯》<br>(无名氏) | 第一折<br>第二折<br>第三折<br>第四折 | 正末<br>正末<br>正末<br>正末 | 男主角<br>男主角<br>男主角<br>男主角 | 诸葛亮<br>诸葛亮<br>诸葛亮<br>诸葛亮 |
| 《鸳鸯被》<br>(无名氏) | 楔子<br>第一折<br>第二折<br>第三折<br>第四折 | 正旦<br>正旦<br>正旦<br>正旦<br>正旦 | 女主角<br>女主角<br>女主角<br>女主角<br>女主角 | 李玉英<br>李玉英<br>李玉英<br>李玉英<br>李玉英 |

续表

| 剧目/作者 | 位置 | 行当 | 角色 | 主唱者 |
|---|---|---|---|---|
| 《独角牛》<br>（无名氏） | 第一折<br>第二折<br>第三折<br>第四折 | 正末<br>正末<br>正末<br>正末 | 男主角<br>男主角<br>男配角<br>男配角 | 刘千<br>刘千<br>刘千<br>出山彪 |
| 《衣袄车》<br>（无名氏） | 第一折<br>第二折<br>楔子<br>第三折<br>第四折 | 正末<br>正末<br>正末<br>正末<br>正末 | 男配角<br>男配角<br>男配角<br>男配角<br>男配角 | 王环<br>刘庆<br>刘庆<br>探子<br>刘庆 |
| 《飞刀对箭》<br>（无名氏） | 第一折<br>第二折<br>楔子<br>第三折<br>第四折 | 正末<br>正末<br>正末<br>正末<br>正末 | 男主角<br>男主角<br>男主角<br>男配角<br>男主角 | 薛仁贵<br>薛仁贵<br>薛仁贵<br>探子<br>薛仁贵 |
| 《抱妆盒》<br>（无名氏） | 楔子<br>第一折<br>楔子<br>第三折<br>第四折 | 冲末<br>正末；旦<br>正末<br>正末<br>正末 | 男配角<br>男主角；女配角<br>男主角<br>男主角<br>男主角 | 殿头官<br>陈琳<br>陈琳；寇承御<br>陈琳<br>陈琳<br>陈琳 |

续表

| 剧目/作者 | 位置 | 行当 | 角色 | 主唱者 |
|---|---|---|---|---|
| 《千里独行》（无名氏） | 楔子 | 正旦 | 女配角 | 甘夫人 |
|  | 第一折 | 正旦 | 女配角 | 甘夫人 |
|  | 第二折 | 正旦 | 女配角 | 甘夫人 |
|  | 第三折 | 正旦 | 女配角 | 甘夫人 |
|  | 第四折 | 正旦 | 女配角 | 甘夫人 |
| 《举案齐眉》（无名氏） | 第一折 | 正旦 | 女主角 | 孟光 |
|  | 第二折 | 正旦 | 女主角 | 孟光 |
|  | 第三折 | 正旦 | 女主角 | 孟光 |
|  | 第四折 | 正旦 | 女主角 | 孟光 |
| 《冻苏秦》（无名氏） | 楔子 | 正末 | 男主角 | 苏秦 |
|  | 第一折 | 正末 | 男主角 | 苏秦 |
|  | 第二折 | 正末 | 男主角 | 苏秦 |
|  | 第三折 | 正末 | 男主角 | 苏秦 |
|  | 第四折 | 正末 | 男主角 | 苏秦 |
| 《赚蒯通》（无名氏） | 第一折 | 正末 | 男配角 | 张良 |
|  | 第二折 | 正末 | 男主角 | 蒯文通 |
|  | 第三折 | 正末 | 男主角 | 蒯文通 |
|  | 第四折 | 正末 | 男主角 | 蒯文通 |

续表

| 剧目/作者 | 位置 | 行当 | 角色 | 主唱者 |
|---|---|---|---|---|
| 《马陵道》(无名氏) | 楔子<br>第一折<br>楔子<br>第二折<br>第三折<br>第四折 | 正末<br>正末<br>正末<br>正末<br>正末<br>正末 | 男主角<br>男主角<br>男主角<br>男主角<br>男主角<br>男主角 | 孙膑<br>孙膑<br>孙膑<br>孙膑<br>孙膑<br>孙膑 |
| 《连环记》(无名氏) | 第一折<br>第二折<br>第三折<br>第四折 | 正末<br>正末<br>正末<br>正末 | 男主角<br>男主角<br>男主角<br>男主角 | 王允<br>王允<br>王允<br>王允 |
| 《赤壁赋》(无名氏) | 第一折<br>第二折<br>楔子<br>第三折<br>第四折 | 正末<br>正末<br>正末<br>正末<br>正末 | 男主角<br>男主角<br>男主角<br>男主角<br>男主角 | 苏轼<br>苏轼<br>苏轼<br>苏轼<br>苏轼 |
| 《云窗梦》(无名氏) | 第一折<br>第二折<br>第三折<br>第四折 | 正旦<br>正旦<br>正旦<br>正旦 | 女主角<br>女主角<br>女主角<br>女主角 | 郑月莲<br>郑月莲<br>郑月莲<br>郑月莲 |

续表

| 剧目/作者 | 位置 | 行当 | 角色 | 主唱者 |
|---|---|---|---|---|
| 《货郎担》（无名氏） | 第一折 | 正旦 | 女配角 | 刘氏（李彦和之妻） |
| | 第二折 | 副旦 | 女配角 | 张三姑 |
| | 第三折 | 副旦 | 女配角 | 张三姑 |
| | 第四折 | 副旦 | 女配角 | 张三姑 |
| 《朱砂担》（无名氏） | 楔子 | 正末 | 男主角 | 王文用 |
| | 第一折 | 正末 | 男主角 | 王文用 |
| | 第二折 | 正末 | 男配角 | 王文用 |
| | 第三折 | 正末 | 男配角 | 东岳太尉 |
| | 第四折 | 正末 | 男主角 | 王文用（鬼魂） |
| 《黄花峪》（无名氏） | 第一折 | 旦 | 女配角 | 李幼奴 |
| | 楔子 | 正末 | 男配角 | 杨雄 |
| | 第二折 | 正末 | 男配角 | 李逵 |
| | 第三折 | 正末 | 男配角 | 李逵 |
| | 第四折 | 正末 | 男配角 | 鲁智深 |
| 《锁魔镜》（无名氏） | 第一折 | 正末 | 男主角 | 那吒 |
| | 第二折 | 正末 | 男配角 | 天神 |
| | 第三折 | 正末 | 男配角 | 那吒 |
| | 第四折 | 正末 | 男配角 | 探子 |
| | 第五折 | 正末 | 男主角 | 那吒 |

续表

| 剧目/作者 | 位置 | 行当 | 角色 | 主唱者 |
|---|---|---|---|---|
| 《蓝采和》<br>（无名氏） | 第一折<br>第二折<br>第三折<br>第四折 | 正末<br>正末<br>正末<br>正末 | 男主角<br>男主角<br>男主角<br>男主角 | 许坚（蓝采和）<br>许坚（蓝采和）<br>许坚（蓝采和）<br>许坚（蓝采和）|
| 《符定锭》<br>（无名氏） | 楔子<br>第一折<br>第二折<br>第三折<br>楔子<br>第四折 | 正旦<br>正旦<br>正旦<br>正旦<br>正旦<br>正旦 | 女主角<br>女主角<br>女配角<br>女主角<br>女配角<br>女主角 | 符定锭<br>符定锭<br>赵满堂<br>符定锭<br>赵满堂<br>符定锭 |
| 《九世同居》<br>（无名氏） | 第一折<br>第二折<br>第三折<br>第四折 | 正末<br>正末<br>正末<br>正末 | 男主角<br>男主角<br>男主角<br>男主角 | 张公艺<br>张公艺<br>张公艺<br>张公艺 |
| 《认父归朝》<br>（无名氏） | 第一折<br>第二折<br>第三折<br>第四折 | 正末<br>净；正末<br>正末<br>正末 | 男配角<br>男配角；男主角<br>男主角<br>男主角 | 宇文庆（院公）<br>李道宗；尉迟恭<br>尉迟恭<br>尉迟恭 |

续表

| 剧目/作者 | 位置 | 行当 | 角色 | 主唱者 |
|---|---|---|---|---|
| 《刘弘嫁婢》（无名氏） | 楔子 | 正末 | 男主角 | 刘弘 |
| | 第一折 | 正末 | 男主角 | 刘弘 |
| | 第二折 | 正末 | 男主角 | 刘弘 |
| | 第三折 | 正末 | 男主角 | 刘弘 |
| | 第四折 | 正末 | 男主角 | 刘弘 |
| 《渔樵记》（无名氏） | 第一折 | 正末 | 男主角 | 朱买臣 |
| | 第二折 | 正末 | 男主角 | 朱买臣 |
| | 楔子 | 正末 | 男主角 | 朱买臣 |
| | 第三折 | 正末 | 男配角 | 张撇古 |
| | 第四折 | 正末 | 男主角 | 朱买臣 |
| 《村乐堂》（无名氏） | 第一折 | 正末 | 男配角 | 张孝友 |
| | 第二折 | 正末 | 男配角 | 曳剌（衙役） |
| | 楔子 | 正末 | 男配角 | 曳剌（衙役） |
| | 第三折 | 正末 | 男主角 | 张本（令史） |
| | 第四折 | 正末 | 男主角 | 张仲 |
| 《延安府》（无名氏） | 第一折 | 正末 | 男主角 | 李圭（廉使官） |
| | 第二折 | 正末 | 男主角 | 李圭（廉使官） |
| | 第三折 | 正末 | 男主角 | 李圭（廉使官） |
| | 第四折 | 正末 | 男主角 | 李圭（廉使官） |

续表

| 剧目/作者 | 位置 | 行当 | 角色 | 主唱者 |
|---|---|---|---|---|
| 《三虎下山》（无名氏） | 楔子 | 正旦 | 女主角 | 李千娇 |
|  | 第一折 | 正旦 | 女主角 | 李千娇 |
|  | 第二折 | 正旦 | 女主角 | 李千娇 |
|  | 第三折 | 正旦 | 女主角 | 李千娇 |
|  | 第四折 | 正旦 | 女主角 | 李千娇 |
| 《谢金吾》（无名氏） | 楔子 | 净 | 男配角 | 王枢密（贺驴儿） |
|  | 第一折 | 正旦 | 女主角 | 佘太君 |
|  | 第二折 | 正旦 | 女主角 | 佘太君 |
|  | 第三折 | 正旦 | 女配角 | 长国姑（六郎岳母） |
|  | 第四折 | 正旦 | 女配角 | 长国姑（六郎岳母） |
| 《隔江斗智》（无名氏） | 第一折 | 正旦 | 女主角 | 孙安小姐 |
|  | 第二折 | 正旦 | 女主角 | 孙安小姐 |
|  | 第三折 | 正旦 | 女主角 | 孙安小姐 |
|  | 楔子 | 末 | 男配角 | 张飞 |
|  | 第四折 | 正旦 | 女主角 | 孙安小姐 |
| 《百花亭》（无名氏） | 第一折 | 正末 | 男主角 | 王焕 |
|  | 楔子 | 正末 | 男主角 | 王焕 |
|  | 第二折 | 正末 | 男主角 | 王焕 |
|  | 第三折 | 正末 | 男主角 | 王焕 |
|  | 第四折 | 正末 | 男主角 | 王焕 |

续表

| 剧目/作者 | 位置 | 行当 | 角色 | 主唱者 |
|---|---|---|---|---|
| 《碧桃花》（无名氏） | 楔子 | 正旦 | 女主角 | 徐碧桃 |
|  | 第一折 | 正旦 | 女主角 | 徐碧桃（鬼魂） |
|  | 第二折 | 正旦 | 女配角 | 嬷嬷 |
|  | 第三折 | 正旦 | 女主角 | 徐碧桃（鬼魂） |
|  | 第四折 | 正旦 | 女主角 | 徐碧桃（还魂） |
| 《㑇丸记》（无名氏） | 第一折 | 正末 | 男配角 | 唐介（御史） |
|  | 第二折 | 正末 | 男主角 | 延寿马 |
|  | 楔子 | 正末 | 男主角 | 延寿马 |
|  | 第三折 | 正末 | 男主角 | 延寿马 |
|  | 第四折 | 正末 | 男主角 | 延寿马 |
| 《罗李郎》（无名氏） | 楔子 | 正末 | 男主角 | 罗李郎 |
|  | 第一折 | 正末 | 男主角 | 罗李郎 |
|  | 第二折 | 正末 | 男主角 | 罗李郎 |
|  | 第三折 | 净；正末 | 男配角；男主角 | 李篦；罗李郎 |
|  | 第四折 | 正末 | 男主角 | 罗李郎 |
| 《存孝打虎》（无名氏） | 楔子 | 正末 | 男配角 | 陈敬思 |
|  | 第一折 | 正末 | 男配角 | 陈敬思 |
|  | 第二折 | 正末 | 男主角 | 安敬思（李存孝） |
|  | 第三折 | 正末 | 男主角 | 李存孝 |
|  | 第四折 | 正末 | 男配角 | 探子 |

续表

| 剧目/作者 | 位置 | 行当 | 角色 | 主唱者 |
|---|---|---|---|---|
| 《还牢末》（无名氏） | 楔子 | 正末 | 男主角 | 李荣祖（都孔目） |
| | 第一折 | 正末 | 男主角 | 李荣祖（都孔目） |
| | 第二折 | 正末 | 男主角 | 李荣祖（都孔目） |
| | 第三折 | 正末 | 男主角 | 李荣祖（都孔目） |
| | 第四折 | 正末 | 男主角 | 李荣祖（都孔目） |
| 《玩江亭》（无名氏） | 第一折 | 正旦 | 女主角 | 赵江梅（员外妻） |
| | 第二折 | 正旦 | 女主角 | 赵江梅（员外妻） |
| | 第三折 | 正旦 | 女主角 | 赵江梅（员外妻） |
| | 第四折 | 正旦 | 女主角 | 赵江梅（员外妻） |
| 《野猿听经》（无名氏） | 第一折 | 正末 | 男主角 | 樵夫（野猿幻化） |
| | 第二折 | 正末 | 男主角 | 猿猴（猿猴幻化） |
| | 楔子 | 正末 | 男主角 | 袁逊（猿猴幻化） |
| | 第四折 | 正末 | 男主角 | 袁逊（猿猴幻化） |
| 《冯玉兰》（无名氏） | 第一折 | 正旦 | 女主角 | 冯玉兰 |
| | 第二折 | 正旦 | 女主角 | 冯玉兰 |
| | 第三折 | 正旦 | 女主角 | 冯玉兰 |
| | 第四折 | 正旦 | 女主角 | 冯玉兰 |

续表

| 剧目/作者 | 位置 | 行当 | 角色 | 主唱者 |
|---|---|---|---|---|
| 《陈州粜米》（无名氏） | 楔子 | 冲末 | 男配角 | 范仲淹 |
|  | 第一折 | 正末 | 男配角 | 张撤古 |
|  | 第二折 | 正末 | 男主角 | 包拯 |
|  | 第三折 | 正末 | 男主角 | 包拯 |
|  | 第四折 | 正末 | 男主角 | 包拯 |
| 《合同文字》（无名氏） | 楔子 | 正末 | 男配角 | 刘天瑞 |
|  | 第一折 | 正末 | 男配角 | 刘天瑞 |
|  | 第二折 | 正末 | 男主角 | （张）刘安住 |
|  | 第三折 | 正末 | 男主角 | 刘安住 |
|  | 第四折 | 正末 | 男主角 | 刘安住 |
| 《盆儿鬼》（无名氏） | 楔子 | 正末 | 男主角 | 杨国用 |
|  | 第一折 | 正末 | 男主角 | 杨国用 |
|  | 第二折 | 正末 | 男配角 | 盏神 |
|  | 第三折 | 正末 | 男配角 | 张撤古 |
|  | 第四折 | 正末 | 男配角 | 张撤古 |
| 《神奴儿》（无名氏） | 第一折 | 正末 | 男配角 | 李德仁 |
|  | 楔子 | 正末 | 男配角 | 院公 |
|  | 第二折 | 正末 | 男配角 | 院公 |
|  | 第三折 | 正末 | 男配角 | 院公 |
|  | 第四折 | 正末 | 男配角 | 包拯 |

为更清晰地辨析元杂剧中"一角主唱"及主唱人变换的特点，以作为"引论"中"元杂剧文本体制的叙事性"相关内容的佐证，笔者特地创编此元杂剧主唱人情况统计表。根据此表可以得出的统计结果为：现存完整传世的162部元杂剧中，主唱人出现变换情形者有75部，占46.3%。对于多本数十折的长篇形制的《西厢记》与《西游记》，为便于辨析而按每本四折未标示。

表三 古希腊戏剧运用"幕后戏"情况统计简表

| "战争"或"死亡"的类型 | "幕后戏"的具体使用情况 |
|---|---|
| 战争（大规模）：埃斯库罗斯《波斯人》 | 身为逃兵的送信人向波斯王太后及长老们讲述战争波希战役波斯战败惨况 |
| 战争（大规模）：埃斯库罗斯《七将攻忒拜》 | 七将攻忒拜以及俄狄浦斯两子两败俱亡的厮杀由报信人叙述出来 |
| 战争（战役）：索福克勒斯《赫拉克勒斯的儿女》 | 雅典人打败阿耳戈斯人的战斗情景，由仆人讲述出来 |
| 战争（战役）：欧里庇得斯《请愿的妇女》 | 报信人叙述国王提修斯获胜的消息 |
| 战争（战役）：欧里庇得斯《瑞索斯》 | 色雷斯国王瑞索斯当夜被希腊军师奥德修斯偷袭暗杀的情景，由其身边取者叙述出来 |
| 战争（战役）：欧里庇得斯《阿尔克斯提斯》 | 赫拉克勒斯为救回意代夫（阿德墨托斯国王）而死的王后阿尔克斯提斯，而与死神展开一场激烈厮杀并获得胜利，此搏斗情景由当事人赫拉克勒斯讲述 |
| 战争（战役）＋死亡（自杀）：欧里庇得斯《腓尼基妇女》 | 俄狄浦斯两个儿子为争夺王位决斗身亡战况由报信人甲讲述；伊俄卡斯忒自杀由报信人乙叙述 |
| 死亡（杀人）：埃斯库罗斯《阿伽门农》 | 阿伽门农以及卡桑德拉被杀均置于幕后，死后有场景展示，王后讲述杀夫情景 |
| 死亡（杀人）：埃斯库罗斯《奠酒人》 | 奥瑞斯特斯在宫内杀死母亲埃葵斯托斯，之后有死亡场景的展示 |
| 死亡（杀人）：索福克勒斯《厄勒克特拉》 | 仆人向克吕泰墨斯特拉讲述奥瑞斯特斯意外身亡事件由情者追忆披露出来 |
| 死亡（杀人）：索福克勒斯《厄勒克特拉》 | 结尾处奥瑞斯特斯连同姐姐厄勒克特拉在王宫内杀死了母亲及其奸夫 |
| 死亡（杀人）：欧里庇得斯《厄勒克特拉》 | 报信人叙述埃葵斯托斯被杀的情况；奥瑞斯特斯姐弟杀母亲于王宫内，杀后有死亡场景展示 |

续表

| "死亡"的类型 | "幕后戏"的具体使用情况 |
| --- | --- |
| 死亡（"战争"或杀人）：欧里庇得斯《奥瑞斯特斯》 | 姐姐在外面望风，奥瑞斯特斯在宫内杀死海伦 |
| 死亡（杀人）：欧里庇得斯《疯狂的赫拉克勒斯》 | 报信人讲述一时疯癫的赫拉克勒斯虐杀妻儿的惨案 |
| 死亡（杀人）：欧里庇得斯《美狄亚》 | 新娘、国王克瑞翁死亡通过报信人讲述；美狄亚杀子事件借助儿子屋内发出呼叫间接表现 |
| 死亡（杀人）：欧里庇得斯《安德洛玛克》 | 涅奥普托勒摩斯被刺死于神庙前惨案由祖父佩琉斯叙述 |
| 死亡（安乐死）：索福克勒斯《俄狄浦斯在科洛诺斯》 | 俄狄浦斯在雅典国王忒修斯庇护下的流落地科洛诺斯圣林安详死去由报信人叙述出来 |
| 死亡（自杀）：索福克勒斯《特拉基斯少女》 | 得阿涅拉以马人血浸泡衣服送给丈夫，赫拉克勒斯中毒而死；得氏懊悔自杀由保姆讲述 |
| 死亡（自杀）：欧里庇得斯《希波吕托斯》 | 受继母挑逗而被父亲冤枉的希波吕托斯死讯由报信人讲出；继母上吊由女仆自屋内喊出 |
| 死亡（自杀）：索福克勒斯《安提戈涅》 | 安提戈涅、海蒙及其母亲自杀，均由报信人讲出 |
| 特例：以"幕前戏"直接表现"自杀"事件：索福克勒斯《埃阿斯》 | 主人公埃阿斯的自杀是当众、在舞台上发生 |

为清晰地辨析与说明古希腊戏剧对于"幕后戏"的使用情况，以作为"幕后戏"相关内容之佐证，笔者这里尝试以"战争"与"死亡"题材为例，创编此统计表。根据此表得出的统计结果为：运用"幕后戏"剧作达20部以上，占古希腊传世32部剧作的一半以上（62.5%）。

表四　元杂剧与"三一律"关系抽样分析统计表

| 剧目/作者 | 结构 | 时间 | 地点 | 故事情节 | 核心事件 |
|---|---|---|---|---|---|
| 窦娥冤 关汉卿 | 楔子 第一折 第二折 第三折 第四折 | 某日 十三年后某日 次日（接第一折） 受审后第三日 三年后某夜至次日早上 | 蔡婆婆家 赛卢医家、郑外、蔡婆家 赛卢医家（药铺）、蔡婆婆家、楚州衙门 法场途中、法场 楚州府衙 | 窦天章卖女抵债并入京赴考 蔡婆上门索债险些遇害，救命恩人上门赖婚未果 张驴儿汤肉下毒误死父亲，状告窦娥杀人，法庭审判定罪 法场同刑，窦娥发下三桩奇誓 窦天章审案宗，鬼魂诉冤，鬼魂出庭断案昭雪 | 青年寡妇窦娥蒙冤屈死并最终得以伸冤雪昭 |
| 救风尘 关汉卿 | 第一折 第二折 第三折 第四折 | 某一天 某一天（王货郎捎信次日） 两天后 第二天 | 汴梁宋引章家 郑州周舍家、宋引章家 赵盼儿家、客店 汴梁、客店、周舍家、郑州、回汴梁途中、郑州府 | 周舍上门求婚获允，安秀实求援未成 宋引章婚后受虐求救，宋母告知赵盼儿，赵捎信给宋，欲亲营救 赵盼儿来到郑州客店见周舍，以许婚为由让周休弃宋 宋被休与赵逃走，半路被追上，最终周舍状告宋司败诉 | 妓女赵盼儿以卖弄风情的手段战胜无赖周舍而救出落难的宋引章 |

续表

| 剧目/作者 | 结构 | 时间 | 地点 | 故事情节 | 核心事件 |
|---|---|---|---|---|---|
| 单刀会 关汉卿 | 第一折 第二折 第三折 第四折 | 某一天 当日（也许） 次日 某日（未确指） | 东吴鲁肃家、乔公家 东吴司马徽家 荆州关羽府 江边宴厅、江中、船上 | 鲁肃设计向关羽索要荆州，事先征询乔公意见被否决 鲁肃登门征询司马徽意见遭拒 关羽接请柬赴宴，决计过江赴约 宴席上智斗鲁肃，胜利返回 | 关羽赴宴挫败鲁肃欲索讨荆州阴谋，胜利返回 |
| 墙头马上 白朴 | 第一折 第二折 第三折 第四折 | 三月初八 当天夜里 七年后清明节 某天（中举后） | 长安裴府、洛阳李府城外、李府后花园 李府、馆驿、花园、闺房 裴府、后花园、书房 洛阳李府 | 裴少俊与李千金在李府花园墙头邂逅相爱 当夜裴越墙入闺房幽会，被嬷嬷发现后私奔 千金隐居后花园生有儿女，遭裴父发现将李驱逐 中举任洛阳县尹的少俊找到李氏，裴尚书道歉，夫妻团圆 | 李千金跟随裴少俊大胆私奔的自由爱情 |
| 梧桐雨 白朴 | 楔子 第一折 第二折 第三折 第四折 | 征讨失败次日；押安赴京某日 七月七夕 叛乱前日、当日 叛乱次日 平叛后的某天 | 幽州张桂府，京都王宫 京都王宫长生殿 渔阳，京都王宫 京城王宫，马嵬坡 西宫 | 安禄山平叛失败被押入京，而封渔阳节度使 杨贵妃与皇帝长生殿贵妃跳霓裳羽衣舞庆赏 安叛乱即到长安，帝欲出逃 兵变杀杨国忠，逼帝赐贵妃自尽 平叛后回京且退位的玄宗于西宫思念贵妃 | 唐玄宗与杨玉环之间生离死别、缠绵悱恻的帝妃爱情故事 |

续表

| 剧目/作者 | 结构 | 时间 | 地点 | 故事情节 | 核心事件 |
|---|---|---|---|---|---|
| 潇湘雨 杨显之 | 楔子 第一折 第二折 第三折 第四折 | 某日 事发几天后 三年后某日 三年后某秋日 当晚至次日晨 | 淮河渡口驿亭,淮河上 途中,崔家,考场,县府 秦川县令府,临江驿 赴沙门岛途中 临江驿,秦川县府 | 贬辰张商英乘船落水,获救女儿被渔夫崔文远收为义女 侄子崔通与翠鸾成婚,赵钱复试秦川县令女,秦寻夫的翠鸾被夫崔通诬为窃奴而刺配,欲害死翠鸾 张父寻女,翠鸾被押来到临江驿 张父、翠鸾寄宿临江驿,父女相认,断案抓崔,夫妻团聚 | 崔通欲害死结发妻子张翠鸾的"富贵易妻"故事 |
| 柳毅传书 尚仲贤 | 楔子 第一折 第二折 第三折 第四折 | 某日 某日 随后(不确) 随后(不确) 随后某些时候 | 泾河龙王府 柳毅家,泾河边 湖口庙宇,龙王府 洞庭湖老龙王府 柳家,洞庭湖畔 | 龙女三娘与泾河小龙夫妻不和,被经河老龙王委托去河边牧羊 小龙女托上朝应举路过的书生柳毅捎信向龙王求援 龙王弟火烧泾河小龙对打,电母述说战况 小龙被火龙吞食,龙女欲嫁柳遭拒,但柳继而后悔了 回家当日母为其娶范阳卢氏之女(龙女三娘假扮) | 受夫虐待的小龙女与代传书信的书生柳毅之间的爱情故事 |

续表

| 剧目/作者 | 结构 | 时间 | 地点 | 故事情节 | 核心事件 |
|---|---|---|---|---|---|
| 倩女离魂 郑光祖 | 楔子 第一折 第二折 第三折 第四折 | 某一天 随后某日 随后某日 某日 入京三年后某日 | （衡州）倩女家 倩女家、折柳亭 倩女家、叙舟江岸 状元府、回乡途中、倩女家 京都、倩女家、绣房 | 指腹为婚的王文举上京应举，路过探望岳母 母女到折柳亭为王送别 倩女离魂到叙舟江岸船上会王而一同赴京 赴任衡州府判的王携倩女魂魄回倩女家，倩女生病在家 倩女魂魄附体后苏醒 | 贵族少女张倩女魂离躯体而跟随王文举赴京赶考的离奇爱情故事 |
| 王粲登楼 郑光祖 | 楔子 第一折 第二折 第三折 第四折 | 某日 一月后某日 几天后 重阳节 某日 | 王粲家 酒店、京都蔡邕府 荆州 荆州溪山风月楼 蔡邕府、王粲元帅府 | 母亲让子上京求职 王粲典剑以暂居酒店，蔡邕曹植暗中相助，推荐投荆王刘表 王粲投刘表未得重用 王粲应许安道之邀来风月楼，慨叹怀才不遇 王旨任兵马大元帅兼左丞相，明真相，王与岳父和解 | 汉末落魄士子王粲得岳父蔡邕暗丞相助而发迹 |
| 东堂老 秦简夫 | 楔子 第一折 第二折 第三折 第四折 | 某日 赵死十年后某日 卖房木久某日 花掉房钱某日 次日 | 赵国器家、东堂老家 茶房、东堂老家 东堂老家、月明楼 瓦舍、茶房、东堂老家 东堂老家 | 郁闷成疾的赵国器托付邻居李茂卿（东堂老）监管浪子扬州奴 狐朋狗友柳、胡骏使扬州奴以房钱饮酒作乐，东堂老用五百锭买房 扬妻哥哥透露扬州奴去月明楼斥责，扬州奴落魄，遭柳、胡抛弃，遭训省悟 老家乞食遭请东堂 东堂老寿日宴请乡邻，将房产等归还扬州奴，浪子回头 | 邻居东堂老成功劝戒富商赵国器之子扬州奴浪荡回头 |

续表

| 剧目/作者 | 结构 | 时间 | 地点 | 故事情节 | 核心事件 |
|---|---|---|---|---|---|
| 货郎旦<br>无名氏 | 第一折<br>第二折<br>第三折<br>第四折 | 某天<br>一月后的当晚<br>十三年后某一天<br>某天 | 长安张玉娥家、李彦和家<br>李彦和家、洛河岸边<br>千户家、古门三岔路口<br>河南府馆驿 | 李彦和所娶妓女张玉娥气死李妻，张与魏合谋害死李彦和，李家失火逃离，"假媾公"魏推李下河，媾公救春郎与奶妈张三姑，坐船千户买走春郎，收张三姑为义女千户告春郎实情病故，货郎张三姑代立卖身文书春郎寻父来馆驿留宿，为娱乐唤货郎人三姑来唱，李发现春郎所编曲子，与三姑吟唱李家遭遇春身文书。三姑唱与李，春郎相认 | 心狠手辣的妓女张玉娥勾结奸夫魏邦彦，谋害李彦和，使其家破人亡 |
| 渔樵记<br>无名氏 | 第一折<br>第二折<br>楔子<br>第三折<br>第四折 | 某暮冬雪天<br>某一天<br>写休书次日<br>某天<br>某天 | 江边渔船上、<br>刘二公家<br>王安道家、朱买臣家<br>卖货郎途中、刘二公家<br>王安道家 | 樵夫朱买臣与渔夫王安道聚酒后遇司徒严助，献万言策<br>刘二公让女儿向朱讨休书，将朱驱逐出门<br>刘二公交渔夫王盘缠助朱上朝取应<br>货郎张向刘二公诉说会稽城肉见到新任太守朱买臣情景<br>刘氏父母见朱被拒认，王道实情和解，朱夫妻奉旨令完聚 | 落魄才子朱买臣被妻假休，岳父暗助其盘缠而应举发迹 |

续表

| 剧目/作者 | 结构 | 时间 | 地点 | 故事情节 | 核心事件 |
|---|---|---|---|---|---|
| 陈州粜米<br>无名氏 | 楔子<br>第一折<br>第二折<br>第三折<br>第四折 | 某日<br>某日<br>某日<br>某日<br>某日 | 中书省（厅内厅外）<br>陈州米仓内<br>议事堂内外、京师大街上<br>途中、城外、接官厅<br>陈州知州府衙 | 范奉旨商议赈灾，刘衙内荐子、婿为钦差<br>张撇古被小撇内打死，临终嘱小撇古向包公告状<br>范再派官员，小撇古议事堂门口向包告状，包公微服替妓女王粉莲牵驴打探消息，包再派差前往陈州<br>包公审案由小撇古锤杀小衙内，衙内敕刘杨吊树上<br>敕书送到，小撇古免死 | 包拯严惩利用机荒搜刮灾民、大捞横财的刘衙内及其子、婿等贪官污吏 |
| 赵氏孤儿<br>纪君祥 | 楔子<br>第一折<br>第二折<br>第三折<br>第四折<br>第五折 | 某日<br>楔子后某时日<br>第二天<br>第三天<br>二十年后一天<br>第二天 | 屠府、驸马府<br>驸马府<br>屠府、太平庄<br>屠府、太平庄<br>屠府、书房<br>屠府、魏府<br>闹市 | 屠氏遣人假传圣旨逼驸马赵朔自杀，囚禁公主<br>公主托孤自杀，守门军韩厥放程婴携孤逃后自尽<br>贾氏下诛杀令，程婴议定计带贾到太平庄拷问公孙并杀公孙商议定计<br>公孙找公孙商议定计带贾去太平庄拷问公孙并杀公孙，告之程勃真相<br>程勃奏知主公，闹市智擒屠氏而为家族劲奏雪耻 | 奸反屠岸贾陷害赵盾满门抄斩，程婴等舍身取义又解救"赵氏孤儿"，最终复仇伸冤 |

续表

| 剧目/作者 | 结构 | 时间 | 地点 | 故事情节 | 核心事件 |
|---|---|---|---|---|---|
| 丽春堂 王实甫 | 第一折 | 端阳节 | 御园 | 文武官员到御园进射柳会 | 四丞相乐善于射柳会殴打李圭被贬，复职与李圭归于好 |
| | 第二折 | 次日 | 香山 | 中三箭赢得锦袍玉带 | |
| | 第三折 | 打人之后某日 | 济南府尹，京都，溪边 | 右丞相香山宴会和李圭赌博，输而打后者 | |
| | 第四折 | 次日 | 丞相府丽春堂 | 被贬济南府歇马的右丞相被召复朝 | |
| | | | | 右丞相奉旨于玉春堂设宴，与负荆请罪的李圭和解 | |
| 汉宫秋 马致远 | 楔子 | 一天 | 射猎沙堤，王宫 | 单于进贡并欲请婆公主，汉元帝毛延寿建议广选宫女 | 汉元帝与宫女王昭君相爱，因单于逼婚昭君请婚，昭君请行通和番，投江殉国 |
| | 第一折 | 来秭归第二天 | 秭归县，后宫 | 毛索贿未成点破美人图敝明妃 | |
| | 第二折 | 入宫某日 | 单于帐内，西宫 | 昭君夜弹琵琶，被帝封明妃；毛逃献图，单于兵逼求婚 | |
| | 第三折 | 败露后约半月 | 灞陵桥，黑龙江边 | 昭君送行至江边投江；元帝夜送昭君 | |
| | 第四折 | 求婚次日，江边，和番百日某天 | 王宫 | 元帝夜思昭君，使者押来毛犯并告王死讯 | |
| 陈抟高卧 马致远 | 第一折 | 某日 | 汴梁州桥边；僻静酒肆 | 赵大舍与郑恩到州桥边问卦先生陈抟，道出赵（宋太祖）登基"帝王"相 | 陈抟摒弃功名，谢绝发迹登基的宋太祖的婚命和请，一心隐居华山 |
| | 第二折 | 数年后某日 | 西华山隐居处 | 赵出山 | |
| | 第三折 | 次日 | 皇宫，客馆，殿廷 | 宋太祖请陈人朝为官被辞拒 | |
| | 第四折 | 退朝回馆当日 | 客馆 | 赵恩见陈抟人朝为官，拟奏请封陈为"一品真人"，以女色迷惑未果 | |

续表

| 剧目/作者 | 结构 | 时间 | 地点 | 故事情节 | 核心事件 |
|---|---|---|---|---|---|
| 虎头牌 李直夫 | 第一折 第二折 第三折 第四折 | 某日 就任之日 中秋节 挨打次日 | 山寿马住宅、围猎场 金住马家村前 银住马营帐、元帅府 银住马家 | 叔嫂探望山寿马，册封元帅，叔央求当千户守护山口 弟银住马赴任时与哥喝酒辞行，携家去山口镇守 银住马贪酒失守山口，元帅屡唤后才去，元帅判斩，后免死杖，侄儿山寿马登门谢罪 | 银住马嗜酒失守山口，侄儿山寿马执法严明而予以杖责 |
| 看钱奴 郑庭玉 | 楔子 第一折 第二折 第三折 第四折 | 科考前夕 某日 暴富几年后某日 十年后二十七日 次日烧香后 | 曹州周荣祖家 东岳庙 解典库、酒店、贾仁家、东岳庙 贾仁家、酒店、药铺（陈德甫所开） | 荣祖家为上朝应试携妻儿离家外出 贾仁去庙拜求富，梦中神示 周荣祖穷途潦倒来酒店避寒，卖儿给贾氏（陈德甫作保人） 周夫妻与长寿来东岳庙献息拟来日烧香，妻犯病到药铺遇陈德甫，陈告知长寿肉情，发生冲突 周妻儿情，周氏父子团圆 | 财主贾仁买秀才周荣祖之子长寿，死后长寿与父终得团圆 |
| 秋胡戏妻 石君宝 | 第一折 第二折 第三折 第四折 | 新婚第三日 十年后某天 儿天后 当天 | 秋胡家 李大户家、秋胡家 途中、秋胡家、桑园 秋胡家 | 新婚宴上秋胡被抓从军 李大户遣罗大户将女嫁他以抵债，李上门逼婚遭拒未果 还乡途经桑园的秋胡调戏罗梅英未果 罗认出秋胡后要休书，婆母告劝勉强认夫 | 新婚被抓从军的秋胡省亲回家，于桑园调戏妻子梅英 |

续表

| 剧目/作者 | 结构 | 时间 | 地点 | 故事情节 | 核心事件 |
|---|---|---|---|---|---|
| 魔合罗 孟汉卿 | 楔子 | 某日 | 李彦实家、绒线铺 | 李德昌为避百日内灾祸而赴南昌经商 | 张鼎破解李德昌案，为刘四娘伸冤昭雪 |
| | 第一折 | 七月七日 | 绒线铺五道将军庙 | 李德昌避雨时染病，托躲雨的高山捎信给妻四娘 | |
| | 第二折 | 七月七日（同日） | 绒线铺、绒线铺、将军庙、河南府县衙 | 高山问路时先遇李文道，再遇李妻，文道先去庙让其服用毒药，四娘接夫到家不久立死，文道遂诬告嫂因奸情害夫，四娘屈打成招 | |
| | 第三折 | 七月四日 | 李文道家、李彦实家 | | |
| | 第四折 | 七月六日 | 河南府衙、刘四娘家 | 张鼎使计逐一盘问，由发现送信人高山查明真凶，成功断案 | |

为辨析元杂剧与"三一律"之间的关系，以作为"引论"相关阐释之佐证，笔者特地创编此抽样统计表。从此表中可以明显见出：以元杂剧为代表的中国古典戏剧，具有时空上的极大灵活自由性，以及演述故事情节上基本遵循"情节整一律"（如李渔强调的"一人一事"那样）的显著特征。因此，从根本上讲，与西方古典主义者崇奉的所谓"三一律"之时间整一律"和"地点整一律"之类法则的制约问题。

# 参考文献

## 一、参考书目

1. 热奈特. 叙事话语·新叙事话语 [M]. 王文融, 译. 北京: 中国社会科学出版社, 1990.

2. 里蒙·凯南. 叙事虚构作品 [M]. 北京: 中国社会科学出版社, 1991.

3. 杨义. 中国叙事学 [M]. 北京: 人民出版社, 1997.

4. 罗纲. 叙事学导论 [M]. 昆明: 云南人民出版社, 1994.

5. 申丹. 叙事学与小说文体学研究（第2版）[M]. 北京: 北京大学出版社, 2001.

6. 申丹, 韩加明, 等. 英美小说叙事理论研究 [M]. 北京: 北京大学出版社, 2005.

7. 傅修延. 讲故事的奥秘——文学叙述论 [M]. 北京: 百花洲文艺出版社, 1993.

8. 傅修延. 先秦叙事研究: 关于中国叙事传统的形成 [M]. 北京: 东方出版社, 1999.

9. 赵毅衡. 苦恼的叙述者: 中国小说的叙述形式与中国文化 [M]. 北京: 北京十月文艺出版社, 1993.

10. 赵毅衡. 当说者被说的时候——比较叙述学导论 [M]. 北京: 中国人民大学出版社, 1998.

11. 王平. 中国古代小说叙事研究 [M]. 石家庄: 河北人民出版社, 2001.

12. 罗小东. 话本小说叙事研究 [M]. 北京：学苑出版社, 2002.

13. 陈平原. 中国小说叙事模式的转变 [M]. 上海：上海人民出版社, 1988.

14. 陈建森. 元杂剧演述形态研究 [M]. 北京：南方出版社, 1999.

15. 董上德. 古代戏曲小说叙事研究 [M]. 广洲：广洲广东高等教育出版社, 2007.

16. 孟昭毅, 等. 印象：东方戏剧叙事 [M]. 北京：昆仑出版社, 2006.

17. 祖国颂, 等. 叙事学的中国之路：全国首届叙事学学术研讨会论文集 [C]. 北京：中国社会科学出版社, 2006.

18. 王建科. 元明家庭家族叙事文学研究 [M]. 北京：中国社会科学出版社, 2004.

19. 顾仲彝. 编剧理论与技巧 [M]. 北京：中国戏剧出版社, 1981.

20. 顾仲彝. 古典戏曲编剧六论 [M]. 北京：中国戏剧出版社, 1986.

21. 范钧宏. 戏曲编剧技巧浅论 [M]. 北京：中国戏剧出版社, 1984.

22. 范钧宏. 戏曲编剧论集 [M]. 上海：上海文艺出版社, 1982.

23. 谢成功, 梁志勇. 戏剧手法例话 [M]. 上海：上海文艺出版社, 1987.

24. 秦学人, 侯作卿. 中国古典编剧理论资料汇辑 [M]. 北京：中国戏剧出版社, 1984.

25. 陈衍. 中国古代编剧理论初探 [M]. 武汉：湖北人民出版社, 1984.

26. 陈竹. 中国古代剧作学史 [M]. 武汉：武汉出版社, 1999.

27. 黄士吉. 元杂剧作法论 [M]. 西宁：青海人民出版社, 1983.

28. 王国维. 宋元戏曲史 [M]. 上海：上海古籍出版社, 1998.

29. 王国维. 王国维戏曲论文集 [M]. 北京：中国戏剧出版社, 1984.

30. 中国戏曲研究院. 中国古典戏曲论著集成 [M]. 中国戏剧出版社, 1959.

31. 钟涛. 元杂剧艺术生产论 [M]. 北京：人民出版社, 2003.

32. 齐森华，陈多，叶长海. 中国曲学大辞典［M］. 杭州：浙江教育出版社，1997.

33. 廖奔. 中国古代剧场史［M］. 郑州：中州古籍出版社，1997.

34. 赵山林. 中国戏曲观众学［M］. 上海：华东师范大学出版社，1990.

35. 谭帆，陆炜. 中国古典戏剧理论史［M］. 上海：华东师范大学出版社，2005.

36. 隗芾，吴毓华. 古典戏曲美学资料集［M］. 文化艺术出版社，1992.

37. 吕效平. 戏曲本质论［M］. 南京：南京大学出版社，2003.

38. 吴戈. 戏剧本质新论［M］. 昆明：云南大学出版社，2001.

39. 李修生. 元杂剧史［M］. 南京：江苏古籍出版社，2002.

40. 徐扶明. 元代杂剧艺术［M］. 上海：上海文艺出版社，1981.

41. 吴国钦，李静，张筱梅. 元杂剧研究［M］. 武汉：湖北教育出版社，2003.

42. 臧晋叔. 元曲选（1—4册）［M］. 北京：中华书局，1958.

43. 隋树森. 元曲选外编（1—3册）［M］. 北京：中华书局，1959.

44. 王季思. 全元戏曲［M］. 北京：人民文学出版社，1999.

45. 吴国钦，校注. 关汉卿全集［M］. 广州：广东高等教育出版社，1988.

46. 郭英德. 明清传奇戏曲文体研究［M］. 北京：商务印书馆，2004.

47. 王季思. 中国十大古典喜剧集［M］. 上海：上海文艺出版社，1982.

48. 王季思. 中国十大古典悲剧集［M］. 上海：上海文艺出版社，1982.

49. 陈德芳校点. 金圣叹评西厢记［M］. 成都：四川文艺出版社，2000.

50. 钱钟书. 谈艺录［M］. 北京：中华书局，1984.

51. 孟昭毅. 东方戏剧美学［M］. 北京：经济日报出版社，1997.

52. 中国艺术研究院曲艺研究所. 说唱艺术简史 [M]. 北京：文化艺术出版社, 1988.

53. 斯威布. 古希腊神话与传说 [M]. 楚图南, 译. 北京：人民文学出版社, 1984.

54. 荷马史诗·伊利亚特 [M]. 陈中梅, 译. 北京：中国戏剧出版社, 2005.

55. 荷马史诗·奥德赛 [M]. 陈中梅, 译. 北京：中国戏剧出版社, 2005.

56. 埃斯库罗斯, 等. 古希腊悲剧喜剧全集（1—8）[M]. 张竹明, 王焕生, 译. 南京：译林出版社, 2007.

57. 埃斯库罗斯, 等. 罗念生全集 [M]. 罗念生, 译. 上海：上海人民出版社, 2004.

58. 莎士比亚全集 [M]. 朱生豪, 等译. 北京：人民文学出版社, 1994.

59. 莫里哀戏剧全集 [M]. 肖熹光, 译. 北京：文化艺术出版社, 1999.

60. 郑传寅, 黄蓓. 欧洲戏剧文学史 [M]. 北京：长江文艺出版社, 2002.

61. 廖可兑. 西欧戏剧史 [M]. 北京：中国戏剧出版社, 2002.

62. 吴光耀. 西方演剧史论稿 [M]. 北京：中国戏剧出版社, 2002.

63. 李道增, 傅英杰. 西方戏剧·剧场史 [M]. 北京：清华大学出版社, 1999.

64. 凯瑟琳·勒维. 古希腊喜剧艺术 [M]. 傅正明, 译. 北京：北京大学出版社, 1988.

65. 谢·伊·拉齐克. 俞久洪, 臧传真, 译校. 古希腊戏剧史 [M]. 天津：南开大学出版社, 1988.

66. 陈洪文, 水建馥. 古希腊三大悲剧家研究 [M]. 北京：中国社会科学出版社, 1986.

67. 罗念生. 论古希腊戏剧 [M]. 北京：中国戏剧出版社, 1985.

68. 廖可兑. 西欧剧作研究 [M]. 北京: 中国戏剧出版社, 2003.

69. 周宁. 西方戏剧理论史 [M]. 厦门: 厦门大学出版社, 2008.

70. 邱紫华. 悲剧精神与民族意识 [M]. 武汉: 华中师范大学出版社, 2000.

71. 周春生. 悲剧精神与欧洲思想文化史论 [M]. 上海: 上海人民出版社, 1999.

72. 孙惠柱. 第四堵墙: 戏剧的结构与解构 [M]. 上海: 上海书店出版社, 2006.

73. 霍洛道夫. 戏剧结构 [M]. 李明琨, 等译. 上海: 华东师范大学出版社, 1981.

74. 谭霈生. 论戏剧性 [M]. 北京: 北京大学出版社, 1981.

75. 柏拉图. 文艺对话录 [M]. 朱光潜, 译. 北京: 人民文学出版社, 1988.

76. 柏拉图. 诗学和艺术思想研究 [M]. 陈中梅, 译. 北京: 商务印书馆 1999.

77. 亚里士多德, 贺拉斯. 诗学·诗艺 [M]. 罗念生, 杨周翰, 译. 北京: 人民文学出版社, 1962.

78. 亚里士多德. 诗学 [M]. 陈中梅, 译. 北京: 商务印书馆, 1996.

79. 布瓦洛. 诗的艺术（第2版）[M]. 任典, 译. 北京: 人民文学出版社, 2009.

80. 莱辛. 拉奥孔 [M]. 朱光潜, 译. 北京: 人民文学出版社, 1984.

81. 莱辛. 汉堡剧评 [M]. 上海: 上海译文出版社, 1981.

82. 爱克曼, 辑录. 歌德谈话录 [M]. 朱光潜, 译. 北京: 人民文学出版社, 1985.

83. 狄德罗. 狄德罗美学论文选 [M]. 艾珉, 等译. 北京: 人民文学出版社, 1984.

84. 阿·尼柯尔. 西欧戏剧理论 [M]. 北京: 中国戏剧出版社, 1985.

85. 外国文学研究资料丛刊编辑委员会. 外国现代剧作家论剧作 [M]. 北京: 中国社会科学出版社, 1982.

86. 伍蠡甫, 胡经之. 西方文艺理论名著选编 [M]. 北京: 北京大学出版社, 1986.

87. 赵一凡, 等. 西方文论关键词 [M]. 北京: 外语教学与研究出版社, 2006.

88. 乔治·贝克. 戏剧技巧 [M]. 余上沅, 译. 北京: 中国戏剧出版社, 2004.

89. 威廉·阿契尔. 剧作法 [M]. 北京: 中国戏剧出版社, 1964.

90. 约翰·霍华德·劳逊. 戏剧与电影的剧作理论与技巧（第2版）[M]. 北京: 中国电影出版社, 1978.

91. 曼弗雷德·普菲斯特. 戏剧理论与戏剧分析 [M]. 周靖波, 李安定, 译. 北京: 北京广播学院出版社, 2004.

92. 李修生. 古本戏曲剧目提要 [M]. 北京: 文化艺术出版社, 1997.

93. 沈新林. 同源而异派：中国古代小说戏曲比较研究 [M]. 南京: 凤凰出版社, 2007.

94. 李万钧. 中国古今戏剧史 [M]. 广州: 广东高等教育出版社, 1997.

95. 饶芃子. 中西戏剧比较教程 [M]. 广州: 广东高等教育出版社, 1989.

96. 蓝凡. 中西戏剧比较论稿 [M]. 上海: 学林出版社, 1992.

97. 李晓. 比较研究：古剧结构原理 [M]. 北京: 中国戏剧出版社, 1989.

98. 周宁. 比较戏剧学——中西戏剧话语模式研究 [M]. 上海: 上海社会科学出版社, 1992.

99. 李强. 中外剧诗比较通论（上下）[M]. 北京: 中国社会科学出版社, 2006.

100. 刘彦君. 东西方戏剧进程 [M]. 北京: 文化艺术出版社, 1997.

101. 廖奔. 东西方戏剧的对峙与解构 [M]. 上海: 上海辞书出版社, 2007.

102. 李强. 中外戏剧文化交流史 [M]. 北京: 人民音乐出版社, 2002.

103. 何辉斌. 戏剧性戏剧与抒情性戏剧: 中西戏剧比较研究 [M]. 北京: 中国社会科学出版社, 2004.

104. 荣广润, 姜萌萌, 潘薇. 地球村中的戏剧互动: 中西戏剧影响比较研究 [M]. 上海: 上海三联书店, 2007.

105. 孙歌, 陈燕谷, 李逸津. 国外中国古典戏曲研究 [M]. 南京: 江苏教育出版社, 1999.

106. 黄鸣奋. 英语世界中中国古典文学之传播 [M]. 上海: 学林出版社, 1997.

107. 周发祥, 魏崇新. 碰撞与融会: 比较文学与中国古典文学 [M]. 北京: 外语教学与研究出版社, 2006.

## 二、参考文章

1. 苏永旭. 戏剧叙事学刍议 [J]. 河南教育学院学报, 1997 (1).

2. 学报编辑部. 笔谈戏剧叙事学研究 [J]. 河南教育学院学报, 1998 (1).

3. 学报编辑部. 戏剧叙事学研究笔谈 [J]. 河南教育学院学报, 1999 (2).

4. 苏永旭. 戏剧叙事学研究的五个重要的理论突破 [J]. 大舞台, 2003 (1).

5. 谭帆. 中国戏剧叙事学渊源考析 [J]. 华东师范大学学报, 1990 (2).

6. 王亚菲, 朱黎明. 中国古典戏曲叙述论 [J]. 艺术百家, 2007 (6).

7. 宋常立. 中国古代小说戏曲中的分层叙述 [J]. 天津师范大学学报, 2006 (5).

8. 马建华. 论中国戏曲文学的叙述者 [J]. 文艺研究, 2003 (4).

9. 韩军. 古典戏曲叙事结构中的时空处理 [J]. 艺术百家, 1999 (2).

10. 韩丽霞. 中国古代戏曲的叙述性特征 [J]. 艺术百家, 2000 (4).

11. 韩丽霞. 从元杂剧体制看中国戏曲显在叙述模式的若干基本特性 [J]. 河南教育学院学报, 1997 (2).

12. 徐大军. 元杂剧主唱人的变换原则 [J]. 中华戏曲, 2001 (0).

13. 徐大军. 元杂剧演述体制中的说书人叙述质素 [J]. 山东师范大学学报, 2003 (1).

14. 陈维昭. 元杂剧的演唱体制及其叙事学意义 [J]. 戏剧艺术, 2000 (3).

15. 韩丽霞. 试论关汉卿杂剧叙事的时空控制机制 [J]. 河南教育学院学报, 1997 (4).

16. 韩军. 古代戏曲程式化的叙事结构形式和格局 [J]. 齐鲁学刊, 1999 (4).

17. 陈友峰. 简论戏曲艺术的叙述性特征及其对戏曲审美特征之影响 [J]. 戏曲艺术, 2004 (4).

18. 丁淑梅. 中国古代曲论中的叙事结构论 [J]. 伊犁师范学院学报, 2002 (2).

19. 韩丽霞. 中国古代戏曲的叙事时空 [J]. 艺术百家, 2004 (2).

20. 王志明. 戏剧时间艺术论 [J]. 广西师院学报, 1998 (4).

21. 王志明, 黄日贵. 戏剧空间艺术简论 [J]. 广西民族学院学报, 1997 (1).

22. 胡志毅. 时间和空间：戏剧的原型结构 [J]. 戏剧, 2002 (2).

23. 郑传寅. 东方智慧：中国古典戏曲结构艺术论 [J]. 戏剧, 1999 (4).

24. 孙吉民, 杨秋红. 试论元杂剧宾白的叙事体特征 [J]. 廊坊师范学院学报, 2002 (2).

25. 张英. 论元杂剧叙事的抒情化特征 [J]. 艺术百家, 2006 (4).

26. 蒋星煜. 《西厢记》与元杂剧"一人主唱"体制问题 [J]. 艺术百家, 2003 (1).

27. 赵建坤. 论元杂剧"探子主唱"模式的表演本质 [J]. 戏曲艺术, 2003 (1).

28. 陈建森. 元杂剧"演述者"身份的转换与"代言性演述干预" [J]. 华南师范大学学报（社会科学版）, 2001 (6).

29. 程薇. 民间叙事模式与古代戏剧 [J]. 文学遗产, 2000 (5).

30. 韩丽霞. 试论元杂剧的情节结构模式 [J]. 许昌师专学报, 1998 (3).

31. 骆兵. 试论李渔戏曲改编的叙事策略 [J]. 艺术百家, 2002 (2).

32. 晓鲁. 多种艺术手段的巧妙结合：读关汉卿杂剧偶得 [J]. 河北

戏剧,1983(2).

33. 韩丽霞. 宋元南戏的显在叙事策略[J]. 河南教育学院学报,1999(2).

34. 韩丽霞. 试论明清传奇的显在叙述特性和叙事策略[J]. 河南教育学院学报,1998(3).

35. 韩丽霞. 中国近代戏曲的叙述方式[J]. 河南教育学院学报,2001(2).

36. 杨义. 中国叙事学的文化阐释[J]. 广东技术学院学报,2003(3).

37. 李钊平. 论中国古典叙事学的嬗变[J]. 淮阴师院学报,2000(5).

38. 何彬. 试论中国传统叙事中的历史叙述[J]. 盐城师院学报,2001(1).

39. 墨白. 简述神话以幻为真的叙事范型及古代志怪小说的叙事传统[J]. 中国文学研究,1998(1).

40. 何辉斌. 传统戏曲话语模式新论[J]. 艺术百家,2005(4).

41. 孙福轩. 叙事为本:李渔"宾白"新论[J]. 华中科技大学学报,2005(4).

42. 孙福轩. 李渔"结构第一"新论[J]. 戏剧艺术,2003(6).

43. 郭英德. 稗官为传奇蓝本:论李渔小说戏曲的叙事技巧[J]. 文学遗产,1996(5).

44. 郭英德. 叙事性:古代小说与戏曲的双向渗透[J]. 文学遗产,1995(4).

45. 于建刚. 浅析戏曲的"歌舞演故事"[J]. 戏曲艺术,2001(2).

46. 吕效平. 中国古典戏剧情节艺术的孤独高峰:从欧洲传统戏剧情节理论看《西厢记》[J]. 文学遗产,2002(6).

47. 李日星. 元杂剧代言体叙事结构的形成[J]. 佛山科学技术学院学报,2003(2).

48. 钱久元. 中国戏曲本体论质疑[J]. 艺术百家,1999(3).

49. 吕效平. 试论元杂剧的抒情诗本质[J]. 戏剧艺术,1998(6).

50. 董上德. 论元杂剧的文体特点[J]. 戏剧艺术,1998(3).

51. 陈建森. 戏曲"代言体"论 [J]. 文学评论, 2002 (4).

52. 贾学清. 元杂剧科范的文学功能 [J]. 学术交流, 2003 (7).

53. 李日星. 元杂剧"折"的结构功能及其艺术渊源 [J]. 中国文学研究, 2003 (2).

54. 黎传绪. 元杂剧"楔子"简论 [J]. 江西社会科学, 2003 (7).

55. 田子馥. 论戏剧的补叙艺术（第3辑）[J]. 戏剧论丛, 1982.

56. 叶志良. 叙述与展示的合谋 [J]. 当代戏剧, 2000 (4).

57. 周霞. 叙述与时间 [J]. 江西社会科学 2003 (4).

58. 张先. 场与流：关于戏剧的叙事性问题 [J]. 戏剧, 2001 (2).

59. 孙浩. 试论戏剧中的叙事性因素 [J]. 戏剧, 1998 (1).

60. 何辉斌. 激变型的艺术与史传式的艺术：中西戏剧的结构比较 [J]. 戏剧艺术, 2001 (4).

61. 周宁. 中西戏剧的时空与剧场经验 [J]. 戏剧, 1992 (3).

62. 郑传寅. 中西戏剧所表现的时间意识 [J]. 武汉大学学报, 1993 (6).

63. 吕效平. 戏剧的"音律焦虑"与"时空焦虑"：从"汤沈之争"和《熙德》之争看中、欧戏剧的不同质 [J]. 文学评论, 2002 (3).

64. 陈建娜. 戏剧时间的叙事学分析 [J]. 戏剧艺术, 2003 (6).

65. 施旭升. 剧本·表演·剧场：中西戏剧文本观比较 [J]. 艺术百家, 1997 (1).

66. 章子仁. 莎士比亚悲剧与中国古典悲剧的结局比较 [J]. 浙江师大学报, 1992 (4).

67. 李万钧. 比较文学视点下的莎士比亚与中国戏剧 [J]. 文学评论, 1998 (3).

68. 董路. 中国古典悲剧与法国古典主义悲剧 [J]. 西北师范学院学报, 1983 (3).

69. 章子仁. 人的神化与神的人化：元杂剧中的包公现象和古希腊戏剧中的神比较 [J]. 浙江师范大学学报（社会科学版）, 1994 (2).

70. 张晓军. 中西戏剧情节论之比较 [J]. 解放军外国语学院学报, 2000 (6).

71. 陈浩. 叙事的还原与叙事的风格：关于中西文学叙事方式的比较 [J]. 文艺评论, 1998 (2).

72. 王成军. 纪实与纪虚：中西叙述学的两大走向 [J]. 江西社会科学, 2002 (4).

73. 吴文薇. 寻求中西叙事理论的对话与沟通 [J]. 安徽大学学报, 2001 (2).

74. 余虹. 文史哲：中西叙事的内在旨趣与知识眼界 [J]. 外国文学评论, 1997 (4).

75. 周端木. 论戏剧结构 [J]. 戏剧艺术, 1990 (5).

76. 黄竹三. 从叙述体向代言体过渡的几种形态 [J]. 艺术百家, 1999 (4).

77. 孙书磊. 论明清之际戏曲叙事的类型化 [J]. 齐鲁学刊, 2004 (6).

78. 郭英德. 明清传奇戏曲叙事结构的演化 [J]. 求是学刊, 2004 (1).

79. 一峰. 关于李笠翁的"结构第一"：戏曲编剧理论漫笔 [J]. 戏剧, 1997 (3).

80. 黄晓红. 叙事中悬念的类型 [J]. 湘潭师范学院学报, 2004 (6).

81. 许金榜. 元杂剧中"悬念"的运用 [J]. 艺谭, 1983 (2).

82. 张生筠. 悬念：戏剧结构的重要艺术手段 [J]. 牡丹江师院学报, 1987 (2).

83. 吴建勤. 中国古典小说的预叙叙事 [J]. 江淮论坛, 2004 (6).

84. 伍雪平. 论话本小说中的预叙 [J]. 河南科技学院学报, 2005 (2).

85. 贾红莲. 《左传》预言发微 [J]. 安徽师范大学学报, 2001 (1).

86. 潘万木, 黄永林. 《左传》之预言叙述模式 [J]. 华中师范大学学报, 2004 (5).

87. 刘卫华. 《史记》中的预叙及其叙事效果 [J]. 渭南师范学院学报, 2004 (1).

88. 林嵒. 论鬼魂与梦兆情节在关汉卿戏剧创作中的作用 [J]. 首都师范大学学报, 2004 (5).

89. 田刚健. 试论元杂剧中"梦境"的基本类型和艺术功用 [J]. 黑

龙江社会科学, 2007 (4).

90. 陈建森. 元杂剧的"背供"及其美学意蕴 [J]. 广东农工商管理干部学院学报, 2000 (4).

91. 赵炎秋, 谢国求. 论叙事速度中的慢叙 [J]. 中国文学研究, 1997 (1).

92. 赵炎秋. 再论叙事速度中的慢叙: 兼论热奈特的慢叙观 [J]. 文艺理论研究, 2003 (4).

93. 宋鸣. 论"前史"对于戏剧结构的意义 [J]. 齐鲁艺苑, 1995 (2).

94. 程慰世, 田洪英. 论戏剧中的幕和场 [J]. 齐鲁艺苑, 1993 (3).

95. 徐闻莺. 人物关系中的"突转""发现" [J]. 新剧作, 1981 (6).

96. 余上沅. 亚里士多德的《诗学》[J]. 戏剧艺术, 1983 (3).

97. 李振远. 富有活力的催化剂: 论"突转" [J]. 剧本, 1985 (5).

98. 沈继常.《西厢记·赖婚》的"突转"艺术 [J]. 南通师专学报, 1986 (2).

99. 时业兆. "突转"及其运用 [J]. 齐鲁艺苑, 1987 (3).

100. 刘海涛. 西方叙述学探源: 论亚里士多德的叙述意识 [J]. 文艺理论研究, 1992 (3).

101. 李志雄. 论亚里士多德《诗学》中的古典叙事理论 [J]. 湘潭大学学报, 2006 (6).

102. 陈中梅. 人物的讲述·像诗人·歌手: 论荷马史诗的不吁请叙事 [J]. 外国文学评论, 2003 (3).

103. 魏凤莲. 略论古希腊戏剧的宗教性 [J]. 齐鲁学刊, 2004 (1).

104. 罗晓帆. 古希腊悲剧中的技巧因素 [J]. 安徽新戏, 1997 (6).

105. 李云峰. 论古希腊悲剧的叙事模式 [J]. 河南教育学院学报, 1997 (1).

106. 申丹. 叙事学研究在中国与西方 [J]. 外国文学研究, 2003 (4).

107. 李云峰. 试论西方戏剧的潜在叙事 [J]. 河南教育学院学报, 1999 (3).

108. 何辉斌. 试论西方戏剧的视野 [J]. 上饶师范学院学报, 2002 (1).

109. 李云峰. 西方戏剧的舞台叙述［J］. 河南教育学院学报, 2000. 第1、3期。

110. 徐蕾. 亚里士多德的悲剧情节论［J］. 安徽师范大学学报, 1999 (2).

111. 刘谋, 刘艳. 谈中西叙事理论［J］. 徐州教育学院学报, 2002 (3).

112. 杨文华. 情感高潮与情节高潮: 中西戏剧高潮比较［J］. 山西师范大学学报, 1992 (1).

113. 何辉斌. 意志决定情节与情同境转: 谈中西戏剧的主观精神与故事情节的关系［J］. 戏剧, 2002 (2).

114. 丁杨忠. 古希腊悲剧审美特征漫笔［J］. 剧本, 1988 (12).

115. 罗念生. 论古希腊悲剧［J］. 外国戏剧资料, 1979 (2).

116. 廖可兑.《普罗米修斯》与《腓尼基妇女》［J］. 剧本, 1979 (9).

117. 杜卫. 论古希腊悲剧艺术的和谐美性质［J］. 戏剧文学, 1988 (5).

118. 丁修询. 希腊古剧的启示［J］. 艺术百家, 1998 (3).

119. 彭兆荣. 痛苦的宣泄: 从酒神、模仿的关系看希腊悲剧的本体意义［J］. 外国文学评论, 1988 (2).

120. 刘萍.《诗学》论史诗与悲剧的异同［J］. 安徽教育学院学报, 1999 (3).

121. 唐玉芬.《俄狄浦斯王》对亚里士多德悲剧理论的体现［J］. 松辽学刊, 1989 (3).

122. 李兵. 此曲只应天上有: 试论希腊悲剧中的歌队［J］. 西南民族大学学报, 2003 (6).

123. 李兵. 与神灵相通的族类: 再论希腊悲剧中的歌队［J］. 西南民族大学学报, 2004 (2).

124. 孙吉民, 杨秋红, 詹爱军. 从《俄狄浦斯王》看古希腊悲剧中歌队的抒情功能［J］. 河北科技师范学院学报, 2004 (3).

125. 徐忠明. 古希腊法律文化视野中的《安提戈涅》［J］. 中山大学学报, 1997 (4).

126. 程星. 关于古希腊悲剧命运观念的思考［J］. 苏州大学学报, 1986 (3).

127. 苏敏. 论古希腊戏剧的自由精神 [J]. 重庆师院学报, 1994 (1).

128. 徐兴根. 从亚里士多德的悲剧结局观看古希腊人的悲剧审美人格 [J]. 求是学刊, 1991 (4).

129. 罗念生. 阿里斯托芬喜剧评介 [J]. 河北师院学报, 1989 (1).

130. 夏彤. "三一律"的产生及发展 [J]. 理论界, 2005 (9).

131. 沈鸿鑫. 鬼魂与预言: 关汉卿与莎士比亚比较研究之一 [J]. 齐鲁艺苑, 1994 (4).

132. 卢普玲, 杨正和. 镣铐下的美丽: 论三一律的美学意义 [J]. 南昌大学学报, 2004 (6).

133. 苏永旭. 试论表现主义戏剧反戏剧式的意象性叙述方式和叙述手段 [J]. 河南教育学院学报, 1998 (3).

134. 李云峰. 古典主义戏剧叙事话语模式的特殊意义 [J]. 河南教育学院学报, 1998 (2).

135. 杨国政. 试论法国古典戏剧中的显在叙事 [J]. 河南教育学院学报, 1998 (1).

136. 朱伟华. 欧洲两种戏剧文本形态之比较 [J]. 戏剧艺术, 2004 (2).